迷惑な終活

meiwakuna shukatsu

内館牧子

講談社

第一章

「終活」は、高齢者の老後の趣味である。

原英太《はらえいた》はいつもそう思う。かつて、「シュウカツ」と言えば「就活」だった。就職のための活動だ。今は断然「終活」の方が幅をきかせている。「人生の終わりのための活動」。まったくこの変化だけでも、日本は就活年代が減り、終活年代があふれているとわかる。

どの雑誌も週刊誌も「終活特集」ばかりだ。

「人生のベストな終わり方」「死後の手続き、これだけはやっておこう」「家族に迷惑をかけない終活」「終活は若いうちから」等々。

「煽《あお》り運転」は一般的な言葉になった。だが、気づいていないのか、世をあげて終活を煽るのは「煽り終活」だ。迷惑千万だと英太はいつも思う。

思えば少し前までは、高齢者に向かってどのメディアも叫んでいた。

「人間に年齢はない！」「ポジティブに生きよう」「挑戦こそが前向きの人生」「挑戦しない者が老けるのだ」

世のオヤジたちは定年を迎えるや、やりたくもない油絵だの料理だのに挑戦させられる。高齢の女たちは、挑戦を説く講演や書籍に影響される。

だが、あっという間に「挑戦」は「終活」になった。「人間に年齢はない」が、恥ずかし気もなく、「人生の終わり方」になった。

しかし、敵もさる者。必ずポジティブな方向へ誘導している。

「死への準備こそ、あなたのこれからの人生を前向きにするものなのです」

「終活をすませておけば、心配なく思いっきり生きられます」

「終活は大切な家族に迷惑をかけない上に、あなた自身を楽にするのです」

この類《たぐい》に引っぱる、引っぱる。たいした変わり身だと、英太は鼻で笑う。だから、新聞でも雑誌でも、有識者や医師の談話でも、終活がらみはすっ飛ばす。

とは言え、英太も今年、七十五歳になった。むろん、終活をする気はまったくない。「挑戦」と叫んでいた社会が、掌《てのひら》返しで「終活」という趣味をあてがう。恥じろよ、まったくと思う。

英太は、生きているうちに、死の準備はしない。だが、妻の礼子《れいこ》はきっちりと準備をしている。七十一歳の今年から終活を始め、エンディングノートはつけるわ、医師や司法書士らの講演会には行くわだ。いずれ正式な遺言状を作るとかで、信託銀行ともやりとりしている。ご立派な趣味を究《きわ》めるがいい。

英太は、そばでそれをやられるのさえイヤだ。だが、社会を挙げての趣味であるだけに、やめろとも言えない。困るのは、礼子が英太を引き込もうとすることだ。死後のさまざまなことは、夫婦で話し合い、取り決め、共有しておくべきだと言う。

英太はずっと、頑《がん》として断って来た。

生きてる間は生きることを考える。当然だ。

「何だって死ぬ準備に時間取るんだよ。まだ生きてんだよ。早々と死ぬ準備は、命をくれた神さまへの裏切り。『そんなにこっちに来たいなら、早くおいで』って呼ばれるぞ」

礼子はいつもせせら笑う。

「神さままで動員するんだ。笑える。あのね、死後のことを書いておくと、残された人がすごく助かるの。佑子《ゆうこ》や努《つとむ》が大変な思いをしないですむの」

佑子は四十六歳の長女だ。独身で横浜市中区の中学教師である。努は四十三歳の長男。妻の美江《みえ》と一人息子の康介《こうすけ》がおり、軽金属の会社に勤めている。

「私ね、終活やってみてわかったの。死ぬ準備だと考えるのは間違ってる。すっきりと今を生きられることなの。だって、何も伝えずに死んでごらんって。残された家族は、預貯金から有価証券から保険から、色んな届け出から、葬式のやり方まで、わけわかんないことの処理に追われまくるの。そりゃ迷惑よ」

「色々と迷惑かけられるのは、そいつらがまだ生きてるって証拠だろ。迷惑はめでたい存命の褒美《ほうび》なんだよ」

「そんなこと、誰も思わないわよッ」

「大体さ、死後の事務処理なんて何年もかかるもんじゃないだろ。最初は面倒だろうが迷惑だろうが、すぐ終わる。それに普通の一般人は、もめるほどの相続とかないしさ。残った者が勝手に話し合って取り決めりゃいいんだよ」

そして英太は毎回言う。

「俺は死んじゃってて、何をどうされようとわかんないんだし、ホントに好きにしてくれりゃいいの。俺、何回も言ってるけど、終活させられないことが何よりの幸せな老後だから」

最近では礼子も諦《あきら》めたのか、何も言わなくなった。ただ、断捨離から葬儀のことまで、「前向きに生きるため」だか「ベストな終わり方」だか知らないが、一人で熱心だ。

英太が終活を避けるのは、もうひとつ理由がある。

生きているうちは、生活に「死」の匂いを一切入れたくない。死やその周辺について考えたくない。

人は必ず、百パーセント死ぬ。だが、死を逆算すると、生きる気力が萎《な》える。

英太は「死」に限らず、「不吉なことを言うと、その不吉が本当になる」という思いを持っている。

「死」は当たり前のことであっても、喜ばしいことではない。吉事ではない。いずれは必ず訪れるからこそ、できる限り遠ざけて、今を満たしたい。日々の暮らしの中で死を考え、準備して何が楽しい。

これは昔から日本に伝わる「言霊《ことだま》」でもある。言葉が持っている霊力のことだ。悪いことを言葉にすると、その言葉の霊力が悪いことを起こすとされる。古代から信じられてきたという。「死」とか「別れ」とか「胸騒ぎ」とか重い病名への心配とかを口にすると、それが現実になりうる。そう考えるのが「言霊」だ。

そんなことを言えば、呆《あ》きれて笑う人たちは多いだろう。「二十一世紀に古代の言霊を信じるバカ」と言うのだ。ただそれは違う。

今でも受験生の前で「落ちる」「すべる」の言葉は避ける。葬儀のお清めの食事に「そば」は出さない。「おそばに行く」の意になるからだ。結婚式では「切れる」「欠ける」などは口にしない。こんな忌《い》み言葉に、今の時代でさえ霊力を感じているからだ。

「スルメ」を「アタリメ」と言い、「閉会」を「お開き」と言いかえるのもそれだ。病院や老人ホームなどでは、死と苦につながる「四」「九」を、欠番にするところもある。三階の次は五階。八号室の隣りは十号室のようにだ。

スポーツマンたちはよく「メンタルトレーニング」をする。「必ず勝てる」とか「自分には優勝の力がある」などと念じたり、精神をポジティブにするトレーニングに励む。「メンタル」などと横文字を使ったところで、要は「言霊」だ。

識者はよく「死ぬことは生物にとって、当たり前のこと。人間は生きることばかりを考え、死ぬことを恐れる。忌み嫌う。そうではなく、死ぬことを正当にとらえよう」などと言う。だが、その識者たちも、葬儀で塩をもらえば体に振りかけ、清めるだろう。人や動物が死ねば泣き、心を病む人々もいる。「死は正当なものだ」と、平然と受けいれているものか。

死は遠ざけたいものなのだ。世に言う「終わりのための活動」は、英太にとって「終わりを生に取りこむ活動」だった。

こうして今朝《けさ》も新聞の終活特集はすっ飛ばし、ページを繰《く》っていた。

その時、一枚の写真が目に入った。インタビュー記事に見知らぬ男が写っている。たぶん有名人なのだろうが、見たことのないジイサンだ。ついつぶやく。

「誰、こいつ……」

そして、並記された名前を見て叫んだ。

「えーッ！　ホントかよ！　年食ったなァ」

有名人の面《おも》変わりは、テレビでも週刊誌でも、よく目にする。知られている芸能人だったり、政治家だったり、スポーツ選手だったり、ハリウッドのスターや外国の有名人もいる。かつてはしょっちゅうメディアで取りあげられていたが、今は「年食った」せいか、ごくごくたまにだ。ごくごくたまにしか出ないから、人々はごくごくたまにしか見ない。そして、その変貌に驚愕する。「こうなったか……」「信じらんねえ」「老けすぎだよ」となる。

英太はそのたびに、礼子を呼ぶ。

「見てみな。これ、誰だかわかるか？」

今日も名前や経歴を指で隠し、ジイサンの写真を示した。

礼子はのぞき込み、首をかしげた。

「目のあたり、見覚えがあるけどなァ」

つぶやくものの、わからない。英太は隠していた指を得意気に外す。

「え……あの人!?　……言われてみるとそうだ……。わからなかった……」

礼子は明らかにショックを受けていた。

英太はプロフィール欄を示した。

「俺と同い年だってよ。な、昭和二十三年、一九四八年生まれの七十五歳。まったく、俺だってここまでは老けてないよ」

相手が同年代だと、必ずこう言う。必ずどこか得意気だ。礼子はいつもうなずいてきたが、今日は言った。

「自分ではそう思ってても、端《はた》から見ればあなたも『年食ったなァ』って思われてるのよ。誰も口に出さないだけ。だって七十五よ、七十五。後期高齢者だよ、後期。面白《おもしろ》いよね、人って男も女も、自分は若く見えるって疑わないの。見えません!」

めげる英太ではない。

「だけど俺、同年代の友達とか見てて、ここまで年食ったなァと思わないよ。七十一の礼子だって、変わんないよ」

「それはしょっちゅう会ってる人たちだから、老けてもわかんないだけ。夫婦なんて毎日会ってるわけだし。何年ぶりかで会った人とか有名人の写真だと、すぐわかる」

礼子は昔、何かで読んだカエルの話を思い出していた。

カエルを水槽に入れて、その水温を少しずつ上げて行く。最初は二十五度程度の水から、三十度、三十二度と上げて行く。ゆるやかな変化のため、カエルは気づかない。熱い湯になっても気づかず、そのまま茹《ゆ》だって死ぬと言う。

だが、最初から熱い湯に入れようとすると、カエルは反射的に飛び出すそうだ。

よく会う友人たちや、毎日会っている夫婦は、年齢が七十三歳、七十四歳と上がっても、面変わりに気づかないだけなのだ。

しかし、たまに写真で見た有名人に、人々は突然熱湯に入れられたカエルになる。その変化に飛び上がる。それだけの違いで、誰もが公平に老けている。礼子はそう思っていた。

ただ、夫は写真の有名人よりは若いと自信を持っている。何もカエルの話までする必要はない。特に、高齢者は「若い」と言われることが大好きだ。機嫌がよくなる。

「確かにあなたは若いよね」

礼子は毎回、この言葉で締める。今日も夫は誇らし気に、「そうでもないけどさ」と笑った。

英太は新潟《にいがた》市の沼沢《ぬまさわちょう》町で生まれた。

現在は区制が敷かれ、「新潟市中央区」になっている。だが、英太が生まれたのは昭和二十三年だ。第二次世界大戦の無条件降伏から、三年しかたっていない。国中が貧しく、大人は働きづめに働き、子供はいつも空腹だった。町に少しでも空き地があると、人々はナスやトマトやイモを植えた。命をつなぐ食料になる。

英太が生まれ育った家も、バラック長屋そのものだった。父の原兵吉《へいきち》が、フィリピンから復員後に勤めた運送会社の社宅だ。全社員六家族が入っており、それぞれに四畳半が二間と小さな台所がついていた。日当たりは悪く、五右衛門風呂と汲み取り便所は共同である。町にはこれ以下の家もざらで、誰からも不平不満は出ない時代だった。英太はそこに父と、母のキヨ、弟の昭《しょう》次《じ》と四人で暮らしていた。

各家に鍵などあるわけもない。プライバシーとかセキュリティとか、そんな考え方は一般人にはあり得ない。もっとも、泥棒が入っても盗むものもないし、働き疲れた人々は、誰が入ろうと眠りこけていただろう。

英太は七十五歳の今でも思い出す空がある。たぶん五歳か六歳の頃だ。昭和二十八、九年か。夕暮れになると、沼沢の空には何十羽というコウモリが飛んだ。コウモリは、後の映画「バットマン」と同じ形の羽根を広げて飛ぶ。マントを広げたような、不思議な形の羽根が夕暮れの空を埋めつくした。

沼沢町は新潟港に近く、至るところに石炭《せきたん》が山状に積み上げられていた。港に荷を運ぶ機関車の燃料だったのだろうか。人々は「石炭山」と呼び、子供たちはそこに登ったり滑り降りたりして、一日中遊ぶ。誰もが粗末なゴム靴か下駄をはいていた。

コウモリが飛び始めるとみんな「明日な！」と言って遊びをやめる。英太は幼い昭次の手を引き、長屋へと帰る。夕焼け空の黒い羽根と、弟の小さい手を、今もくっきりと覚えていた。

兄弟の粗末な衣服は石炭で汚れていたが、いつもすぐに食卓につく。手を洗った記憶はない。

空腹の記憶ばかりだ。

家族四人でごはんとみそ汁、たまに納豆か焼き魚がつく程度の夕食。だが、幸せだった。父ちゃんと母ちゃんのいる日々。満たされていた。

あの頃、まわりはみんな「父ちゃん」「母ちゃん」と呼んでいた。英太は東京の大学に入った時、「パパ」「ママ」と呼んで育った同年代を、初めて見た。

やがて兵吉は、沼沢町内に古い家を買い、家族と共に長屋を出た。一家の長として、どんなに誇らしかっただろう。昭和三十二年、一九五七年のことだ。町にはまだ行商人やかつぎ屋が行きかい、衛生的とは言い難い野外市場は、人や子供であふれていた。

転居した家も雨もりがしたが、長屋より広くて日が当たる。何よりも「俺んちの便所」がある。そんな暮らしを与えてくれた兵吉に、家族はどれほど尊敬の目を向けただろう。

七十五歳になった英太が、風呂上がりに冷蔵庫から缶ビールを取り出した。そして新潟の枝豆を小皿にのせた。新潟の枝豆はめっぽううまい。新潟を離れて六十年近くになるが、「よくぞ新潟に生まれけり」のツマミだ。

ソファに座わるなり、礼子が言った。

「さすがにこれだけは相談しとく」

同居している母のキヨがうなずく。英太はすぐに、終活の話だとわかった。これほどやらないと言っているのだから、いい加減やめてほしい。

礼子はサラッと言った。

「私に任せると言うから、たいていのことは私がやるわ。葬儀のこととか子供への財産分与とかもね」

「オー！　助かる。本当に感謝してる。俺、ダメなんだよ、そっち系の話」

枝豆とビールが、体にしみ渡る。

英太は何かお世辞を言わないと悪い気がした。

「な、礼子。終活で俺も相談がある」

礼子は嬉しそうに声を弾ませた。

「何よ珍しい！　少しでも終活考えたんだ」

「うん。俺、金は子供に残すより、夫婦で楽しく使って死ぬのがいいと思うんだよ」

そうは言ったが、たいした金ではないし、どうでもいいことだ。だが、自分も少しは考えていると示してみた。お世辞だ。

礼子はすぐに否定した。

「そう言う人たちもいるけど、それは違うと思うよ。前にも言ったでしょ」

いつでもこの手の話はろくに聞いていないから、墓穴を掘る。

「ん……ああ。うん、覚えてるよ」

覚えているわけがない。バレないように二缶目のビールを取りに立ち上がった。そして、母の漬けた十全《じゅうぜん》ナスに割り箸《ばし》を添えて戻って来た。新潟もんはナス好きで有名だが、母のこれは絶品だ。

戻って来るなり、礼子は力をこめた。

「子や孫には少しでも遺《のこ》すべきなの。だってお金でも物でも遺してもらえば、楽なのよ。若いうちはお金も物もないんだから」

「うんうん、前からそう言ってるよな」

ああ、この枝豆と十全ナスのうまさは何なんだ。生きているうちに葬儀の話ができるか。

「死ぬ話、あなたはしたくないってよくわかったから、私がやる。でも、ひとつだけ私じゃダメなことがあるのよ」

「あ、そう」

「すごく簡単なことよ。イエスかノーかを書いておいてほしいだけ」

母は礼子の隣りで、笹団子をゆっくりと口に運んでいる。新潟もんは、笹団子と柿の種が好きだ。

イエスかノーを書くくらいは、やらないと夫婦仲に響く。口で「イエス」「ノー」と言やいいじゃないかと思うが、他は何もかも礼子がやってくれると言うのだ。すぐに書かないと悪い。

「延命治療のことよ。突然倒れたり、病気が進んで意識不明ってことも起こりうるでしょ」

——ああ、聞きたくない。本当にそうなるぞ——

「あなたがそうなった時、延命治療をするかどうか。それを家族に判断させるのは酷《こく》よ。だから書いといて」

「あ、俺、延命治療はオールパス。口でいいだろ、全パスです」

「ダメ。書いて。でも、全パスと書かれても、医師は困るの。次の二つの項目について、きちんと意思表示して」

礼子はエンディングノートの「①人工栄養」「②人工呼吸」という項目を示した。

「読んでみて。簡単に言えば①は胃ろうよ。胃に穴を開けて、流動食をチューブで流しこむとかね。②は自発的に呼吸ができなくなった時、気管切開とか、口や鼻からチューブを入れる気管挿管とかね。これらをやっても病気は治らないのよ。でも、命は延びる。あなたはどうする？」

どうもこうも、英太はこう聞いただけで、胃と喉咽《のど》の具合が悪くなりそうだ。終活は死を安心させるかもしれないが、生を楽しめなくする。

きっと世の中には、前向きに生きるために香典返しのこと、納骨までの手順、棺《かんおけ》のランクまで細々《こまごま》と決める夫婦がいるのだろう。言霊を何とも思わないのか。たいした根性だ。

中には生きているうちに、試しに棺に入り、入棺体験をする人もいるそうだ。これは精神的にいい効果があると聞く。だが、英太には別世界の人だ。

とにかくトットと①②を書き残しておいて、早くこの場から解放されたい。母は息子の本心などどうでもいいように、三つ目の笹団子に手を伸ばした。よく食う九十二歳だ。

「礼子、よくわかった。①と②、今書くよ。早い方がいいだろ」

英太はそう言って、さも心配りをしているように見せた。そして、すぐにナス漬けに使った割り箸の袋を裏返した。そこに、「①②とも希望しません。原英太」と書いた。大きく伸びをして、立ち上がった。

「イヤァ、終活って前向きになれるなァ」

礼子は割り箸の袋を前に、声もない。

「よーし、俺も明日から何かに挑戦するぞ！　人間に年齢はないんだ」

母が鋭く言った。

「この、もうぞうこきッ！」

新潟弁で「馬鹿者」の意味だ。母は今も新潟弁だ。そして、さっきまで笹団子を持っていた指二本で、「座われ」と命じた。

「おめぇ、割り箸の袋の裏に、え？　延命治療のこと書くぐれ、足《た》らずらったか」

「これをエンディングノートに貼っときゃ同じだろ」

「おめぇなんか産んでしもて、しょしがねぇわ。その割り箸の袋を医者に見せろってか。『この通り、本人は希望しないって書いてます』って言えってか。それもヤキトリ屋の割り箸ら。医者はその袋見ながら『では、胃ろうはやめます。ただ、そうなりますと、余命は……』って言うんか？」

礼子がため息をついた。

「お義母《かあ》さん、私、わかってます。この人、生きてるうちから棚おろししたくないの。私がイエスかノーだけ書けばいいって言ったから、そこらにあるものに書いてサッサと切りあげたかったんですよ。でしょ？」

英太は手を合わせた。

「ごめんッ。性分なんだよ。死ぬ準備すると生きる気力がわかないっていうかさ。な、終活って今を生きることから一番遠いだろ。どうせもう七十五で、死ぬのは近いから、好きにさせてくれよ」

言霊のことは言わなかった。笑われる。礼子はうなずいた。

「そう考える人はいるよね。最近の日本は終活を煽りすぎかもしれない。でも、楽しく生きるためにやるのよ。私、自分でやってみてわかったもの。終活して、色んなことを生きてる人たちに伝えておくって、結局は本人が一番解放されるの」

だから、老後のいい趣味だと言うのだ。もちろん、口には出さない。

母が静かに言った。

「母ちゃんも昭次たちと暮らして、初めて終活ってがんが大事ら言うて、教えてもろたて」

英太はうんざりしながらも、また座わるしかなかった。

弟の昭次は小さい頃から優秀で、大学院で文化人類学を専攻し、ドイツに留学。その後、新潟市の県立文化博物館に学芸員として就職した。定年時には館長にまで昇っており、再雇用でも資料室顧問として七十歳まで引き止められた。

結婚には一度失敗したが、子供はおらず、四十五歳の時に四歳年上の小川珠子《おがわたまこ》と再婚。珠子も再婚で娘が一人いたが、すでに札幌《さっぽろ》で結婚していた。

キヨは息子二人が結婚し、兵吉に先立たれた後も、沼沢の家でずっと一人暮らしを楽しんでいた。だが、八十六歳の時に転倒して圧迫骨折で入院。この時、昭次夫妻が強く同居を申し出た。キヨとて、八十六歳にもなれば、見知らぬ横浜で長男の英太と暮らすより、生まれ育った新潟がいい。その本音を隠していたが、修繕を重ねた沼沢の家に昭次夫婦が移り住んでくれた。まだ一人でやっていける自信はあったものの、年々体の衰えを感じてはいた。昭次夫婦には世話をかけるが、新潟で死ねるなら本望というものだ。

こうして同居後に初めて、昭次夫婦がきちんと終活していることを知った。正直なところ、「六十代らば早すぎるこて」と思った。だが、昭次夫婦は老後はいい高齢者施設に入り、二人で暮らしたいという目標を持っていた。

預貯金、保険、年金、金融資産から、さらには延命治療に至るまで、何もかも二人は共有していた。どちらかが死んでも、それらについては何も困らない。

「珠子さん、私もやってみるこてさ。教えてくんねかね」

同居して三ヵ月ほどたった時、キヨはそう言った。終活に関心はないが、年齢も年齢だし、やっかいになっている身だ。迷惑をかけるのは最小限にしたい。

珠子は喜んで教えた。その中で、礼子が毎月珠子に二万円ずつ送ってくることを、たまたま知った。姑《しゅうとめ》の世話を、次男の嫁に押しつけた格好であり、せめてもの気持だったのだろう。

あの時、キヨは長生きしすぎた自分を、初めて申し訳ないと思った。人生百年とはいえ、老人は日に日に衰える。今でさえ、世話はかけても役には立たない。歩行も身のまわりのことも、何もかもできなくなる日は待ったなしだ。

だからと言って、死ぬこともできない。迷惑を最小限にするしかない。長生きは肩身が狭いものだと、キヨは幾度も思った。

しかし、九十二歳が近い昨年、急きょ英太夫婦と横浜で同居することになった。昭次夫婦が、これ以上のホームはないという物件と出会ったのである。

それは新潟県長岡《ながおか》市の、日本海が一望できる高台に新築された、外出も自由な、「サービス付き高齢者向け住宅」、いわゆるサ高住のシニアマンションだ。晴れた日は佐渡《さど》がくっきりと見える。自立できるうちは、夫婦で五十平米の２ＬＤＫに住める。

やがて身体《からだ》の状況に応じて、介護フロアに移る。連係する病院の医師や看護師は二十四時間常駐である。そして看取《みと》りまで世話するという、至《いた》れり尽くせりの施設だった。

入居金は県内でも最高レベルの八百万円で、家賃は夫婦二人住みなら２ＬＤＫが月額二十九万八千円。他にも食費や光熱費、水道代などがかかる。病院に支払う場合も出てくる。

それは決して安くはなかったが、この安心と快適さを得るために、終活してきたのだ。

キヨは当初、横浜に行かず新潟でどこかホームに入ると言った。子供には子供の生活があり、面倒をかけて平気ではいられない。

しかし、昭次夫婦は自分たちよりかなり格下の老人ホームに、母を入れることを非常に嫌がった。

礼子にしても横浜に呼んで同居したいわけがない。だが、さんざん珠子におんぶした今、とにかく一度、横浜に連れて来ようと腹をくくった。やはり施設に入りたいと言えば、渡りに舟。横浜で探せばいい。

こうして礼子に終活の相談をする中で、キヨは今度は珠子が毎月二万円を送金してくれていると知った。何と有難い老後かと涙ぐんだ。


英太は割り箸の袋を握りつぶし、礼子の差し出すエンディングノートを手にした。

「申し訳ない。部屋でちゃんと書き直すから」

そう言って出て行こうとすると、母がまた指で制した。

「座われ。おめぇ、七十過ぎてもずっと、おなごのハダカ載ってる週刊誌、買《こ》うてんだろ」

「な、何言うてんだ、突然。今は買ってねぇわ」

焦って、英太もつい新潟弁が出た。

「そうらろう。知らね間にハダカ少《すく》のなったっけね」

「どうだろ、知らんけど」

「ヘッ、この、てんぽこき！」

「ウソつき」の新潟弁だ。

「ハダカのかわりに、このごろは何載ってる？　え？　てんぽこき、わかってんろ。終活話ら。乳《ちち》半分出したおなごしょが表紙らったてがんに、今は『死後の手続き』らの『相続税をゼロにする』らの」

「さ、さあ……知らねぇて」

「ハダカから死後の手続きに変わるのに、何年もかかってねぇすけな。すぐなんだて。英太、人間も同じらて。ハダカに喜んでっと、ンますぐ死後の手続きになるんだて。サッサと礼子さんに従え」

英太は舌を巻いていた。母は本当にじき九十三歳か？　こんなにしっかりした九十三歳、それも一般人の婆サンに、いるか？　キヨは見透かしたように断じた。

「年寄りなめるんじゃねえろ。九十代でバリバリのジイサンバアサン、町にいっくらもいるっけね」

英太は心の中で「終活がイヤなジイサンバアサンも、町にいくらでもいるよ」と毒づくと、今度こそ立ち上がった。急に力を入れると、膝《ひざ》が痛む。コラーゲンやらコンドロイチンやら飲んでいるのにだ。


英太の個室は六畳間で、二百体もの恐竜のプラモデルやフィギュアで埋めつくされている。中央には作業台のような机があり、ごろ寝できるソファもあった。

英太はエンディングノートをそこらに放ると、満足気に窓のカーテンを開けた。

広くはない庭の隅っこで、恐竜カムイサウルス・ジャポニクスの巨大な骨格が、月に照らされていた。

カムイサウルスは約七二〇〇万年前の、白亜紀後期に日本に生息していたとされる。北海道のむかわ町で化石が発見されたのが二〇〇三年。二〇一九年には「全身骨格化石」が、復元骨格として組み立てられた。これは大型恐竜では日本初である。

定年後、恐竜が唯一の趣味になった英太だ。それでも初めて目が潤《うる》んだのは、カムイサウルスの全身骨格を写真で見た瞬間だ。「お前、よく出て来てくれたなァ」と声が震えた。

体長は推定8メートル、体重は4〜5・3トンというこの子が、七二〇〇万年の時を経て、日本の令和の世に姿を現したのだ。この子たちはかつて、日本で生きていた。この日本で。

今まで、これほど完全な姿に近い化石はなく、「奇跡のパーフェクト恐竜」と呼ばれた。「カムイサウルス・ジャポニクス」という名前は、アイヌ語で「日本の神のトカゲ」という意味だ。恐竜はトカゲの一種だと言われる。アイヌの言葉と重ねた美しい響きに、英太は「この子」の写真を何度もさわった。以来、「カム様」と呼んでいる。

もはや寝ても覚めてもカム様の美しい骨格が浮かび、メシがのどを通らない。古稀《こき》を過ぎ、時間もあることだしと、北海道のむかわ町立穂別《ほべつ》博物館にかけつけた。

そこで見た原寸大のカムイサウルスは、本当に神の世から遣《つか》わされた生物だった。関心のない人から見れば、単なるドデカイ骸骨《がいこつ》だろう。可哀想《かわいそう》な人たちだ。

カムイを前にして、英太は決心したのである。自分でこの「骸骨」を作ろう。作って庭に置く。原寸の三分の一の大きさでいい。それでも二・七メートルだ。礼子は許すまい。だが、いい手がある。

礼子や女たちは「私らしく」という言葉が大好きだ。すぐ「私らしく生きたい」だのと言うが、「私らしく」とは何なのか、全然具体的ではない。なのに有識者までが「私らしさを貫こう」だのと力をこめる。文言小綺麗、意味不明。使い勝手のいい言葉だ。

英太は自宅に帰るなり、礼子に「俺らしく生きたいんだ」と言った。「いいんじゃない」と答えた礼子に、「カムイサウルスのプラモデルを作って、庭に置きたい」と頼んだ。「プラモデル」には小さなイメージがある。計算ずくだ。だが、後々のために、口にしておいた。

「三分の一でも二メーターちょいだ。俺が百七十八センチだから、もうちょいだな」

「ちょい」に定義はないから、ウソではないがウソ気味だ。礼子はむしろ嬉しそうに、

「趣味のない夫が定年になると、妻は捨てたくなるって。友達が言うのよ。あなたは趣味があって助かるわァ」

とまで言ったのだ。

恐竜作りのために、英太は長男の努に手伝いを頼んだ。努は恐竜には何の関心も知識もない。だが、大学の工学部を出ているし、軽金属企業の技師だ。素材や計算などで何か役に立ちそうではないか。

だが、努は色よい返事をしなかった。四十代の管理職は、ゴルフもあれば出張も多い。部下への責任もある。とても父親の道楽につきあってはいられない。

だがやがて、姉の佑子に電話で説得されたらしい。

「パパはじき後期高齢者だよ。努、パパがいつまで生きてると思ってんのよ。世の中じゃ人生百年とかすぐ言うけどさ、年ごとに体も頭も働かなくなるの。パパなんかすぐに静かに笑ってるだけの人になるんだよ」

「そうだけど……」

「土、日のどっちかくらい、手伝えるでしょ。今しかないんだよ、親と一緒に何かできるなんて」

「姉ちゃんは独身だから、お気楽だけどさ」

「何言ってんのよ。努んちだって、家庭サービスなんか必要のない年代じゃない。それより実家でごはん食べて帰りゃ、女房サービスだわよ。そうだ、努、康介つれて行きなよ」

「康介が行くもんかよ。中一なんて親と何かするの一番イヤがる」

「姉ちゃんは中学教師だよ。よくわかるの。お小遣いチラつかせりゃ、すぐ行く」

「えー？　何で俺出すの」

「バカ、出すのはジジババ。そうでなくても難関中学突破した自慢の孫。姉ちゃん役立たずで唯一の孫。連れてって手伝わせれば、パパ舞い上がって死ぬかもよ」

「死なれちゃメンド臭《くせ》えけど」

「そりゃそうだ。だけど、パパが死んだらさ、断ったこと絶対後悔する。後悔してもパパはいないんだよ」

「姉ちゃん、人を丸めこむのうまいよなァ。男一人くらい丸めこんで結婚できなかったのかよ」

努は精一杯の反撃をしたものの、翌週の土曜日から手伝いを決めた。「毎回、小遣い出るぞ」の一言で、康介はすぐに同行を決めた。

息子に加えて孫まで手伝うとあって、英太は本当に舞い上がって死にそうに見えた。礼子は毎回、康介の好きな焼き肉やらトンカツやらを用意。とても年金生活者とは思えない。

こうして土曜日のたびに、努はマイカーの助手席に康介を乗せ、実家に通った。

英太の部屋で図鑑や写真などを見ながら、丁寧に図面を引く。それが終わるとアクリルボードやアルミや木などで、骨格の部品を作る。康介が図鑑を見ながら絵の具を混ぜる。英太と二人で色を塗る。乾いたら三人で、小さい部分を組み立てる。

息をつめてやる「男三人」の作業は、英太にとってこの上なく幸せだった。もちろん、言われなくとも親子にアルバイト料は奮発していた。「俺が死んだ後、思い出す時に少額はメンツに関わるからな」である。

思えば、このところ、つい「俺が死んだ後」となる。言霊を信じているのにだ。

かつて、六十五歳で「前期高齢者」になった時、英太は友人達と笑ったことがある。

「次は後期高齢者かよ。最終地点だよ。その次はないいんだから」

「ないけどさ、やっぱり八十五からは『末期高齢者』だよ。七十代とは全然違うと思うよ」

「九十五からは、じゃあ『臨死高齢者』か」

「ヤダねえ！」

あの頃は大笑いしたが、自分がいざ「後期」になり、七十代も半分過ぎると、笑えない。それでもまだ、死ぬことはどこか切実ではない。だから「俺が死んだ後」などとケロッと言うのかもしれない。

英太は「もっと生きていたいなァ」と、男三人で作業していると強く思う。生きていれば、こんなに幸せなこともあるのだ。

一方、礼子は毎回、三人にお茶を運びながら、気になっていた。完成が近くなるほどに、骸骨の大きさが迫ってくる。さり気なく、

「大きいのね」

と言うと、康介が嬉し気に答えた。

「バアバもそう思う？　本物の三分の一なのに迫力あるよね。色はほとんど俺一人で調合したんだよ」

英太は礼子の心配を十分にわかっており、敢《あ》えて康介をほめた。

「こいつ、いい色のセンスしてんだよ。それに努の図面のミスなんか指摘してさァ。さすが難関中学に合格しただけあるよ」

ミスを指摘された努までが、嬉し気にぼやく。

「まったく、父親のプロの計算をズバリつきやがって。参ったよ」

康介は照れたように、誇らしいように、礼子を見た。

こうなると、巨大すぎるから困るとは言いにくい。夫の「ちょい」にだまされた気がしてならないが、今さら大きいと言えるものか。すでに四ヵ月もやっているのだ。

英太は孫を引き込んだことが、大正解だったとほくそ笑んだ。礼子は礼子で、孫が一員でなければ「小さくして」と言えたのにとほぞを噛《か》んだ。

こうして、ついに完成したカムイサウルスは、全身のパーツを分けて庭に出された。そして、全身を庭で組み立てた。そうでないと部屋から出せない。

礼子は精一杯の抵抗として、「何か恐いから」と、庭の端っこに置かせた。確かに興味のない人には、不気味な巨大骸骨にしか見えまい。

礼子の終活からやっと解放された英太は、大きく息を吐いて、庭の「カム様」を見つめる。何という美しさ、存在感だ。

カム様は天候や時刻により、その姿を変える。今日は月の光を浴び、神々《こうごう》しくさえある。もうここに置いて二年になるが、色もあせず、雨風にも耐えている。康介自慢の彩色は、むかわ町の博物館のオリジナルに非常に近い。とても素人《しろうと》の工作とは思えない。英太は見るたびに満たされる。

こんな生き物が、かつては世界中にいたのだ。空にはプテロダクティルスやプテラノドンなど翼竜が飛び、海には十八メートルものモササウルスや五メートルもある魚竜が、当たり前に暮らしていたのだ。

地球はずっとあのままがよかったのではないか。ヒトは余分だったと思う。

窓の外、月に雲がかかったようだ。部屋の隅にある照明のスイッチを押した。庭に灯《ひ》が入る。

それはカム様を照らす角度で、努が設《しつら》えてくれた。闇に浮かぶシルエットの骨格は、芸術作品だ。だが、礼子のような一般人にわからせるのは無理なのだ。何しろ、礼子は言ったことがある。

「終活しないあなたが死ぬと、私困ることがある」

「何とかなるって」

礼子は無視して言い切った。

「庭の骸骨と部屋のゴチャゴチャしたプラモデル、ゴミに出していい？」

「ゴ、ゴミッ!?　ゴミッ!?」

「うん。だって、あんなもの欲しい人、いる？　いるなら、名前書いといてよ」

絶句している英太に、礼子は言ってのけた。

「あなたがミケランジェロなら、作品は億で売れるけどねえ」

あの時、怒りにふるえる英太に、笑って言ったのも母だった。

「礼子さんの言う通りだこて。英太、お互い歩み寄らねば、結婚なんて続かんがね。庭に骸骨置くこと、礼子さんは飲んだすけな」

あの時は震えたが、「死んだら何もわからないんだから、好きにしろ」とは、こういう覚悟をすることなのだ。俺の神をゴミに出すことも、「好きにしろ」なのだ……。

今でも腹は立つが、灯に照らされたカムイサウルス・ジャポニクスを見ていると、ミケランジェロでなくとも、こんな美しいものを作った自分に優しい心が広がる。

四十代の時、無理して庭付き一戸建ての家を買ったからこそ、こうして恐竜たちと暮らしていけるのだ。

英太は新潟の県立沼沢高校を出て、東京の至誠《しせい》大学に進んだ。偏差値としては二流の私大だが、うまく宝玉《ほうぎょく》不動産販売株式会社に就職できた。同社は誰もが知っている宝玉不動産株式会社の子会社であり、大手町《おおてまち》の親会社ビル内に本社があった。

二年間ほど新潟営業所に単身赴任し、本社に戻ると、やがて土地を買った。会社が社員に優先販売した土地で、三十五年のローンである。場所は横浜市白山《はくさん》区うららが丘《おか》という新興住宅地だった。そこに夢のマイホームを建てたのである。

だが、「横浜」とは名ばかりで、港は見えないし、山下《やました》公園にも中華街にも、元町《もとまち》にも、片道一時間近くかかる。そのマイホームは、京浜《けいひん》東北線で横浜駅から白山駅まで二十五分、そこから私鉄に乗りかえて十五分。うららが丘駅で下車して徒歩十六分という山の造成地にあった。だからこそ、七十坪もの土地が買えたし、礼子は何よりも住所に「横浜市」と書けることを喜んだ。

しかし、時代は音をたてて変わる。今ではうららが丘駅から東京の新宿まで、私鉄が一本につながった。その上、地下鉄浜谷線が渋谷まで通り、自宅から徒歩二分に新駅までできた。港も山下公園も見えないのは同じだが、山のこの造成地から、横浜中心部にも東京中心部にも難なく行ける。そんな日が来ると、当時は誰が考えたか。

英太はそれを思う。いくら終活をやっておこうと、エンディングノートや遺言状に残そうと、社会も環境もすぐに変わる。母の言う通り、ハダカがすぐに死後手続きに変わるのだ。

何よりも人の気持が変わる。若いうちから終活をする方が、安心して楽しく生きられるにせよ、死ぬまでには自分の気持も変わるだろう。

突然、延命治療をする気になったり、遺産の分配を変えたくなったり、いくらでもありうる。そのたびに専門家に相談し、書き換え、死ぬまで終活を続けるというのか。

そういう準備に心安らぐ人はやる方がいい。老後の趣味なのだから、自分で選び取ればよく、それだけの話だ。英太は七十五年生きた今、イヤなことはしない。それが許されて釣りの来る年齢だろう。

「英太、入るれ」

母の声がした。

そして、アチコチにつかまりながら入ってくるなり、窓の外を見た。

「よーし、カムちゃん、元気らね」

母はカム様を、いとも気安く「カムちゃん」と呼ぶ。そしてなぜだか、クックッと鳩《はと》時計のように笑った。

「おめぇ知らねこてなぁ。おめぇがいねぇ時、礼子さんが何してっか」

またクックッと笑った。

「カムちゃんに洗濯物干してるがね」

「えーッ!!」

「頭んとこにパジャマとかな、あと背中にバスタオル広げて、尾っぽの方の小さい骨ンとこパンツ引っかけて」

「パ、パンツ⁉」

「おめぇのだて。足ンとこにはハンガー掛けて靴下吊るしてるがね」

「ハンガー……」

「足の関節、掛けるがんに具合いんだこて」

キヨはまた鳩時計のように笑った。

「カムちゃん、物干し台としてよー働いてんだれ。こんげ不気味なでっけ骸骨があれば、泥棒も入んねこて、番犬にしたたってもよー働いてんだて」

「神のトカゲ」は昼間、パジャマや靴下で満艦飾《まんかんしょく》なのか。礼子が急に文句を言わなくなった理由が、母の「密告」でやっとわかった。

「母ちゃん、後期高齢者の俺は何の役にも立たないけど、白亜紀後期のカムイサウルスは役に立ってんだな……」

キヨは声を上げて笑い、英太がそこらに置いたエンディングノートを指さした。

「英太、延命のことさか書けば、あとはいいわね。終活なんかやらんでも」

「ん？」

「趣味は、他人《ひと》に言われてやるもンでねぇすけ」

「えーッ！　終活は趣味って、母ちゃんも思うんか」

「んだな。年寄りに終活ほどいい趣味はねぇすけな。金はかからね、場所はいらね、月謝はいらね、体力いらね、それで家族に喜ばれてさ。年寄りにこんげいい趣味、他にあろば」

そう言って、つけ加えた。

「だろも、母ちゃんの年齢で終活ゆうても、たいしてやることねぇがね。すぐ終わるすけ困るんて。何も持ってねぇし、医者も九十二歳に延命治療やるとか聞かねこて」

そして、可愛らしい笑顔を見せた。

「だろも終活の帳面つけてっと、家族の役に立ってる気がしるわ。必要もねえてがんに書き足したり、書き直したり、なーんだか嬉《うれ》しぇーしわ」

終活という「趣味」には、そういう効果もあったわけか。

「英太はやらねたっていい。趣味でねこと、やるほど人間長く生きねすけ」

「よく言うよ。俺にあんなに勧めて」

「嫁とうまくしるてがんは、姑が息子の側につかねことなんだて」

「あ……」

母は新潟の米農家の三女として生まれ、女学校にもやってもらえず嫁に出された。十七で英太を産み、ずっと働きづめだった。

結婚後は沼沢の食品加工会社で、今で言うパートとして力仕事を続けた。地べたに座わって段ボール箱を組み立て、ヒモで縛ってまとめて倉庫に運ぶ。地べたにはズラーッとオバチャンが並び、目の色を変えて家計の足しにしていた。英太は小学一、二年生だったが、そのシーンを覚えている。

何の学問もない母だが、社会を渡って行く術《すべ》や嫁との関わり方などは、生きる中で身につけたのだろう。

「な、珠子にしても礼子にしても、今時、誰がバアサンと暮らしたいなんて言うもんあろば。よう引き取ってくれたがね。実の親でも大変《てぇへん》らてがんに、姑らがね」

だから嫁を立て、できる限り好きにさせ、息子の肩を持たないのか。同居中には色々あったにせよ、珠子とも大きな問題は何も起きていないと、昭次からも聞いていた。できる限り自分の存在を消し、何かあれば嫁の側につく。それを第一に考えてきたのだろう。

「な、英太、昔の人は誰《だあ》も終活なんかしねかったがね。その日生きるだけで一杯らったにしても、誰《だあ》も死にたくねぇすけ、考えんかったんだこて」

キヨはまた庭を見た。

「な、カムちゃんも、もうちと生きたかったこて。怪獣らったって骨になる前に色々やりてかったこてさ」

「怪獣じゃないよ、恐竜」

「似たようなもんらがね」

「しかし母ちゃん、九十二になってもまだまだ生きたいって、いいよな」

「人って生きれば生きるほど、まっと生きてなるすけな」

英太は努と康介との、男三人の作業を思い出した。

「長生きしすぎて申し訳ねぇと、すぐ思ったりするろもやっぱりおもっしぇなぁ、生きてっと」

母は優しい目をした。

「昭次もいいホームで、幸せにやってるこて」

英太にコウモリの飛ぶ夕空が甦《よみがえ》った。あの時、小さな掌で兄の手を握っていた昭次は、「老人ホーム」に入る年齢になった。流れた歳月は二度と帰らない。

「沼沢、思い出すよな」

英太がつぶやくと、母は、

「そうか？　母ちゃんはもう横浜の方がいいんだこて」

と笑った。

「英太、我慢して終活しんなて。我慢するほど、七十五に先はねんだすけ」

「うん」

「妖怪も終活しねで、死んだこて」

「恐竜だって」

母は聞こえないのか、笑顔でまたアチコチにつかまりながら、出て行った。

英太が恐竜に関心を持ったきっかけは、たった一つだ。電車で広げたスポーツ紙に恐竜の記事があった。読む気もなかったが、見出しが目に入った。

〈恐竜の脳こんなに小さい〉

意外だった。恐竜については何ひとつ知らなかったが、体が巨大なことだけは知っている。あの体に小さな脳か。記事を読んでみると、一番大きな脳はティラノサウルスで、４２４グラム説と５３０グラム説が紹介されていた。

人間の脳は約１４００グラムだとあり、その三分の一前後だ。なのに、ティラノサウルスは体長12～13メートル、体重６～９トン。工事現場などで見る10トンダンプカーほどもある。４２４グラム説を取るなら、そこに鶏卵六個分くらいだ。

その脳は、天を突く巨体に、ただ生き抜くことだけの指示しか出せなかっただろう。

食べる。寝る。戦う。種を残す。そして死ぬ。

彼らの脳には、これ以外のことは入らなかっただろうと英太は思った。生きる意味も死への恐れも、将来や不安や忖度《そんたく》や未練や、そんなものが入るには、脳はあまりに小さい。後悔も創造することも、そんな思いがあることさえ知らなかっただろう。

小さな脳の指示のまま、一直線に生き、一直線に死んだ。

１４００グラムの脳を持つ人間は、将来も不安も生きる意味も考える。無視できない。そして、それらの多くは報われない。

英太はスポーツ紙をぼんやりと見続けた。自分もさんざん考えて生きて来たが、結局は「可もなく不可もない人生」で終わる。圧倒的な「その他大勢」で終わる。

定年を控えた今、人生に不満を持っているわけではない。だが、着地点が「その他大勢」なら、もっと本能に従う生き方が面白かったのではないか。脳が１４００グラムあろうと「その他大勢」に行きつくのだ。安全で平凡でいい人生だった。だが、それだけだ。

以来、恐竜が忘れられず、本を読みふけり、図鑑をそろえた。プラモデルを作り、唯一無二の趣味になった。

六月の晴れた朝、予約していたタクシーが英太宅に着いた。母に手を貸しながら、英太と礼子が乗り込む。

母が「もう横浜の方がいいんだこて」と言った時、英太には、自分を消しているやせ我慢がしみた。そして、ふと思った。母は来月九十三歳になる。それは生まれた時からの心臓が、休まずに九十三年間、動いてきたということだ。眠っている間もずっとだ。唐突にそう思った。母のしなびた体には、その母親からもらった心臓が、今も動き続けている。

戦前も戦中も戦後も、どんなに苛酷な環境でも貧しくても、親がくれた心臓は九十三年間、母を生かし続けてきた。考えたくはなかったが、もう十年動くのは無理だろう。

昭次に電話で「何かしてあげたい」と言うと、即答だった。

「来月、母ちゃん誕生日だし、ここに遊びに連れて来たら？」

「そうか。昭次に会いたくてたまんないのに、絶対言わないもんな。そうか、いいな」

「ゲストルームもあって泊まれるし、料理人のプロがいるから、うまい和食を予約しとくよ」

上越新幹線で燕三条《つばめさんじょう》まで行き、燕三条駅からタクシーでも一万円ほどらしい。

すぐに電話をかわった珠子も弾んだ声をあげた。

「新潟の日本酒と、かぐら南蛮味噌、それと棒ダラ煮を用意します。お義母さん、懐かしがって泣きますよ」

かぐら南蛮は南魚沼《みなみうおぬま》の伝統野菜だ。だが、新潟を離れて以来、見たこともない。ゴツゴツしたピーマンのような形で、相当辛いが新潟の人はよく食べる。母が味噌と合わせると、父は酒のつまみに欠かさなかった。英太と昭次は弁当の隅にいつも入れてもらった。うまい新潟の米が、ますますうまくなる。

思えば母は約九十年間、新潟を離れたことがなかった。馴染みのない横浜で、故郷をどれほど恋しく思っていただろう。決して口にせず、老いて行く母を支えていたのは、子に迷惑はかけないという信念だったのか。


上越新幹線「とき」は、滑るように東京駅を出て、快適に走り続けた。

キヨは窓側の席に身を沈め、ひたすら風景を眺めている。コシヒカリか、一面の稲田が力強く夏の光をはね返している。農家の三女として働いた十代が、甦っているのだろうか。

「次は越後湯沢《えちごゆざわ》らと」

キヨは新潟らしい地名のアナウンスを聞き、頰《ほお》に赤味がさしている。

燕三条駅からタクシーに乗り込むや、礼子がすぐに運転手に頼んだ。

「少し遠回りでも構いませんので、目的地までできるだけ海の見える道を走って下さい」

「わかりました。今日は佐渡がくっきり見えますすよ」

キヨはそれを聞き、「ワァ」と声をあげ手を叩いた。

老後の金は、こういう使い方こそが大切なのだ。今を楽しく生きるために、どう使ったら一番いいかを考える。子供に分配するより、これこそが「終わりへの活動」、「終活」だ。

年金以外に収入のない英太には、今回の支出は小さくはない。だが、満たされた様子の母を見ながら、自信が漲《みなぎ》った。心の中で、力をこめた。「死んだ後のことなんか、俺の仕事じゃないよ。金でも時間でも、今、使うんだよ。終わりへの活動ってのはこれだよ」と、口に出したいほどだった。

昭次夫妻のホーム「寺泊《てらどまり》シーサイドディアス」の玄関口は、木々に囲まれた門の奥にあった。緑の中に、それは豪邸のような、優雅な佇《たたずま》いを見せている。

電話しておいたため、昭次夫妻が玄関口に立って待っていた。

キヨが車から降りると、珠子が駆け寄ってきた。

「お義母さん！　よくいらしてくれて。礼子さん、嬉しいです」

キヨに抱きついている珠子は、本当に目が潤んでいるように見えた。珠子と色違いのポロシャツを着た昭次は、英太に「サンキュー」と言うように目礼した。

最近の高級有料ホームや、高級シニアマンションは、全国どこでもホテルそのものだと聞く。ここもまるで一流ホテルだ。シャンデリアが輝くロビーでは、猫や犬を抱いた居住者たちが行きかう。ペット可なのである。コンシェルジュでは宅配便の取り扱いもあれば、散歩コースから外食先の相談、タクシーの手配まで何でも力になってくれる。

昭次夫婦の部屋は東南の角にあり、最上階の六階。リビングの大きな窓一面に日本海が広がる。佐渡の美しい姿は、木々まで見えそうだ。

珠子がキヨにねだった古い和箪笥《だんす》が、寝室の一角にあった。縁が欠けた飯茶碗が置かれ、白いあじさいが活《い》けてある。これは昭次が高校生の頃に、母が沼沢の商店街で買った特大の茶碗だ。こんもりと白いあじさいは、大飯食らいだった昭次を思い出させる。

「ここ、好きな家具を持って来ていいんです。だからこれだけはと思って」

珠子が和箪笥に手をやると、キヨは思いがけぬことに照れた。礼子はそんなキヨの肩を抱いた。

「何か私まで嬉しいです。それに珠子さん、ここはホームじゃなくてホテルだわ」

「そうなんです。今後、介護が必要になれば介護階で、看取りまでしてくれるホテル」

珠子は満足そうに笑い、礼子は英太をつついた。

「この老後、早くからの終活の賜《たまもの》よねえ」

その通りだと思うだけに、英太は返事をしなかった。

夕方、一階のレストランに向かおうという時、ホーム職員が車椅子を六階につけた。

「お疲れにならないよう、よろしかったらお使い下さい」

とキヨを促した。

昭次が車椅子を押し、囲碁将棋ルームや映写室を、珠子と並んで案内した。医師と看護師が常駐の医務室、器機のそろったトレーニングルーム、カラオケルーム等もある。それらを見るたびに、キヨは心底安心した表情を見せる。

「本に出てくるようなとこらねぇ。看取りまでずっとらか……。いいとこ見つけたねえ……。母ちゃん安心ら」

英太が笑って昭次に耳うちした。

「息子が七十五と七十二だってのに、母親は安心するんだな」

館内を行く居住者たちが、次々に声をかけてくる。

「あら、原さん、お客様？」

固くなっているキヨに、笑顔で挨拶《あいさつ》する。

「原ご夫妻には、いつも何かとお世話になっております」

「ここのレストラン、うまいですよ。それに酒も飲めるんですから」

「今夜、ピアノコンサートがありますから、原さん、皆さまをお連れしたら？」

男女とも、普段着ながら気を配っており、薄化粧の老婦人も多い。礼子は居住者の生活レベルがわかると思った。

むろん、高級なホームでも、居住者間にイザコザやいじめや、恋愛沙汰があると雑誌やテレビでは報じている。だが、礼子には「金持ち喧嘩せず」の方に現実味を感じた。車椅子の後を歩き、英太に小声で言った。

「ここに来ると、よくわかると思わない？　お金持ちはゆとりがあるから、面倒なことはテキトーにやり過ごすってこと。喧嘩なんて結局は損するだけだもの。喧嘩して損して、もっと貧乏になるのが貧乏人なのよ」

英太は適当に笑ってやり過ごした。だが、礼子の口は止まらない。

「私ね、昭次さん夫婦が若いうちから老後に目を向けていたこと、みごとだと思う。それも、お義母さんの面倒をさんざん見てくれて、その後の入居だもん」

キヨが突然、振り返った。

「今、昭次と珠子さんと話してたて。父ちゃんにも、母ちゃんのような幸せ、味わってほしかったろもねえ」

英太が肩をポンポンと叩いた。

「いいんだよ。長く生きた者勝ちなの」

老いて小さくなった母の目が、シワの陰で濡れて見えた。

レストランの和食は、新潟の食材をふんだんに使っていた。キヨも九十三歳間近とは思えぬ酒豪ぶりを見せる。かぐら南蛮味噌を湯豆腐につけ、最初の酒は「鶴齢《かくれい》」だ。江戸時代の文人鈴木《すずき》牧之《ぼくし》は現在の南魚沼市の生まれ。キヨは魚沼市出身であり、非常に親近感を持っていた。その牧之が命名した酒だと知り、キヨは必ずこれから始める。そして佐渡の「北雪」、柏崎の「あべ」と進んだところで、突然テーブルに両手をついた。そして、ゆっくりと立った。

「幸せな母ちゃんが、お礼に歌わしてもらうすけ」

珠子があわてた。

「この部屋、カラオケないんです」

キヨは笑顔で制すると、歌い始めた。枯れて小さな声ながら、胸を張っていた。

「阿賀野川《あがのがわ》に薫風《くんぷう》渡り
信濃川《しなのがわ》には蒲原津《かんばらつ》
見よや湊《みなと》の童《わらしべ》を」

英太と昭次が思わず顔を見合わせた。それは二人が通った沼沢小学校の校歌だった。

当時も母は働きづめに働いていたが、二人の学校行事には必ず参加した。地べたに座わって段ボールを組み立て、そのまま姉《あね》さんかぶりで走って来たこともあった。

そういう母親はいくらでもいた時代であり、親にしても子にしても何ら恥ずかしいことではなかった。卒業式や入学式だけではなく、あの頃は何かというと校歌を歌い、キヨもすっかり覚えていた。

英太と昭次も立ち上がり、母をまん中にして歌った。

「誇りあれ沼沢　光満ちよ沼沢
ああ　我が学び舎《や》は愛の園《その》」

妻たちも立ち上がり、大きな拍手を送った。キヨは晴れがましさに、両手で頬を覆った。七十代の兄弟は、この母を大事にしなければと、改めて強く思っていた。

帰宅後、キヨはさらに元気になった。庭仕事への気合いが違う。

「次に行ぐ時らば、雪の新潟がいい」と言い、あの飯茶碗に活ける冬の花を育てるのだと、気力満々だった。

七月に入った今も、朝の涼しいうちに、夏野菜に水をかけたり、摘心《てきしん》したり、収穫したりと張り切っている。

九十三歳間近には重労働だが、かえっていいのだろう。ビンに入れて持ち帰ったかぐら南蛮味噌で、しっかりと新潟米を食べる。そして、ぐっすりと眠る。嫁姑問題も、どちらが我慢していようが、大きく表に出るほどではない。

今日は佑子と努夫婦、康介が来る。

来週がキヨの誕生日であり、横浜の家で早めのお祝いをしようというのだ。康介は努から小遣いを余分にもらい、タオルハンカチのプレゼントを用意していた。

キヨは採りたての野菜を食べさせたいと、いつものように朝早く庭に出た。異常な猛暑の日本であり、昼日中《ひるひなか》は外に出るなときつく言われている。何しろ町内放送で「外出しないで下さい」とアナウンスするほどだ。

キヨは帽子をかぶり、ペットボトルの水をポケットに入れる。採った野菜を入れるカゴを、腰にしばりつけた。

朝六時の庭は、まだそう暑くない。入道雲の夏空ではあるが、キヨは汗を拭《ぬぐ》いながら切り取る野菜が嬉しくてたまらない。帰りには土産に持たせようと思うと、さらに力が湧く。

七時過ぎに、英太が朝刊を手に食堂に入って来た。朝食の皿が並んでいるのに、礼子もキヨもいない。

「あなたーッ!!」

その時、庭で礼子の叫び声がした。

何ごとかと見ると、庭の隅の野菜畑で、礼子が絶叫していた。

「お義母さんがッ！　救急車！」

キヨは直《ただ》ちに、近くの大病院に救急搬送された。英太と礼子が同乗し、礼子はずっと震えていた。

「お義母さん、庭を見てもいないし、お部屋を見に行って……いなかった。何かイヤな予感がして庭に出てみたら、トウモロコシの大きな茂みの中で……」

救急隊員が体温や血圧を測り、体を冷やすなどの応急処置を行う。呼吸は荒く、意識は朦朧《もうろう》としているようだった。英太や礼子の素人目にも、熱中症のように見えた。

病院に着いてほどなく、キヨは死亡した。重度Ⅲの熱中症だった。

第二章

英太は母が使っていた部屋の前に立った。死去から二週間が過ぎ、葬儀も初七日も終わった。だが、今日まで一度も、その部屋のドアを開けていなかった。

今、小さく息を吸って、ノブを引いた。

一気に母の匂いが押し寄せてくる。老人の匂いではなく、母の匂いだった。これを予想して、今までドアを開けずに来たのだ。

つい二週間前まで、母はここで暮らしていた。この椅子に座わり、あのベッドに寝て、その急須でお茶をいれていた。毎日飲む薬の袋には日付が書いてある。死んだ日の後も八日間。それがクッキーの空き缶に入って置かれている。本人は死ぬなんて考えてもいなかったのだ。

何もかも二週間前と同じだ。だが、主《ぬし》はいない。主の匂いだけが濃い。匂いの中にある椅子や急須や薬は、一ミリだって動いていない。

英太は窓を開けた。礼子は昨日まで、風を入れることをさり気なく自分がやった。英太が中に入りたくあるまいと、察していたのだ。キヨの部屋はそのままだったが、位牌《いはい》、遺骨、遺影はリビングにある。無理に部屋に行く必要はないと礼子は思っていた。

だが、いつまでもこうしていられないと思った英太は、軽く言った。

「あっちのテーブルにも供えとくか」

誕生日にと康介が買ったタオルハンカチと小さなビンを持った。珠子が持たせたかぐら南蛮が半分ほど残っていた。

英太はそれらを持って、テーブルの前に突っ立っていた。椅子には座われず、茶碗にも急須にもさわれない。

――人がこの世にいるのは期限付きだな。わかってはいたけど、本当に期限内だけみんなと一緒にいるんだな――

そして、死後八日までの日付を書いた薬袋を、また見た。

――人は期限を知らないで生きるからいいんだな……。新潟に行った時、母ちゃんの寿命はあと二週間だった。誰も知らないからあんなに楽しめた。な――

台風が近い。そのせいか、窓を開けると強い風が入る。だが、母の匂いはまったく弱くならない。英太は窓辺に突っ立って、何も動かない室内を見ていた。静かだ。

――死んだんだな、母ちゃんは――

亡き骸《がら》は車で運び、葬儀は十日前に新潟の魚沼市で行われていた。

平成十六年に「市」になる前は、北魚沼郡《きたうおぬま》といい、兵吉とキヨはその隣り町同士だった。

あたり一面の稲田と、雪でも緑でもそれは美しい越後《えちご》の山々。その中に先祖代々の菩提寺、西鵬寺《さいほうじ》はあった。兵吉が幼い頃から境内《けいだい》で遊び、盆踊りや除夜の鐘をついた寺だ。キヨも夏の縁日にはよく行ったと言う。

遺骨になった母は、四十九日の納骨まで横浜の英太宅でくつろいでいる。当初、昭次が「俺が連れてくよ。母ちゃんも新潟の方が安心するだろう」と言ったが、

「いくら一流ホテルみたいでも、老人ホームに遺骨はまずいって」

と横浜に連れて来た。それに、四十九日からは、夫や両親らと賑《にぎ》やかに故郷にいられる。

母の部屋からも、庭の「カムちゃん」が見えた。猛暑と、台風含みの熱風を受けている。

「カム様、母ちゃんの死因は熱中症だったよ。体温が四十度を越えてたんだって。な、カム様ならわかるだろ。体温の恐さをさ」

かつて、恐竜はどんどん巨大化して行った。そして、体重の増加に比例して体温が上がるのだという。

しかし、動物は体温が四十五度を越えると死ぬと聞く。体をつくっているタンパク質が固まってしまうらしい。

体長28メートル、体重55トンのサウロポセイドンは、体温が四十八度あったとされる。それで死んだのだろう。13トンのアパトサウルスは、四十二度あったと伝わる。

人間の熱中症では、皮膚体温が四十度でも、体の中心の深部体温は一度前後高いと、以前に新聞で読んだ。

きっと母の深部体温は、アパトサウルスと同じに四十二度くらいあったのではないか。

高温仲間のアパトサウルスたちが、あの世で必ず母を守ってくれるだろう。小学生のような戯《ざれ》

言《ごと》さえ、心安らぐ。と言うのも、思い出す母は、いつも穏やかで非力なのだ。

――誰でも母親を亡くすと、そう思うのかね……。優しくて笑っていて、苦しい時代でも懸命に子供を育てていた姿なんだよな。アパト、守ってやってくれよな――

テーブルの湯呑みの横に、タオルハンカチとビンを置くと部屋を出た。

部屋を出るなり、英太はふと、着ているシャツの袖《そで》に鼻を寄せた。母の匂いはついていない。ホッとした。

リビングのドアを開けた瞬間、足元が大きく揺れた。

「地震だ」

咄嗟《とっさ》に母の部屋に行こうとした。

「あ……もう行かなくていいんだ」

思わず声に出ていた。

素知らぬ顔をしてリビングに入り、

「今、地震あったろ？」

と言うと、礼子はうなずいたものの、テーブルに置いたノートを示した。

「見て。お義母さんのエンディングノート。お義母さんの字でびっしり書いてある」

礼子は目を赤くしているように見えた。母の筆跡など見たくはない。また思い出すだけだ。だが、致し方なくのぞく。

「お義母さんに私が話したの。『人生会議』っていうのもあるんですよって。鉛筆できれいに清書してたのね……」

母の字が、英太の胸を突く。下手だがきちんと書こうとしている。

平仮名まじりで、

「人生会ぎとは人生最終だんかいの医りょうやケアについて、家族や医師らと話し合うこと」

と書いてある。要はさんざん聞かされた「終活」と何が違うのか。同じだろう。

違いがあっても、そんなことはどうでもいい。英太は母の字を追って行く。生きていたんだよなと思う。母はさらに、

「厚生労どう省や官公庁がすいしょうしているのが、人生会ぎ。家族、医者、かんごしと話し合って、きょうゆう」

と書いていた。

人生の最終に向けて国を挙げて、「共有のススメ」をしているらしい。

――国まで「煽り終活」すンじゃねえよッ――

「お義母さんね、何から何まで全部を準備して、私と共有してたの。泣けてくる……」

「そうやって準備するから、神様に呼ばれンだよ」

怒るかと思った礼子は目頭を押さえ、ノートを示した。

「会葬御礼も、お義母さんは前から新潟の『出陣餅《もち》』に決めてたの。上杉謙信《うえすぎけんしん》が兵に与えて元気づけたんだって。新潟米のよもぎ餅」

そう言えば、葬儀で配っていた。康介がネットで注文したと言っていた気もするが、英太はほ

とんど記憶が抜けている。

「お義母さんね、前に言ってたの。『ババ、いざ出陣ら！』で、みんなを元気づけるって。それで私と吹き出したこと、思い出した」

礼子が示すノートには、葬儀社からの見積もり伝票が貼られ、その代金を入れた封筒もあった。

「お金も、お金になるものもなかったけど、あるだけはきれいに分配先を書いていた。いつ死んでもいいようにって……」

――ああ、聞きたくない。そういうこと考えるから死ぬんだって言ってンだろうが――

「棺の中に入れるものまで、全部私と共有してたの。あなたの母親じゃないみたい」

英太は、葬儀社の大きな車で遺体を魚沼に運んだあたりから、記憶があいまいだ。ただ、エンゼルメイクの死に顔が、本当にきれいだった。鼻すじが通り、オレンジ色の口紅がよく似合っていた。口紅などつけたことは、幾度もなかっただろう。こんなにも「越後美人」だったのかと、頬にさわった。冷たかった。

「小さなクッキーの箱に、お義母さんね、写真を二枚入れてたの。棺に入れてくれって」

もうやめてくれよと思ったが、礼子にその気配はない。

「写真は小さいあなたをおんぶしてるのが一枚。お義母さんは十九よ。昭次さんをおんぶしてるのが一枚。お義母さんは二十代に入ったとこ。モノクロの古い写真……見たよね？」

「見た見た」

覚えていない。

母親に背負われるのは、人生のほんの一瞬だ、そのあったかくて柔《やわ》らかくて動く寝床で、口を開けて眠っていた子は、すぐに自分の足で歩き出す。母親にとっても、背があったかくて重いのは、ほんの一瞬なのだ。

母の背で守られていた時代があった。その幸せは、母を失うとわかる。

「それと、これ」

礼子は布の財布のようなものを出した。黒い布に緑色のフェルトでアップリケがしてある。

「お義母さんのエンディングノートに書いてあった。『英太に』って。この緑色のアップリケ、何だかわかる？」

「……いや」

「恐竜」

「……言われてみると」

「全国の都道府県がどんな形をしているかって、どこだかが全国の人気投票やったんだって。そしたら新潟は恐竜みたいだ、カッコいいって、北海道に次ぐ二位だったたって」

英太は緑色のアップリケにさわった。

「確かに恐竜だな。村上《むらかみ》の方が顔で新潟から糸魚川《いといがわ》の方がずっと背中。うまいこと言うねえ」

「このポーチ、珠子さんがバザーで見つけたんだって。あなたに買ったら、お義母さんが薬入れに欲しいって」

母がさんざん使ったらしく、毛ば立ったアップリケがかえって恐竜らしかった。

「妙高《みょうこう》の方が尾で、魚沼や湯沢は足か。面白いねえ。北海道より、こっちが一位でいいよな」

英太はわざとらしいほど、元気ぶって言った。

ファスナーを開けると、隅に薬のカプセルが一つ残っていた。うっすらだが、母の匂いがした。

「お義母さん、ポーチの分配までちゃんと書き残してたの」

「大切に使いますッ。恐竜が、佐渡を従えてアップリケされてんだから、ウケるよなァ」

もうこういう話は打ち切りたい。終わらせるために、新聞を開きながら言った。

「お袋の終活が役に立ってよかったよ。俺も胃ろうだか気管切開だかは、やるなってちゃんと書いたしな」

「うん。あれだけでいい。生きてるうちに死ぬ準備しないって人のこと、友達からもよく聞くしさ。しかし、お義母さん怒ったよねえ。割り箸袋に書くバカ、産んだ覚えはないって」

そう言うと、笑って涙を拭《ふ》いた。

英太は窓辺の遺骨をチラッと見た。白とピンクの花に囲まれた母は、四角い箱の中にいる。あと一ヵ月で、故郷の新潟に帰る。

部屋に戻って調べると、全都道府県の形については、二〇一九年にJタウンネットが取った人気投票だった。新潟は「可愛い恐竜」だと人気を集め、堂々の二位。ビリが東京というのも悪くない。

英太は薬のカプセルを残したまま、ポーチのファスナーを閉じた。

夕方、馴染みの居酒屋店主から電話があった。

「どんどん淋しくなる頃だろうって、三人とも心配してますよ。大丈夫ですか？」

この店は、自宅から歩いて三分ほどのところにある。店名が「信濃《しなの》川と万代橋《ばんだいばし》を照らす満月」だと知った時、すぐに「オーナーは新潟の人だな」と思った。新潟のすばらしさを、全部店名にぶちこんでいる。以来十五年の常連だ。カウンターだけの小さな店だが、特に親しくなった仲間が三人いる。店に行けば誰かと会える。

店主の大月恵三《おおつきけいぞう》はまだ三十六歳だ。だが、全国の手に入りにくい日本酒を充実させ、「小銭があって行く所のないジイサン」でいつも混んでいた。

ある時、英太は聞いてみた。

「俺は高校まで新潟にいたからわかるよ。だけど、もっと横浜らしい店名の方がいいんじゃないか？」

三人仲間の一人、船井伸吾《ふないしんご》が笑った。

「それに、店名にしちゃ長すぎるって、何回も言ったろ。信濃川か万代橋か満月か、どれかひとつでいいよ」

船井は七十四歳。昔は大きな会社のサラリーマンで、それなりの役職だったようだ。

「信濃川と万代橋を照らす満月」という長すぎる店名は、ネットでも話題らしい。かえって宣伝になっているし、みんな「万代橋」と呼んでいるので問題はない。だが、恵三自身はいたく不満らしい。

「生きてりゃ百五歳の祖父《じい》ちゃんが新潟で始めた店で、三代目の俺なんて何も言えませんよ。親父《おやじ》が店を横浜のここに移した時も、店名を変えたいって。祖父ちゃん、耳もかさない。俺の代になった時も、『若い三代目らしい小洒落《こじゃれ》た名前にしよう』って、頑張《がんば》ったんですけどねえ」

祖父は戦後、信濃川と万代橋を照らす満月に、生きる力をもらったのだという。晩年の祖父に、恵三は恐る恐る言ったそうだ。

「孫の代になって若返るんだし、名前は『霧笛《むてき》』でどうかな」

一蹴された。

「ヨコハマ、ヨコハマ言うたたって、港も見えねえ横浜だねっかね。何が霧笛ら。俺は信濃川と万代橋を照らす満月の神々しさを、何べんも見て震えたすけね。二代目が横浜に移すってのは譲ったろも、あとはダメら！」

恵三はあえなく土俵を割った。

その上、祖父は厳命したそうだ。

「県は『万』を『萬』に戻したろも、いいか、店は『万』のママ。『万代橋』。俺が震えたのは『万代橋』、いいか」

英太が「万代橋」に入って行くと、仲間の三人も恵三も立ち上がって迎えた。

恵三は「鶴齢」をキヨの席に置いた。

「俺からです。お袋さん、来ると必ずこの席で、必ず故郷の『鶴齢』からだった。酒、強かったですよねえ」

もう一人の仲間、北村隆男《きたむらたかお》もうなずいた。

「しっかりして、とても九十代とは思えなかったよなァ」

北村は名うての襖《ふすま》職人だった。七十を過ぎても指名を受けていたが、七十七歳の今、

「指名する側が、みんな死んじまった」

と、ぼやくご隠居さんだ。

英太は「鶴齢」を味わいながら、聞いてみた。

「みんなは終活やってる？　俺のしっかり者のお袋さん、まァきちんとエンディングノートつけて、ろくにない金の分配まで書いてた。家族は助かったけど」

船井が声を張った。

「終活なんて、そんな辛気《しんき》くさいことやるかよ」

北村はさらに声を張った。

「死ぬ準備なんつものは、シャレコウベに近い人にやらせちゃ酷よ。シャレになんねえ」

そうか、終活は「辛気くさい」のだ。「シャレ」になんねえのだ。それだ、それ。生きてる間は、十八歳も九十八歳も同じように期限を知らずに生きる方がいい。むろん、辛気くさくて、シャレにならなくても、立派な趣味ではある。だからと言って、国を挙げて、メディアを挙げて煽るのは「シャレコウベ間近」に対して失礼だろう。

ところが、英太と同じ七十五歳の岡本浩《おかもとひろし》だけは違った。

「俺はきちんと公正証書遺言を書いたし、エンディングノートもつけてるよ。女房、息子と共有してるし」

英太も船井も北村も、「鶴齢」を持つ手が止まった。仲間の一人に、絵に描いたような終活をやっている人がいたのか。岡本は当たり前のように言った。

「若いと思ってるのは本人だけだって。ニュース見てみな。六十五以上に何かあると、当たり前に『高齢者』って言う」

英太は有名人の写真を思い出した。男女共に、本人はそんなに大変《おおが》わりしているとは考えていないのだ。

実は大変わりも大変わりだ。笑える。そんな彼らを笑う人間も、同じに大変わりなのだと礼子は言うが、自分はそこまで大変わりしていない。英太には自信があった。

北村が恵三にカラの徳利を振りながら、三人に言った。

「俺は終活やんないよ。やんないで死ぬ。だけどさ、やってる人のこと聞くと、何か焦《あせ》るんだよな」

実は、英太にもそれはあった。自分が間違った場所に、取り残されている気がするのだ。まして、同年代とかそれ以下の終活を聞くと、尻に火をつけられた気になる。その一方で、死ぬ準備万端のヤツと遊んでも飲んでも、何かシラケる。

万端な岡本が盃《さかずき》を一気に干した。

「終活は楽しくはないけど、イヤなものでもないよ。やるとホッとするよ」

岡本がしんみりと言う。

「終活やると、これまでを思うわけよ。俺は、本当に高校生やってたのかなァ……と何回も思ったよ。小さい時とか会社員時代のことは、それなりに色々と思い出せる。だけど、中学、高校はリアリティがない」

「十五から十八なんて、今の自分には一番ありえない時代だもんな」

「そうだよ。疲れ切ってても、高校生なんて吊り革につかまって五分も寝りゃ、疲労回復してさ」

「リアリティがないってことは……夢の中だったんだな」

岡本がため息をついた。

「なのに文化祭のフォークダンスとか、担任が言った一言とか、友達と話した体育館の裏とか、断片的にくっきり思い出せるんだよ。寝床で見る夢と同じ。つながらない。断片」

「親だって四十そこそこだろ。親父はドンブリ飯食って、お袋は重たい荷物下げて商店街往復してな」

「今じゃ、この四人とも親はいない」

「いや、同じクラスの子、もうほとんど親はいないだろう」

船井が遠い目をした。

「俺、もう高校生には戻りたくないよ。だけど、もし戻れたら、やりたいことはある」

「俺もある。後期高齢者になったから、わかるんだよな。あの時、ああやっておけばってな」

岡本はそう言い、猪口《ちょこ》を上げた。三人も上げ、乾盃した。

いい夜だった。英太は母を失った悲しみも、先がない切なさも、妻より飲み友達に癒《い》やされた気がした。

恐竜のポーチを出し、必要もないのに盃のそばに置いた。恐竜の毛ば立ちは、リアリティを持って母を感じさせた。


四十九日の法要には、遺骨を頑丈なバッグに入れ、新幹線で向かった。キヨが窓に貼りついて見ていた越後の風景が、後ろに飛んで行く。

納骨の打ち合わせは、昭次夫妻が綿密にすませていた。葬儀の時と同じに、佑子と努一家もそろった。

西鵬寺の本堂で、遺骨と位牌を前に法要を行い、住職の読経の中、一人ずつ焼香した。焼香台に置かれた写真のキヨが、笑っている。昭次のホームに行った時の嬉し気な顔だ。これは火葬中にも、扉の前に置いた。

英太はどんな写真より、棺の中の美しい母が好きだった。あの顔ばかりを思い出す。幸せな一生だったから、あんなにきれいだったのだと思う。心が休まる。

法要を終えると、英太が位牌を、昭次が遺骨を抱き、墓に向かった。幼い兄弟二人を背にしていた母を、今、兄弟二人が胸にしている。

原家代々の墓は、境内の一番奥にあった。ゆるやかとはいえ高台まで、階段や坂を昇って歩く。ここを行くのは、年々きつくなる。今年は特にきつい。母をしっかりと胸に、英太は荒い息をした。膝も痛む。いつまで墓参ができるだろうか。

しかし、見晴らしはすばらしく、きつさを考えてもお釣りがくる。春は桜に、秋は紅葉に彩られる空を、自分のものにできる。

墓に着くと、遺骨は初孫の佑子に渡され、英太、昭次、努、康介の男手で、墓の拝石《はいせき》をずらす。位牌を手に礼子も見つめる。

やがて重い拝石が動き、カロートがのぞいた。骨壺を入れる空間だ。何という狭さだろう。これを目にするのは、父が死んで以来十七年ぶりだ。こんなにも狭かったのか。

母の骨壺を入れる時、隣りに父の骨壺が見えた。「同じ墓に入る」とは、こういうことなのだ。重い石で閉じられた狭い空間に、共にいることなのだ。

祖父母や父の時もカロートを開けて骨壺を安置したのに、英太は印象にない。自分が七十五歳になったから、同じ墓に入る縁《えにし》がわかったのか。狭い空間に寄り添う縁。元々はアカの他人が隣り合って、来世も生きる縁。

男たちは再び重い拝石を動かし、カロートにガッチリとふたをした。

住職の読経は故郷の山や空に渡り、母をさらに心安らかにしているだろう。だが、英太はあの狭いカロートに入った母ばかりを思った。

それが夫と共に、安らぎの終結であったとしても、二度と出られない石の下。「死ぬ」とはこういうことなのだ。

死ぬ、つまりカロートに入る前に、人生の集大成をなしておきたい。心残りのない終活をしておきたい。初めてそれが身に迫ってきた。カロートに入れば、この世では何もかも終わる。自分もそう遠くないうちに、あそこに並んで入るのだ。

横浜に戻ってからも、英太からはカロートの衝撃が消えなかった。

人は必ず死ぬ。消える。最初は偲《しの》ばれても、あとは「弔《とむら》い上げ」になり、「墓仕舞い」になり、「いなかった人」になる。当然だ。年々歳々、若い子孫へと移り変わるのだ。死んだ者は顔も知らない「ご先祖様」になる。彼らにとっては最初から歴史上の人物だ。

英太は布団の中で、大きく息を吐いた。眠れなかった。

人間、カロートに入る前に、やり残したことをやるのがいい。体が動くうちにだ。それこそが終活というものだ。

「万代橋」での四人の会話を思い出す。一番リアリティがないのが高校時代で、あれは夢だったというのは、その通りだ。なのに断片的に、くっきりと思い出せるというのも、その通りだ。

時間が流れた。高校入学から六十年という、とてつもない時間が走り去って行った。十五歳は七十五歳になった。

リビングに入って行くと、佑子がいた。

「よォ、来てたのか」

「うん。部活の試合があって。顧問は日曜も祝日もないんだから」

「それはパパも同じだったよ」

「私もいつか、毎日が日曜日になるってか」

「いつかじゃない。じきなる」

礼子が笑顔を向けた。

「今、佑子と話してたんだけど、どっか外でごはんしようよ」

英太は答えず、ソファに座わった。

「佑子もいるならちょうどいい」

「何よ、何か重大な話？」

「いや、よくある話だ」

佑子は英太の湯呑みを出した。

「俺、終活する」

「えーッ!?」

礼子と佑子が同時に声をあげた。

「決めた。やる。終活やる」

「あなた、どうしたのよ。あんなにハッキリとやらないって。何があったの」

「別に何もないよ。お袋が死んで、色々考えたり、居酒屋で同年代の話聞いたりして」

佑子が嬉し気な声を上げた。

「よーし！　今夜はパパの決心を祝して、何か高いもの食べに行こッ！　行きたい店、あるのよ」

「それにしてもあなた、終活の大切さによく気づいてくれたわね。お義母さんが生きてたら、どんなに安心したか……」

「パパ、私も助かったよ。ママがしつこいの。『パパがああだから、佑子、終活のこと共有して』ばっかり。私だってまだ毎日が日曜日じゃないもん。一杯一杯だよ」

「そ。佑子は『もう少し待ってよ』ばっかり」

礼子は安堵《あんど》したように英太に言った。

「終活は何も面倒なことじゃないのよ。いくつか書いておくこととか、あと預貯金の……」

英太は最後まで聞かずに言った。

「そっちの終活は礼子に任せる。俺がずっと言ってたように、好きにやって」

「え……終活やる……んでしょ？」

英太は力をこめすぎか？　というくらいに断じた。

「終活とは、生きてるうちに人生にケリをつけることだ」

「ケリ!?」

礼子と佑子が、また同時に声を上げた。

「そうだ。気がかりなことや、やり残したことや、カロートまで持って行きたくないことに、ケリをつける。それが本来の終活だ」

英太は普通は「墓場まで」と言うところを、「カロートまで」と言った。礼子もあの空間を目にしていたと思うからだ。

そして、ドキュメンタリーのナレーションのように、歯切れよく言った。

「謝罪したいことや、思い残すことなどを、死ぬ前に全部スッキリさせる。自分の人生にケリをつけて死ぬ。そのための活動が正しい終活だ」

ゆっくりと妻と娘を見る。

礼子が顔をしかめた。

「ケリなんて乱暴ね。それのどこが終活よ」

佑子は声をあげて、目を輝かせた。

「パパ、それってすごい発想だよ！　それはアリだよ、アリ！」

社会科教師の娘にほめられ、英太はますますその気になった。

「昨今の終活のあり方で、一番間違っているところ、それはだな、多くが他人本位なところだ。他人が楽なように、他人が難しい決断をしなくてもいいようにと考える。それは『立つ鳥跡を濁さず』でみごとなことだ。しかしだ！　自分が生きてるうちは、自分本位で考えるべきだ。早々と他人本位なんて、そんな終活があるか。それを強《し》いられては迷惑だ」

英太は礼子を見た。

「終活は、これまで懸命に生きてきた人間のクライマックスだ」

礼子も英太を見返した。

「そうよ。クライマックスのラストシーンよ。だから、『ケリをつける』って意味じゃないでしょ。人生の思うままのクライマックスを、自分で準備して残る者に伝えておくってことよ。だから、安心なの。終活って何も役所の手続きだけじゃないの。根本《こんぽん》は、自分がどう旅立ちたいかよ。延命も葬儀も、分配したいものの算段も、何もかも自分本位なのよ」

一気にまくしたてた礼子に、英太は敢えてゆっくりと言った。

「時間のとらえ方が違うな。世に言う終活は、死ぬ前にいいラストシーンをデザインしておくことだ。俺の言うケリは、いいラストシーンにするために、死ぬ前に自分で行動しておくことだ。葬儀がドータラ、預貯金がナンタラは他人でも処理できる。だけど、自分のケリは自分にしかつけられない」

礼子は引かなかった。

「長く生きてれば誰だって、恨みとか許せない人とか、言ってやりたいこととか、ケリをつけたいことはあるわよね。だけど、それにケリつけて死ぬことが、いい死に方とは思えない」

「お前、浅いな」

礼子がムッとしたのが英太にも佑子にもわかった。

「確かに、人によってはそういう悪いケリもあるよ。だけど、悪かろうが、本人がどうしてもカロートに持って行きたくないなら、ケリをつけるべきだ。さっき、俺は『思い残すことのないように』って言ったろ。その中には当然、いいことも入るんだよ。どうしてもどうしてもやっておきたいことはカネをかけても、時間をかけても、カロートに入る前に何としてもやって、ケリをつける。それこそが終活だって言うんだよ」

　英太に笑みが浮かんでいた。

「女房に苦労かけまくってきたなら、都心のタワーホテルに夫婦で一泊して、夜景のきれいなレストランで食べたい物を食べるとかな。行ってみたい外国とか、もう一度会いたい人とか、何でもやり残したことをやるんだよ。カネがもったいないとか言わない。ケリをつけない方がもったいない」

　母が浮かんだ。

　新潟旅行はきっと、最晩年の母がやり残したことだっただろう。だが、それを口にする母ではない。間違いなく「新潟、行きてぇて」とは言わぬまま、カロートに入ったはずだ。

　新潟での幸せな顔を思うと、校歌まで歌った高揚を思うと、母はケリをつけて笑顔で旅立ったと確信できる。

「礼子、わかると思うけど、ケリをつけるには七十五くらいが限度なんだよ。頭も体も何とか動く。この先、時間はないんだ」

　礼子はしばらく黙った。そして聞いた。

「あなたは、死ぬ前にケリをつけたいことがあるわけね？」

「ある。会って謝罪したい女がいる。今まで何度も、ふと思い出していた」

　礼子の表情が一変した。「女」というところに反応したようだ。この年齢になっても、「女」は聞きたくない言葉なのだ。

「そう。大学時代の恋人とか？」

「いや」

礼子は、どこか言い渋る夫が気になった。

「会社時代のとか？」

「いや」

「何なのよ。終活は共有するものなのよ」

「もうずっと会ってなくてね。早い話が片想いだったわけだ」

佑子が吹き出した。

「片想い⁉　何それ、いつの話よ」

「高校時代」

「えーッ⁉　六十年も前じゃん！　ママ、聞いた？　死ぬ前にその子と会いたいって。パパ、片想いじゃ手も握らなかったんだ」

「当たり前だろッ」

「パパ、純愛じゃん。すごいよ、ね、ママ」

礼子もそんな時代の純愛女なのかと、こみ上げた笑いをかみ殺した。

「高校で一番きれいな子でさ、性格も優しくて控えめで、学校中の男子に一番人気があった。家が貧しくて、黙って転校して行って……」

佑子はテーブルを叩いて大笑いした。

「受けるゥ！　昔の純愛映画じゃーん」

「パパはその子にさ、すごい心の傷を負わせたんだよ。転校もそれが理由だ。若いうちって、知らずに他人を傷つけたり、他人の人生を変えてしまうことをやったりな。謝りたいと何度も思い出してた」

礼子は佑子に言った。

「バカバカしいほど美しい終活だと思わない？」

佑子は笑いすぎて、涙を拭いた。

「思う！　思うけどパパ、その純愛女に会ってケリをつけな。ケリが喧嘩《けんか》じゃなくて、謝罪ってとこが、ちょっと迫力に欠けるけどさ」

そして、英太と礼子に言った。

「パパ、その終活をやるって決めただけで、何か元気に見えるよ。子供が一番嬉しいのはね、高齢の親が元気に楽しんで生きてるってこと。それを見るのが子供の一番の幸せなんだよ。いや、ママがやってる終活も助かるけどさ、お金でも時間でも、生きてるうちは自分に使って楽しんで欲しいのよ。本音だよ」

英太は嬉しくて、天にも昇る心地だった。

「だろ。それがわかんねんだよ。世のジジババもメディアも国も」

「だけどパパ、その純愛女も七十五ってことでしょ」

「高校の同級生だからな」

「そっか、ママの本音はパパをその女にくれてやって、老後のお世話頼みますだよね」

「佑子、若いのによくわかるわね。アタリ！　だけど、相手も七十五のオババじゃ、それは期待ゼロだわよねぇ。どう、あなた」

英太は女の素性や、自分がなぜ謝りたいかなども話すつもりでいた。だが、やめた。佑子は完全におちょくっているし、礼子は「昔の女は今オババ」と知るや、どうでもよくなっている。

細かく話す意欲を失った英太は、高い外ごはんを蹴飛ばして、「万代橋」に行った。

相変わらずの満席で、恵三は楽し気にキビキビと働いている。

すでにいつもの三人はいた。他の常連が詰めて、英太の席を作ってくれる。

英太は母の故郷を偲んで純米酒「魚沼」を注文し、クジラの味噌漬と交互に口に運んだ。そして、頃合いを見て「俺の終活」を話した。

三人はその決意に驚き、恵三は刺し身を作る手を止めて確認した。

「原さん、その女に会うってことっすか？　七十五の女に？」

「そうだ。前から彼女のことは思い出してたけど、この前ここで高校時代は本当にあったのかって話になって、決心がついた」

船井が信じられないように聞く。

「女、高校の同級生ってことは十五かそこらで会ったのか？」

「そう。俺、高校まで新潟で、それはそれはきれいな子でさ。彼女、家が貧乏でね。県立高校だったけど、その学費も払えなくて。メシだって少しを家族で分けて食ってたと思う。清純で優しくて、貧乏を恥ずかしがらなくてね」

恵三が笑いをこらえて言った。

「何か昔の純愛映画みたいっすね」

若いヤツらの言うことは、みんなコレだ。岡本が恵三をきつくとがめた。

「昔はそういう日本だったんだよ。恋愛は純愛だったんだよ。今時の、会ったその日にパンツ脱ぐ男女じゃないんだよ」

「いや、会ったその日に脱ぐってのは、そうないっすけど」

「いつ脱ぐ」

「次の日とか。すみません」

恵三は再び、ひたすら刺し身を作り始めた。

「向山《むこうやま》あかねって名前もきれいでな。だけど、俺は何もできなくて、目が合っただけで喜んで。あれも夢だったのかなァ」

北村がしみじみと言う。

「何もできないから、今になっても思い出すんだよな。乙女《おとめ》だよ、乙女。胸に野菊なんて抱いて、清らかな目に涙ためて、好きな少年のこと樹の陰から見たりな。クラスの全員が純潔で」

恵三の包丁さばきが乱れている。懸命に笑いをこらえている。

英太は彼女の涙を覚えている。

「あかねのこと、学校中の男が好きだったんだよ。俺も好きで好きでなァ。だけど俺なんか全然目じゃないの。二年生になった春に一回だけ駅まで一緒に帰った」

「好きな子と二人して駅まで帰るのってさ、夢なんだよな。並んで歩くだけなのにな……」

船井の言葉に、岡本が大きくうなずいた。

「駅が近いとショックでな」

「俺があかねと駅前商店街を歩いて行くと、向こうからお袋が来てさ」

北村が身を乗り出した。

「どうした？　好きってバレバレだろ。親にバレるの恥ずかしいんだよなァ」

英太はあの時の母を覚えている。夏だった。色のさめた木綿《もめん》の服を着た母は、もちろん口紅なんかつけていない。そして、初めて会うあかねに言った。

「いっつも英太がお世話になってますいね」

お世話どころか、ろくにしゃべったこともないのだから、あかねも驚いただろう。だが、今時の子と違って、大人に物おじする。あかねは声を出さず、黙って頭を下げた。その時、母は突然買い物かごからバナナを二本取り出した。そして、あかねに笑顔で手渡した。

「これからも英太をよろーしくね。バナナ、今、英太と弟の分買ってきたんだて。さろも、一本だけ残すと兄弟喧嘩になるすけ、二本持って行ぎなせ。きょうだい、いるかね？」

居酒屋の三人は、ここまで聞いて、しんみりした。岡本が思い出したように言った。

「バナナ、高かったんだよなァ、あの頃。お袋さん、よく買ったな。で、よく二本ともくれてやったよな」

「弟が百点とりまくってたから、褒美だよ。そしたら、あかねがバナナ見て涙ぐんだんだよ。『貧乏だから、一番下の弟は初めて食べます』って」

恵三はとうとう手拭いで顔を覆った。泣いているのではない。笑っているのだ。

「オイッ、何がおかしいッ」

「すみません、バナナで涙ぐむってとこに心打たれて。すごいっすねえ、純愛。美しいなァ」

船井が手で払った。

「引っ込め！　なァ、原さん。お袋さんは一目で、その子の貧しさを感じたんだろなァ」

あの母が、今はカロートの中に入ってしまった。

「だけど、次の日からもあかねは今までと同じで、全然俺に関心ないんだよ。大学生とつきあってるとか噂《うわさ》あってさ。もう俺、我慢できなくなって」

恵三が声をあげた。

「襲ったんですかッ⁉」

「バカ。そんな時代かよ。俺、我慢できなくて、バスケ部のヨコタってヤツと女子の更衣室のぞいたんだ。ヨコタもあかねが好きでな」

恵三はまた笑いをこらえている。

英太は静かに言った。

「ちょうどブラジャーひとつになってたんだよ、あかね。すげえ胸があってさ……。あの清純な細い首なのに、谷間がすげえの。それで黒いパンティっつうか、はいてて」

三人は七十代ながら、つばを飲んだ。恵三は聞き耳を立て、鯛《たい》をさばいていた。

「やっぱり、大学生とつきあってると黒パンはくんだと思ったよ。その時、何か音がして、俺とヨコタはすぐ逃げたの」

船井が拍子抜けしたように言った。

「それで終わりか？　いくら終活でも、七十五になって謝るほどのことじゃないな」

「いや、翌日の朝、胸がデカいことも黒パンも、全部学校中に知れ渡ってたんだよ」

恵三が包丁を止めた。

「パンツ脱ぐより速いじゃないっすか」

七十七歳の北村がドスの利いた声で命じた。

「いいからお前は鯛さばけッ」

「ヨコタが興奮の余り、翌朝全部しゃべりやがったのよ。俺に誘われてノゾキをやったってことまで」

「すごい武勇伝だもんなァ。胸の谷間と黒いパンティの太もも見たら、そりゃ言いふらしたいよ」

公証役場で遺言まで作っている岡本が、ヘンになまなましい。

「学校でナンバーワンの清純乙女だったから、一気に広がったんだ。その後は彼女、大変だったよ。女子には陰口叩かれるし、男子にはセックスシンボルよ。つい、胸に目が行ってさ、みんな。大学生の彼氏と寝てるから、やっぱり処女とは違う感じするよなとか」

岡本が、断じた。

「そりゃ処女とは違うさ。開発されちゃって、女の体」

どんどんなまなましくなる岡本を、船井が遮《さえぎ》った。

「あの頃は、言っていいことと悪いことの区別、なかったもんな。コンプライアンスもセクハラもな」

「うん。あかね、一言も返さなかった。ずっと普通にしてて、二学期になったら来なかった。九州の福岡に転校だよ。担任がホームルームで、福岡が母親の郷里だって言ったよ。そこでいい仕事が見つかったからって」

北村が驚いた。

「そんなタイミングよくか。ウソだな」

「俺も初めて知ったけど、あかねって父親いなかったんだ。母親の稼ぎじゃバナナどこじゃなかったろうよ。母親は郷里で親戚の会社に勤めるって。担任はそう言ったけど、俺のせいだよ。巨乳と黒パン言われて、処女じゃないって広まって。あの時代の十五、六だよ。転校したくもなるよ……」

船井が確認した。

「それで終わりか」

「終わり。生きてんのか死んでんのか、どこにいるかもわからない」

なまなましい岡本が、ハッキリと言った。

「謝るべきだな。終活すべきだ」

「俺、バナナ二本持って涙ぐんでた顔ばっかり思い出すんだよ」

ふと見ると、刺し身を盛りつける恵三の手が、また震えている。

「すみません。あー、笑える。すみません。いや、今時、こんな話ってアリか？　と思って。原さんの終活って、バナナの思い出を胸に、のぞきを謝るってことっすね」

恵三は客に刺し身を出すなり、すぐに英太らのところに戻って来た。興味があってたまらないらしい。

「会わない方がいいっすよ。相手も七十五って、すげえバアサンっすよ。高校の時にきれいなら、なおさら会ったらがっかりしますって」

船井が強く手を振った。

「イヤイヤ、会った方がいい。年を取るのは誰だって平等だしさ。たぶん、きれいないい老婦人になってるよ。で、原さんがバナナのお袋さんが亡くなった話すれば、あかねさんもショック受ける。一気に二人の仲が縮まるかもしれない」

北村も言った。

「うちのお袋、七十二で病死したんだけど死ぬまで言ってたよな。満州からの引き揚げ船で、すごく優しくしてくれた大学生がいて、その彼ともう一度会いたいって」

恵三は、

「ハァ、引き揚げ船……満州……」

と、不思議な生き物を見る目で三人を見た。

「で、原さん、会ったらどうするんすか、今度こそ純愛じゃないっすよねえ」

英太はためらいがちに言った。

「純愛しかないんだよ。体がもう純愛一直線しかないの」

「あ……男の機能の問題っすか」

三人は大きくうなずき、船井が手酌で飲んだ。

「純愛で始まり、純愛で終わる。男の人生だ。純愛じゃなかったらこんなに思い出さないよ。すぐパンツ脱ぐつまらなさに、お前らも気づかんとな」

北村も潤んだ目をした。

「十五の俺に襖の修業はつらくてさ。裏口で泣いてると、いつも隣りのトメ姉《ねえ》ちゃんが慰《なぐさ》めてくれてな。トメ姉ちゃん、子守り女で肺病で若くして死んだって聞いた。自分の方がつらかったのに、俺を励まして。トメ姉ちゃんがいたから耐えられた。生きてりゃ会いに行ったよ。どんなに探しても」

四人は黙って酒を飲んだ。恵三はさり気なくその場を離れ、食器棚の後ろで声を殺して笑っていた。

船井が言いにくそうに、つぶやいた。

「だけど、旧姓だけじゃ探せないと思うよ」

北村も同意した。

「一緒にのぞいたヨコタってヤツ、どうしてんの。そいつだって悪かったと思ってるだろうから、二人で手分けするとか」

英太は首を振った。

「ヨコタ、大学三年の時、海の事故で死んだんだよ」

二十一歳だった。

「ヨコタ、大学生になっても悪がってたし、俺、あいつの分まで謝らないとな。生きてりゃ、絶対に俺と終活やったと思う」

あかねを探す上で、英太には小さな小さな手掛かりがあった。三十二歳の時、二年間だけ新潟営業所に単身赴任した時のことだ。喜んだ高校の同期生が集まり、「ミニ同期会」を開いてくれた。あかねは来なかったが、あの時の幹事ならわかるかもしれない。

それさえもう四十三年も昔のことだ。だが、何としても、カロートに入る前に終活する。謝罪して、ケリをつける。英太の決心は固かった。

第三章

幹事が三人いた気がするが、四十三年間会ってもいない。何人かと年賀状をやり取りするだけだ。その上、年齢と共に年賀状をやめる者が増えている。英太はまだ出していたが、届く枚数はめっきり減った。

三人に聞いたところで、四十三年も昔のことだ。旧姓向山あかねの住所や電話番号などわかるまい。それも本人は欠席しているのだ。福岡にいて、当時でさえ、住所はわからなかったのかもしれない。

黙りこくる英太を察し、船井が言った。

「探偵事務所に頼めよ。素人には旧姓だけじゃ探せないって」

岡本もすぐに同意した。

「俺もそう思ってた。絶対に彼女に会って謝罪する、ケリつける。それが俺の終活だって腹を決めたんなら、探偵しかないよ。ちょっとカネはかかるけどさ」

英太は大きく息をついた。

「カネは生きてるうちに使うって決めてるし、それはいいんだ。だけど、何か抵抗あるんだよなァ、探偵に頼むって」

　エビしんじょを盛りつけていた恵三が、口をはさんだ。

「今、若い子でもケロッと探偵頼むらしいっすよ。逃げた飼い猫や飼い犬の、専門探偵も繁盛してるって、テレビでやってましたし」

　英太も探偵なら探し出してくれるとは思う。だが、どうもあかねと会う手段にふさわしくない。いくら確実でも、探偵に頼んでケリをつけるのはイヤなのだ。

「俺、まずは同期会の幹事に電話で聞いてみるよ。案外、何か取っかかりがあるかもしれないしな」

　そう言いつつも、結局、わからぬままで、終活はできずにカロートに入る予感がしていた。

　家に帰ると、礼子と佑子が韓流映画のＤＶＤを見ていた。主役の俳優は、日本でも人気があるらしい。

「佑子、泊まるのか」

「うん。明日休みだから。パパ、居酒屋仲間に相談したの？　純愛女と会うこと」

　礼子がお茶をいれた。

「みんなに笑われなかった？　そのすごい終活」

「笑うかよ。みんな、もう一度会って死にたい相手、いるんだから」

　佑子がＤＶＤを止めた。

「私さ、最後にもう一度会いたいのは、彼女と純愛だったからだと思うんだよね。同棲してた女とか、深い関係だった女はさ、七十五になって死ぬ間際に会いたい相手じゃないよ」

「お前、父親に向かって『死ぬ間際』はないだろ。だけど、そんなもんかね。ワケありとは会いたくないいか」

「だって、印象に残んないもん。何人いたってやることひとつじゃん。時間がたちゃ区別つかなくなる」

――ついて行けないけど、それはあるよな……。俺だってこのトシまで何もないとは言わないしな――

だが、あかねとは「やることひとつ」から遠く、のぞきだけだった。あの時代そのものだった。

礼子は薄ら笑いで言った。

「相手の居所、アテはあるの？」

「全然。まったく何も。旧姓しかわからない。無理かなァ、せっかくの終活は」

「探偵事務所に頼みなよ、パパ」

「佑子までそう言うか。みんな言うんだよ」

「だって、旧姓だけでどうやって探すのよ」

同年代のせいか、礼子はさすがに英太の気持がわかる。

「ヤよねえ、探偵は。純愛の少女を探すのに何か似合わない」

「ママともあろう人が、つまんないこと言うじゃん。探偵しかないって」

英太は立ち上がった。

「本気で謝りたいけど、探偵がすぐに見つけて来たら来たで、それもイヤなんだよなァ。あの頃の気持と何か合わない」

「ヘンなの。ママ、わかる？」

礼子は英太を見て、うなずいた。


翌日の午後、英太は自分の部屋から庭を見た。カム様は全身を洗濯物で覆われ、ほんの少し出た鼻でやっと息をしている。この頃は、英太がいようが礼子は堂々と物干しに使っている。

最初に物干しを「密告」した母を思った。鳩時計のように、クックッと笑った声が甦える。

世の中というところ、さっきいた者はもういない。すっかり片づいた母の部屋も、匂いが日に日に薄くなっていた。

生きてこの世にいるのは、期限つきなのだ。

英太は、取り出しておいた数年前の年賀状を手にした。一枚は幹事の中心だった中林勇《なかばやしいさむ》からだ。電話番号も印刷されているが、まだここにいるのだろうか。数年前に賀状は本年でやめると書いてある。

英太は電話を億劫《おっくう》がっている自分をわかっていた。だが、家族にも仲間にも公言した以上、引っ込みがつかない。

思い切ってかけると、すぐに女性が出た。

「中林さんのお宅ですか」

「はい」

――よかった。住んでた！――

「私、勇君と沼沢高校でご一緒だった原と申します」

「まァ、それはそれは。主人がお世話になりまして」

「こちらこそ。今、いらっしゃいますか？」

「主人は昨年、亡くなりました」

亡くなった……。

「一年ほど患《わずら》っておりまして。年賀状はその前からやめていたもので、ご連絡せずに失礼致しました」

中林が死んだ……。柔道部の主将で、副主将の菊本明彦《きくもとあきひこ》と沼高の全盛期を作っていた。学食で大盛りラーメンをおかずに、炒飯二杯をたいらげる中林・菊本コンビは有名だった。あいつらは本当にいたのか……。夢か……。

「奥さんは菊本明彦をご存じでしょうか。柔道部で中林とエースで、今で言う『町中華』をやっていると聞いていました」

「はい。コロナで中林の葬儀はできませんでしたが、菊本さんはお店を畳むこともあり、お別れに来て下さいました」

「店、畳んだんですか」

「はい。老夫婦二人ではもう無理だとおっしゃって。繁盛してたんですが」

「今はどうしてますか」

「わかりません。ご近所の方の話では、どこか施設に入ったようだとか」

電話を切った後、英太は全身から力が抜けた。今まで「死ぬ間際」と実感してはいなかった。だから、佑子に言われてもヘラヘラしていた。だが、同い年が死に、同い年が店を畳む。それが当然の年齢なのだ。「後期高齢者」の現実を、もはや鎮《しず》めようがなかった。

あかねと会うのは今しかないと、ますます思った。だが、すぐ別の幹事に電話するにはショックが大きすぎた。

――そうか。中林は死んだか。あの中林は死んだのか――

菊本とは家が近く、子供の頃から石炭山で遊んでいた。食料不足のあの頃、道端に植えられたトマトを、二人でよく盗み取った。ズボンにこすり、こっそりと食べた夕暮れを思い出す。いつもコウモリが飛んでいた。

翌朝、二人のことを礼子に話した。礼子は全然知らない人たちだが、

「そんな年齢なのよ」

と、コーヒーをいれながら当たり前のように言う。

「だから思ったように、あなた流の終活をすることね」

「ずい分ものわかりいいな。どうせ、俺がその純愛と何もできない体だってか？」

礼子はあわてて手を振り、

「六十五くらいから、みんなそうよ。そう」

取ってつけたように言った。顔が何か笑って見えた。

朝食後、部屋に入った英太はスマホを手にした。気を取り直して、もう一人の幹事だった木下《きのした》昭男《あきお》に電話をする。これも古い年賀状の電話番号が頼りだ。ここにいるだろうか。死んでないだろうか。

「木下でございます」

いた。妻のようだ。

英太が名乗ると、明るい声が返って来た。

「今、主人とかわりますので。お父さーん」

よかった。生きていた！　だが、妻の声はするものの、木下はいっこうに電話に出ない。

「お父さん、ソファの背。そうそう。慌《あわ》てないで。ハイ、棚よ棚ッ」

何を言っているのか、よくわからない。やがて、やっと出て来た。

「ヨウ！　原か。イヤァ、久しぶりだなァ。どうしたよ、急に」

「元気一杯の声だな。安心したよ」

「元気じゃないよ。半年前に転倒してさ、大腿骨を折って手術、入院だよ」

「ええッ!?　大腿骨折ると大変なんだろ」

「大変も大変。この年齢《とし》でよく治ったよ。じき家中に手すりをつけるんだけどさ、今はアチコチにつかまって、やっと歩いてる。とても外はダメだ」

「杖か？」

「車椅子」

「そうか」

「人に押してもらって世話かけるし、ついつい外に出なくなるよ」

高校時代は天文部で、星仲間と山に登っては天体観測に明け暮れていた木下が、家にこもるしかないか……。

「原も気をつけな。俺たち、転倒する年齢なんだよ。頭なんか打ったら、大変だよ。俺もさんざん注意されてたけど、何か他人事《ひとごと》でさ。全然気にしてなかった」

「……俺もだ」

「年齢取るとさ、ここで転ぶか？　ってとこで、転ぶんだよ。どってことない場所でバランス崩してよろけるしさ。先だってまでは考えられなかったのに、突然来た」

とてもあかねのことなど聞けない。中林と菊本のことも話さなかった。

「で、何だよ、原。急な電話」

「いや、後期高齢者記念の同期会とか、どうかなとちょっと思いついて」

「高校に入学して六十年か。全員が転倒する爺サン、婆サンだよなァ。俺、誰ともつきあいはないけど、同期会やるなら行くよ」

これでは聞いたところで、あかねの消息などわかりっこない。

「木下、その時は俺が車椅子押すから心配するな」

笑って電話を切ったが、英太の顔は笑っていなかった。死去とか閉店とか転倒とか、負の連鎖に滅入る。七十五歳の現実なのだ。

雑誌などで「年齢なんて考えたことはない」と語る著名な高齢者を、これまでどれほど目にして来たか。今にして思う。「考えたことがない」と言うのは、考えているからだ。考えていると知られるのは、カッコ悪いからだ。

「年齢なんて考えたことはない」とアピールする人ほど、失ったものへの執着を思わせる。

読者や周囲は、その本心にとっくに気づいている。

やはり、刻々と年波は寄せているのだ。今は何とか「年齢なんて考えたことはない」とつくろえる人とて、すぐに「ここで転ぶか？」で転び、「どってことない場所」でよろける日が来る。すぐに、突然来る。

であればこそ、終活はひとつ。やり残したことをやり、人生にケリをつけることだ。

女房に恩返しするにせよ、念願の旅をするにせよ、もう一度だけ会いたい人と会うにせよ、体や頭は年々働かなくなる。いや、断捨離だのエンディングノートだのに時間を取られている最中に、突然死ぬことさえある年齢だ。

英太は弘田和之《ひろたかずゆき》の、今年の年賀状を手にした。弘田は毎年、年賀状をよこす。余白にはみごとな墨文字で必ず一言添えてある。もうずっと、カルチャースクールで書道を習っているだけのことはある。

弘田は十年ほど前に、担任の白寿祝賀会で幹事だった。集まれる者だけで、急にやることにしたという。横浜在住の英太に連絡はなかったが、年賀状の添え書きで知った。十年前の白寿祝賀会なら、四十三年前のミニ同期会より遥かに最近だ。とはいえ、「集まれる者だけ」の同期会では、福岡のあかねには連絡がいかなかっただろう。

破れかぶれで電話してみた。先はないのだ。

英太からだと知り、弘田が大喜びするのが伝わってきた。

「イヤァ、嬉しいよ、英太。年賀状ばっかで何十年も会ってねぇねっか。どうしてるんだ、今。俺ら七十五らっけ、もう仕事は卒業らろ。それともおめぇ、何か顧問とかやってんか。俺の義理の弟は工務店やってて、定年はねぇし息子は跡継ぐし、建築学科出た孫まで手伝ってんだ」

息つぎさえしない。一気にしゃべる。七十五で大した肺活量だ。口を挟もうにも挟めない。

「英太は孫何人ら。俺なんか七人もいるろも、中学ん頃から、小遣いくれねぇジジイなんて相手にしねぇがね。小せ時はあんげ可愛かったんだろもね。ま、こっちも昔みてに体力ねぇし、金もねぇしな」

英太は大声で、

「弘田！」

と遮った。一瞬止まったところに直ちにすべりこんだ。

「お袋が亡くなってさ、それで」

「えッ！　あのお袋さん、亡くなったんか。いつら。俺がライスカレー好きらってことよーく覚えててさ、高校一年の時らったか、二年の時らったか、おめぇんとこで勉強会みたいなのやったろ。あん時、ライスカレーを作って出してもろて、それで……」

「弘田ッ」

間髪を入れずに口を挟む。

「弘田みたいにお袋のこと知ってる人に、死んだこと知らせたいんだよ。高校の、何かクラス名簿みたいなの、ない？」

「ねぇな。個人情報がドータラコータラで、昔みてぇに名簿とか作るとイヤがるヤツがいるっけね。それにしてもやりにくい世の中なんだて。情報管理に疲れる疲れる。この間なんか、町内会の……」

「弘田ッ！　十年だったか前に、担任の白寿祝いやったろ？」

「やった。俺、幹事らったて。ホントは田中《たなか》がやるはずやったてがんに、うまいこと逃げやがってさァ、あいつ高校ん時から、逃げるのうまかったねっか、覚えてっろ。高校二年の夏の補習ん時さァ」

「弘田ッ！　弘田ッ！　白寿祝いには女子も来たんだろ。お袋がよくしゃべってた女子がいてさ。あいつらにも知らせたくてな」

「名簿はねぇけど、住所とかノートにメモした記憶はあるなぁ。女の子、五、六人は来たったれ。全部は覚えてねぇけど、伊藤公子《いとうきみこ》はいたな。あと……鈴木《すずき》ミワ子と……向山あかね来てたな」

英太の体を血が逆流した。

「そ、そうか。そのあかね……だっけ？　俺はよく覚えてないけど、きれいな子だったよな」

「何かさ、ヨコタにのぞかれった子らろ」

手柄をバラしたヨコタが主犯になっている。六十年もたつとこうだから、ヨコタには悪いがホッとする。ヨコタの分まで謝らねばと思う。

「あかねとか、女子の連絡先、わかるか？」

「急に言われてもなァ。ただ、俺は片づけが下手らっけ、何でもどっかに取ってあると思うろも。実は俺、あかねより福井淑子《ふくいよしこ》っていたろ。あっちが好きでさァ。福井、きれいで絵が上手でや。それで美術の橋本《はしもと》って独身教師が……」

「弘田ッ！　弘田ッ！　お袋は福井知らないから、向山あかねの住所、メモを探してみてよ」

「あるかどうかなァ。時間かかっし、時間かかって、やっぱねかったーッとかな。さろも、久しぶりのおめぇの頼みらっけ探してみるこて」

七十五歳はさすがに肺がへたったのか、一瞬、息をついだ。英太はそれを逃《のが》さない。

「じゃ、見つかったら電話して。年賀状に書いてあるからよ。じゃ、待ってる」

「英太、何か趣味やってんだか？　俺は書道ずっとやってるろも、なっかなかこれが大変でなあ、楷書とかは何とかなるろもさ」

話は止まらない。肺はすぐ復活するらしい。英太はふと気になった。

「弘田、今、一人暮らしか？」

「いや、女房と二人らろもさ。一人みてぇなもんらて。女房は毎日お出かけら。今日も友達とホテルでランチ。おめぇんとこ、女房と話しるんか？」

質問しておいて、自分がまたもしゃべり続ける。

「英太、誤解すんなよ。女房と別に不仲じゃねぇよ。ただ、俺としゃべっても面白くねえみてなんだわ。会話っていうレベルのもンは、めったにねぇなァ。だっけ、俺、恥ずかしい話らろも書道教室に行ぐか、デイサービスに行ぐかしねぇば、声はいらねえの。あ、あと宅配便取りに来てもらう時、電話でしゃべる。それでな……」

「弘田ッ！　宅配便の依頼って、相手はＡＩだろうよ。それも『ハイ』と『イイエ』だけだろ」

「そうらろもさ、ＡＩ相手でも声は出してるわけら。イヤァ、すげえ世の中んなってるんだなァ。チャットＡＩってがん、あれやってるヤツ多いんだと。日本はどうなっていくんかねえ」

この後も一人で延々としゃべる弘田に、英太はつきあった。あかねの住所を探すことへのお礼ではない。

弘田は高校時代は落語研究会で、「初天神」だの「子ほめ」「饅頭《まんじゅう》こわい」「粗忽《そこつ》長屋」だのと、沼高の真打ち。文化祭では大スターだった。あれほど口の回る男が、声はいらない後期高齢者か……。家族のために懸命に働いて、男の末路はこれか……。

「弘田、お前、死ぬ前にやりたいことないのかよ」

弘田はすぐに答えた。

「あるこて。好きなだけ東京泊まって、寄席回って落語聴きまくりてぇよ。寄席で顔見知りのヤツもできると思うすけな。そいつらと飲みながら話しまくってな。一之輔《いちのすけ》、白酒《はくしゅ》、喬太郎《きょうたろう》、正《しょう》蔵《ぞう》、桂宮治《かつらみやじ》、聴きたい噺家《はなしか》はまだまだメジロ押しら。寄席だって新宿末廣亭《しんじゅくすえひろてい》、鈴本《すずもと》演芸場、浅草《あさくさ》演芸ホール、池袋《いけぶくろ》演芸場、お江戸上野広小路亭《えどうえのひろこうじてい》……片っ端から行ってな。いや、今だってCDやDVDでは聴いてるこてさ。さろも、やっぱ高座をナマら。それで……」

「弘田ッ、弘田ッ。それが終活だよ、お前の」

「終活？」

「そうだよ。お前、それやらないで死ねるか？　死んだら二度とこの世に戻れねンだ。カロートだぞ。自分のやり残したことにケリつけて、それで『あー、思い残すことねえ！　いい一生だったなァ』って満足して死ぬ。それが本当の終活だろ。だろ」

弘田は黙った。こいつでも沈黙することがあるのか。それは、弘田に刺激を与えたからだという気もした。

「弘田、奥さんにはランチでも何でも好きにさせてさ、お前も好きなようにやれよ。不幸だろ、やり残したことあるのにやらないで死ぬのは。通えよ、演芸場に。金なんて使い切って死ぬのが一番悔いがないよ」

「うん……」

「ケリつけろ。やり残したことにケリつけろ。中林、死んだよ。木下は車椅子、菊本は店畳んで施設に入ったらしいけど、音信不通」

「……え……柔道部の？　……ウソらろ」

「ホント。じゃ、住所しっかり探してくれよな。待ってるからな」

さり気なくダメ押しして、電話を切った。電話でこんなに疲れたのは、七十五年の人生で初めてだった。

一週間待ったが、弘田から電話はない。ジイサンの探し物なんて、引き出しか空き箱のどちらかだ。何日もかかるわけがない。やはり捨てたのだろう。四十三年よりは最近だが、世間的には十年もたつ。

英太から催促はしにくい。七十五にもなって、あかねにこだわっているとバレそうだ。

庭のカム様を眺めながら、ふと思った。人生にケリをつけることは、１４００グラムの脳を持つ人間の、本能なのだ。自分の人生を自分で満たしたい。１４００グラムの、当たり前の働きだ。

夕刻、「万代橋」に行くと、早くも三人がいた。

「その顔じゃ、まだ住所わからないな」

船井がお品書きを手に言った。

「幹事に聞いてるけど、幹事本人が死んだり、体が不自由になってたり」

「他人の世話どこじゃないよな。この年齢になると」

「よし、今夜は原さんを力づけるために、ノドグロの煮付けいこう。高いし、割り勘だけどな」

英太のスマホが鳴った。弘田の名前が表示された。慌てて耳に当てる。

「弘田、弘田かッ！　わかったか!?　住所あったかッ」

「英太、俺、決めたれ。演芸場巡りしる。女房にも言った」

「あ、あ、そう。で、住所あったのか」

「女房はさ、俺の金は全部自由に使って楽しめとさ。その方が元気んなるし、女房も嬉しいんだと。しょっちゅう東京には行げねぇとしても、行ったら何泊かしてさ」

「あ、そうね、そう。で、住所わかった？」

「ホント、英太のおかげで目がさめたて。目がさめっとさ、後期高齢者でも俄然と元気が出てくんだねぇ。女房も嬉しげらわ。俺はもう毎日、色々調べてさ。定席寄席の……」

「弘田、弘田ッ。俺が頼んだ住所も調べた？」

「定席寄席から安いホテルから、それの電話らの住所らの地下鉄らのもさ。行く前から力が湧いてくるのわかるんだて」

「弘田ッ！　俺、今、出先なんだよ。向山だっけ？　あいつら女子の住所と電話、やっぱりなかったか」

「あったれ」

「ええーッ!?」

「今そこにいるかどうらかはわからねよ。十年前らっけな」

英太は三人にＶサインを送った。

「いいよ。まず教えて。五人ほど知りたいんだけど、向山あかねから行こうか。ん、いいよ、言って」

英太はコースターの裏に、住所と電話番号を書いて行く。自分でも、手がワナワナしているとわかった。住所は新潟市中央区だった。福岡から戻って来ていたのだ。結婚後の姓は「池野」だった。

英太はバレないように、他の名前も口にした。

「あと、出席した女子も全部ね。今、書くから待って」

そう言って書きもせず、口先で「うん、うん、八丁目三の五ね」である。

察した船井が、小声で言った。

「書いとけ。女子ネットワークは何かの役に立つかもだ」

英太はハッとしてうなずき、コースターの裏にあと三人を書いた。

そして電話を切るなり、コースターのあかねの住所を見つめた。

「会う！　俺は会う！」

船井が苦笑した。

「あかねさんがその住所に今、いなかったら、女子ネットワークが役に立つだろ」

「そうだよなァ。つい舞い上がった」

北村が盃を上げた。

「必ず会えよ！　いいねえ、この終活は力が湧く」

「みんな、俺は必ずやるからな。今夜は俺のおごり。高いノドグロ、いくらでも食べてくれ」

英太は確かに、確かに新しい何かが始まると確信していた。

なのに、今日でもう二日も、コースターを見るだけで電話できずにいる。

今、あかねがどうしているのか、予想もつかない。日がたつほどに、突然の電話にためらいがつのる。家族の介護とか、本人の病気とかもあるかもしれない。もうこの電話番号にはおらず、夫婦でホームに入っていることもありうる。認知症でも不思議ではない。

しかし、青春時代のバナナのこと、のぞきのことは、認知症を患っていない限り覚えているはずだ。とはいえ、六十年ぶりに電話して、会いたいというところまで進めるのは不可能だろう。かと言って、何回も電話はできない。一回で会うところまで話を持って行くしかない。

できっこない。ますますためらう。繰り返し電話番号を見ている。

夕刊を手にリビングに行くと、礼子が栗の皮をむいていた。

「今日は栗ごはんよ。あなた、電話番号わかったんでしょ。純愛の彼女に電話した？」

「いや、してない。何かなァ、今さら」

「今さらやるって言ったの、あなたでしょうよ」

「電話するよ、するけどさ」

「終活って、本人がスッキリと生きるためにもあるのよ。自分で決めた終活なら、やってスッキリしなさいよ」

——そう言われても、あれほどの巨乳をのぞき見て、黒パンティを見て転校させるほどのめに遭《あ》わせたのは俺だ。謝罪の理由は、礼子にも佑子にも言う気はない。ますますおちょくって、笑い転げるのがオチだ。純愛ってこういうものなのによ。電話をするにも勇気がいるんだよなァ――

礼子は栗の皮をむきながら、目も上げずに言った。

「まったく、こんなにグダグダする男とは思わなかった」

それでもなおも、三日ほどグダグダしていると、弘田から電話が来た。

「英太、ありーがとな。来月から東京の寄席巡り、高座三昧《ざんまい》、スタートすっさ」

「早ッ！　すごいな、実行力」

「英太のおかげらて。この終活決めたらさ、何かまた生き直してる気がしてるんさ。『まだ七十五か』って思ってさ。『もう』じゃない『まだ』ら。笑っちもうろ、何年かぶりに、俺、服買ったて！　女房が選んでくれてさ」

「弘田、嬉しいよ。東京に来たら飲むから電話くれよ」

弘田は弾む声で電話を切った。英太はすぐにスマホを開いた。弘田に刺激をもらった今なら、あかねにかけられる。

呼び出し音の最中、「この電話は只今、使われておりません」を願ってもいた。

「はい。池野ですが」

いた！　女性の声だが若すぎる。

「向山あかねさんは、こちらでよろしいのでしょうか」

「はい。あかねは主人の母ですが、今、出かけておりまして」

息子の嫁だった。英太は高校の同級生であることを言い、スマホの番号を伝えた。嫁は、

「では義母《はは》が帰りましたら、申し伝えますので。え……はい、おかげ様で元気にしております」

「あの……姑は池野様ですよね」

「はい。義母は息子夫婦の私たちと同居しておりますので、固定電話は誰かが出ます。スマホの番号は本人からお聞き下さいませ」

優しい口調の、感じのいい嫁だった。

それからというもの、英太は片時もスマホを離さなかった。だが、三日たってもあかねから電話はない。

元気なのに電話が来ないということは、やはりあの時のことを恨んでいるのだろう。大昔のことではあっても、下着でいるところをのぞかれて、セックスシンボルにされた。転校は貧しい家庭の事情もあったにせよ、十五歳の女の子はもう遠い学校に行くしかなかっただろう。それで人生が変わったところもあろうし、今さら話したくもないのだろう。

納得した英太は、電話でヨコタの分も謝罪だけしようと決めた。会うことはとても無理だ。謝るだけは、あいつの成仏のためにしなくてはならない。

ヨコタのせいにして、また電話をかけた。

「池野でございます」

嫁ではない。あかねだと思った。英太は礼儀正しく言った。

「三日前にお電話を差し上げましたが、沼沢高校で同級生だった原英太です」

「原様……ですか？　三日前にお電話を？」

「はい。旧姓向山さんですよね？　お嫁さんが出られて、ご伝言をお願い致しました」

「まァ……すみませんでした。嫁は伝え忘れたみたいです。本当に申し訳ございませんでした。あの……沼沢高校の……原田、原田様ですね？」

「いえ、原です。原英太。バスケット部でした」

あかねには全く覚えがなかった。

「ごめんなさい。私、一年あまりで九州に転校したものですから」

「覚えておられませんか」

「あの……原田様とは同じクラスでしたか？」

「原です。僕はもう横浜に住んで長いのですが、沼高一年では数学の安立《あだち》先生のクラスです。向山さんも……あ、すみません。つい旧姓でお呼びして」

「その方が馴染みがありますものね。全然構いません」

「ありがとうございます。向山さんと一緒に帰りました時、うちの母とバッタリ出会いまして。母が向山さんにバナナを」

あかねはまったく、まったく覚えていなかった。だが、わざわざ横浜から電話をかけて来たと知り、何か用があってのことだとは思った。

さりとて、「ご用件は何でしょうか」はあまりに失礼だろう。「数学の安立先生」という担任の教科も名前も合っている。怪しい者ではなさそうだ。申し訳ないので、思い出したふりをした。

「あ、もしかしたらバナナ、西商店街のことですよね。思い出しました」

「そうです、西、西」

駅に続く商店街は西と東しかなく、沼沢高校は西商店街の近くだった。ほとんどの生徒が西商店街を通って駅に行く。東はまずない。

「そうでしたか。あの時のお母様」

「やはり覚えておられましたか。その母が亡くなりまして。もう半年ほどたちますが」

「え……亡くなられたんですか。優しい方でしたのに」

「優しい」「明るい」「思いやりがある」は万人に喜ばれ、万人に似合い、使い勝手のいい言葉だ。それをあかねはわかって言っていた。

案の定、英太はすっかり喜んだ。母を優しいと言ってくれたことも、英太を思い出してくれたこともだ。

一方のあかねは、早く電話を切らねばと、そればかりだった。何ひとつ思い出してはいないのだから、これ以上話すとボロが出る。

「お母様のこと、本当におつらいでしょう。原様はどうぞお元気で。また、同期会などでお会いできるといいですね」

英太はこの単なる挨拶を逃さなかった。

「向山さん、実は新潟に用がありまして、行くんですよ。同期会はいつあるかわかりませんし、お会いできませんか」

あかねは、思ってもみない言葉に返事ができなかった。それに、なぜ会う必要がある。

「私なんてもうお婆さんですから」

「僕もお爺さんですよ。それとも病気とか介護とかで、向山さんも大変ですか」

「いえ……」

この時、「はい」と言えばよかったのだ。だが、病気も介護もない今、急にそういう質問をされると「はい」とは出て来ないものだ。

「僕、実は向山さんに会って、謝りたいことがあるんです」

「何でしょう。謝られることなんてあるでしょうか」

「どうか、忘れたふりなさらないで下さい。これだけはきちんと謝って死にたいと、後期高齢者になった時、思ったんですよ」

「え……何をなさったかわかりませんが、謝って死にたいなんて、そんなオーバーな」

「オーバーじゃありません。本当に申し訳なかった。向山さんが転校して、僕はのうのうとして」

「今、お電話で謝って頂きましたから、十分です」

「そうおっしゃるということは、やはり覚えておいでですね」

「あッ、いえいえ」

「お会いして謝ったらすぐ失礼します。僕の所用は向山さんのいい日に合わせられますので、いつならよろしいでしょうか」

「え……そんな……」

電話のあかねは、「お婆さん」になっても、昔のままに控えめで優しかった。高校時代も強く自己主張せず、嬌声をあげたりもしない。その上、色白で目鼻立ちがくっきりしてきれいだった。勉強はそれほど目立たなかったが、そんなことは男子にはどうでもいい、可憐《かれん》な白い花のようなあかねこそが憧れだった。そこに巨乳と黒パンティの噂だ。泣いて転校するしかなかっただろう。

「向山さん、いつ死ぬかわからない年齢になり、どうしてもお会いして謝りたいんです。僕の終活なんです」

「終活……」

「十一月六日が月曜日ですから、この週あたりにお会いできる日、ありませんか。三十分で十分ですから」

英太はこうも強引な自分に驚いていた。一方、あかねは「終活」という言葉に覚悟を感じて断れなかった。三十分ならしょうがないと思い、十一月六日の十二時に決めてしまった。

英太が意気揚々とリビングに入ると、佑子が来たところだった。

「パパ、三日ほど泊まるよ。小田原《おだわら》で研修があってさ。こっからの方が近い」

「よく来るよなァ、お前。ま、ママがメシ作ってくれるし、風呂もわかしてくれるしな」

英太は力強く言った。

「聞いて驚くな。ついに純愛の女と会う約束をした」

「えーッ！　えーッ？」

礼子と佑子は声をあげた。佑子は手まで叩いた。

「パパ、やったじゃん。しかし、相手もよく会う気になったよね。ま、相手も『ケリ終活』の気分か」

「新潟で会うことになった。今から『万代橋』に行って、どっかいい店を聞いてくる。三十分ですむって言っといたけど、会えば色々と話も出ると思って、十二時にしといたんだ。ランチくらいは用意しないとな」

「そうだよ、パパ。『ケリ終活』だもん、いいランチにしなって」

英太が気合い満々で「万代橋」に出て行くと、礼子は首をすくめた。

「その女の人、たぶん何も覚えてないと思うよ」

「ええッ!?」

「六十年も前の高校時代よ。それもパパの片想いの純愛よ。何の関係もないクラスメイトなんて、その他大勢。覚えてるわけないって。ママだってそんな人、忘れてるもん。よほどの人じゃない限り、六十年も覚えてないわよ」

佑子はそう言われてうなずいた。

「パパ、よほどの人じゃないもんね」

「ここまで生きてくれれば、色んなことが次々に起こるから、たいていのこと、たいていの人は『よほど』じゃないの。どんどん忘れる」

「じゃ、何でパパと会うの？」

礼子は口には出さなかったが、相手も七十五歳。断らないのが年の功と思ったのだろう。この世で会うのはこれが最後だろうし、クラスメイトがわざわざ新潟に来るというのだ。断るのも寝覚めが悪い。

そんなところに決まっていると思った。


あかねは英太の電話を切って間もなく、古町《ふるまち》近くの『にいがたの風』編集部にいた。

『にいがたの風』は、新潟市のタウン誌だ。中央区にある「みずき百貨店」の本社ビル内に、編集部を置いていた。

二十畳ほどの狭い一室で、デスクが二つに小ぶりのソファ、それにキャビネットや書棚で、もう一杯一杯である。

キッチンからお茶を盆にのせ、十日町《とおかまち》紬《つむぎ》を着た田村《たむら》日出子《ひでこ》が出て来た。日出子は昨年まで、『にいがたの風』の編集長で、今は「名誉編集長」として関わっている。

日出子とあかねは沼沢高校の同級生だが、在学中は特に親しくもなかった。あかねは超のつく美少女で内気で、日出子は超のつく才媛《さいえん》で強いリーダーシップを持つ少女だった。

あかねは男子生徒にとって恋の対象であり、日出子は男子生徒にとって恋の相談相手だ。美人ではなく、テキパキとして頭のいい日出子は、男にとって女の魅力には欠けるタイプだった。

日出子は当時「国立一期校」と呼ばれた旧帝大の合格圏内にいた。だが、家庭の経済状態から高卒で就職。新潟市最大の繁華街古町の老舗《しにせ》和菓子店「河上《かわかみ》」の販売員になった。給料がよかったのである。

その働きぶりや、販売促進のアイデアは店主を喜ばせ、やがて少しずつ経理など経営の仕事も手伝うようになっていた。先輩販売員は五十代のパート女性が二人だけであり、日出子をいびるどころか、ありがたがる。居ごこちのいい職場だった。

あの頃、女性は二十四歳を過ぎて未婚だと、「オールドミス」と言われた。日出子の両親も何とか結婚させようと、あちこちに見合いを頼んだりしたが、まとまらない。

三十歳の大台も見えて来た二十九歳の時、父親が病死した。二年間の闘病で、経済は困窮。その後、今度は母親が不調で入退院を繰り返すようになった。東京にいる兄は、給料の中から最大限の援助をしてくれたが、母と同居の日出子は結婚からは遠のく一方である。もはや、見合いの話もない。

母親は一年患い、日出子が三十の時に亡くなった。

腑抜けたようになった日出子に、タウン誌『にいがたの風』を手伝ったらと勧めたのは、「河上」のオーナー河上雄輔《ゆうすけ》である。そのタウン誌は、みずき百貨店社主の水木《みずき》徹《とおる》が、発行者として先代から引き継いでいた。

文化人の先代は、東京の『銀座百点』や岩手の『街もりおか』のような、騒々しさのない良質なタウン誌を、新潟に作りたかった。膨大な支出を覚悟の上で、スポンサーとして発行を決断したのである。

水木二世と親しい河上は、日出子に別の世界を見せたかった。それが日出子を元気にするだろうと、依頼してくれたのだ。

日出子は編集など初めてである。だが、和菓子の仕事と並行し、校正や編集補助が楽しくてたまらない。

やがて「河上」は姪夫婦が継ぎ、日出子の軸足はタウン誌に移って行った。むろん、給料は知れている。だが、姪夫婦を助けて「定年なし」で働くことも許された。そして、名編集長として、新潟市では知名度も上がっていったのである。名誉編集長になってからも、月に一度程度は編集部に立ち寄る。人気の連載対談のホステスも続けていた。その際、必ず着物で出るのも日出子のアイデアだった。

新潟は小千谷《おぢや》紬、塩沢《しおざわ》紬、十日町絣《がすり》、明石《あかし》ちぢみ、小千谷縮など、織物は逸品だらけだ。少しでも新潟をPRしたい。新潟は米と酒だけではないのである。

しかし、日出子は着物を一枚しか持っていなかった。祖母や母親が残してくれるほど裕福な家庭ではない。病床の母を喜ばせようと、自分で買った十日町絣だ。セール品とはいえ、帯などもそろえると出費である。

対談の連載が決まると、日出子は新潟中の呉服店、織物会社を回った。必ず宣伝するので何とか無料で貸して欲しいと訴え続けた。色よい返事はなかなかもらえなかったが、貸してくれた店には、タウン誌に無料で見開きページの広告を入れた。それを手に各店、各社をまた回る。

発行部数がふえるにつれ、貸してくれる店が一軒、二軒と出始めた。日出子は時に自分でも買うようにして、コミュニケーションを取った。今では「着物対談」と呼ばれるほど、読者に浸透している。

あかねはお茶を一口飲むと、言った。

「原英太って覚えてる？」

日出子はちょっと驚いた顔をした。

「沼高のでしょ。覚えてるわよ。バスケ部で、あまり試合に出してもらえないレベルで、エータって呼ばれて。私は女子主将だったから覚えてる」

「デコ、覚えてるんだ。私、同じクラスにいたことも知らない」

「あかね、転校したから」

「突然、電話かかって来て、会いたいって言うのよ」

「えーッ、エータが？　何でよ。何で」

「全然わかんない。終活だと思って会ってくれみたいな。用があって新潟に行くからって」

「終活？　死ぬ前に、どうしてもあかねに会いたいってこと？」

「そんな感じ……かなァ。こっちは名前も顔も全然覚えてないのに」

「ハァ……びっくり」

あかねは強い目で、断言した。

「私、迷惑なのよ」

日出子は黙った。

だが、その気持はわかる。会いたくもないし、何よりすっかり忘れて「いなかった人」だ。それに、互いにもう老人である。七十五歳である。まさか高校生のイメージでは来ないにせよ、七十五の現在には驚くだろう。迷惑に決まっている。

『にいがたの風』では、毎秋、公募エッセイコンテストをやっている。その時、昔を懐しみ、昔の友人知人や恋人に会いたいと書いてくるのは、圧倒的に高齢男性だ。

高齢女性は孫自慢ばかりで、これにも辟易《へきえき》させられるが、まだしも視点は現在にある。男は加齢と共に、帰るところが昔しかなくなる。故郷と母親しかないのだ。日出子は兄を見ていてもそう思う。

女にはノスタルジーが希薄だ。常に「今」だ。今をどう楽しみ、どう生きるか。であればこそ、そんな特集の女性誌が売れる。日出子は『にいがたの風』でも、定期的に「昔を思い出すより今が大切」という対談相手を入れていた。

「あかねが悪いよ。会うって返事しちゃったんだから」

「何か押されちゃったのよ。終活とか言われて」

大きくため息をつき、

「すっごい迷惑」

と、さっきよりもさらに強く言った。

この夜、「万代橋」では、英太がいつもの三人を相手にとろけていた。

「もう何て言うか、昔のまんまに優しくてきれいな声で笑うんだよ」

「しかし、よく原さんのこと覚えてたよな」

「いやいや、最初は『え?』って感じよ。だけどすぐ思い出してさ。やっぱり俺、どっか目立つとこあったっていうか、インパクト強かったんだろなァ」

恵三は「自分で言うか」とつぶやき、下を向いて苦笑した。

船井が聞いた。

「のぞきのことで謝りたいって、言ったのか?」

「言わない言わない。でも、あかねも覚えてるってことは、よくわかった。だから会って白状して、ヨコタの分もきちんと謝らないとな。ケリの終活、それがメインだから」

岡本が神妙に言った。

「原さん、たいしたもんだよ。俺は女房に言われてエンディングノートだの、死後の手続きだのって、ちゃんとやってるよ。それはそれで安心だけどさ、誰だって生きてるうちに会いたい人とか、やり残したこととかあるよ。やれるならやりたいって、誰だって思ってるよ」

船井がうなずく。

「でもできない」

「な。何でかな。たぶん、自分はじき死ぬんだから、自分のことを考えるより、金や時間は生き残る者のために使いたい。迷惑はかけない。そう考えるんだよな」

来月七十八歳になる北村は、船井の盃に酒を注いだ。

「いや、終活への同調圧力に負けるんだよ」

「うん。社会はそういう終活に同調しろと、圧力かけてくるもんな。でも、原さんは屈しなかった。自分本位の、本来の終活をやるってな。たいしたもんだよ」

船井もうなずいた。

「昔の女に会いたいとか、そういう終活って恥ずかしいと思っちゃうんだよな。でも、原さんが正しいよ」

英太は自分でもヘラヘラしていると思いつつ、言っていた。

「イヤイヤ、六十年も昔の俺のことをだ、あのもてまくりの美少女がよく覚えていてくれたって。それだけが嬉しくて」

仲間三人が大きくうなずくのを見て、英太はますます幸せだった。


その頃、あかねは、日出子を夕食に誘っていた。

萬代橋近くのビルにあるイタリアレストラン「トゥリパーノ」だ。新潟の県花チューリップのイタリア語で、チューリップのように盛ったパスタが人気の店だった。

「デコ、お願いがあるの」

「何」

「私のかわりに行ってくれない？」

「えーッ？」

「同じバスケなら、共通の話題もあるでしょ」

「バカ言ってんじゃないの。エータは終活って言ったんでしょ。あかねに会うことが終活なの。私じゃない。お断りします」

「なら、ドタキャンする。私、行きたくない」

「ちょっとちょっと！　日にちや時間まで決めておいて、ドタキャンはひどすぎる」

「行きたくない。迷惑ーッ！」

「なら、今のうちに電話して、早く断った方がいいよ」

「連絡先、聞いてない」

「電話も？」

「うん。関心ないから。向こうはこっちの固定電話知ってるから、かかって来たら断るけど、まだ来ない」

「来ると思い込んでるのよ。行くしかない」

「私に老人ボランティアやれって言うの？」

「行くって言ったんだから、しょうがないじゃない。三十分くらいの我慢よ」

あかねは大きくため息をつき、パスタをフォークにからめた。

「万代橋」では、恵三が半ば呆れたように考え込んでいた。

「純愛の元少女と会う店ねえ……。新潟にはいいレストラン、色々ありますけど、ジジババカップルが喜ぶ店は……わっかんねえなァ……。和食っすよね？」

北村が目をむいた。

「恵三、七十五歳だから和食って、それは違うよ」

「すいません。原さん、何でもあるからホテルが一番いいんじゃないすか？」

「ホテルじゃヘンに思われるだろう」

「思わねーよ」

恵三は反射的にそう言い、あわてた。

「すいません。あ……いい雰囲気の中華があります、あります。オーナーが友達なんで、予約しますよ。夜景が抜群なんすけど、昼ですかね」

「うん。夜ってのもヘンに思われるし」

恵三は「思わねーよ」という言葉を飲み込み、笑顔を返した。


「トゥリパーノ」では、あかねの顔がどんどん暗くなっていた。

「私、行かなくてすむ理由を、デコなら考えてくれると思って、来たのに」

「ないわよ、そんなもの」

「じゃ、私ホントに行かない。ドタキャンが悪いなら、沼高の誰かに連絡先、聞く」

「わかんないと思うよ。それに、一度決めたことって、断る方が面倒だよ。私、仕事してていつもそう思うもん」

「いい。行って知らない人と会う方が面倒」

日出子は笑い出した。

「知らない人か。エータ、お気の毒」

あかねは笑いもしなかった。


英太らが並ぶカウンターに、笑顔で恵三が来た。

「中華の予約、今、取りましたッ」

「早いね。ありがと」

「店は『万華鏡』っていって、ネットですぐわかります。昼でも窓側のいい席はすぐ埋まるんすけど、オーナーが二人席をキープしとくって」

「イヤァ、嬉しいね。ありがとう」

あかねと会うことを思うと、何だかもう一回生き直すような気分になってくる。互いに七十五歳、先はない。だがどんなに姿が変わろうと、互いに相手に見るのは十五歳のカケラではないか。

不衛生だった昭和の町、どこもかしこも子供であふれ、父も母も生きていた。祖父も祖母も生きていた。貸し本屋があり、ラッパを鳴らして豆腐屋が売り歩いた。店々は釣り銭も食品も同じ手でつかみ、「同伴喫茶」と聞くだけでドキドキした時代があった。スマホもパソコンもなく、クレジットカードも駅の自動改札口もなかった時代。駅員がパッチンと切符にハサミを入れ、改札口を通してくれた。

のぞきを謝るのはもちろんだが、共に過ごした時代の話がきっと出る。三十分が三時間になっても、夢中で話して気がつかないかもしれない。

何といい終活か。何といいケリのつけ方か。英太は満たされていた。

第四章

上越新幹線の窓から、英太は晴れ渡った空を見ていた。稲刈りの終わった田んぼは、さらに広大に見える。晩秋の太陽は、山々や針葉樹の森まで照らし上げている。

つい四ヵ月前には、この席に母が座わり、真夏の強い太陽の下、力強く伸びる稲を飽かず眺めていた。

――俺、今からバナナのあの子に会ってくるから。電話でしゃべったら、母ちゃんがバナナをくれたこと、しっかり覚えてたよ――

礼子も佑子も努も、英太の大切な大切な家族だ。だが、一人の時間は何といいことか。身も心も解き放たれる。そして、一人になると家族より母を思い出す。

英太はモカ茶色のツイードジャケットを脱ぎ、窓辺のフックに掛けた。カーキ色のタートルセーターになる。

ジャケットもセーターも、あかねに会う今日のために、礼子が選んでくれたものだ。共に都会的でしゃれた色合いだった。

あの日、礼子は迷うことなく、このジャケットを選んだ。羽織ると、このセーターを下に当てがった。

「ん！　パーフェクト！　イケジジ！」

とガッツポーズをした。会う相手が純愛の七十五歳となると、こうだ。

英太は旅行バッグから恐竜ポーチを出すと、窓辺に置いた。母が飽かず眺めた故郷の田畑を見せたい。ポーチの中には母が残した薬が一錠、入ったままだ。

家族がいないと、こういう「マザコン気味」なことも、恥ずかし気なくできる。これから会うあかねのことを考えないように、母のことを考えているのかもしれない。

今日、六十年ぶりに再会しても、過剰に謝ることはしないと決めていた。のぞきで傷つけたにしても、十代半ばの大昔の話だ。サラッと謝り、

「イヤァ、すっきりした。十代の悪さだけど、ヨコタも俺もずっと申し訳なく思っててさ」

で打ち切る。あとは二人の話が動くままに、楽しむ方がスマートだ。三十分あればいいと言っておいたが、あかねも受けた時にそれではすまないと思っているだろう。

若い人は「思い出話は老害だ」と逃げる。だが、彼らも今にわかる。年齢《とし》を取るということは、「失ったもの」と「感触」だけが残ることだ。

一歳や二歳のことなど、覚えているわけもない。だが、若い母におんぶされ、あったかな背に安心していた感触は残る。新婚のときめきも忘れたが、若い妻の柔らかい手の感触はすぐ甦える。

きっとあかねなら、この思いをわかってくれる。いいものだ、同年代と会うのは。

中華「万華鏡」は、新潟市最大の繁華街・古町にあった。英太は幼い時も、また母が昭次夫婦と暮らしていた頃も、何度も訪ねている町だ。その変貌も見て来ているが、思い出すのは、昭和三十年代の、小学生時代の古町である。

英太の家の経済状態は、あの時代の平均よりやや下だった。しかし、両親はよく古町の「大阪屋《おおさかや》」で、兄弟にソフトクリームを食べさせてくれた。小林《こばやし》百貨店と大和《だいわ》百貨店の大食堂にも、何回連れて行ってもらっただろう。

戦後十年余というあの頃、よほどの金持ちでもない限り、繁華街で子供にそんなことをする家はなかっただろう。大人になってから母は「物怖《ものお》じしない人間にしたくてね」と言ったことがある。店にでも人にでも、ビビらない大人にしたいということか。

ただ、大阪屋でも大食堂でも、両親は何も注文しなかった。子供二人が夢中で食べる姿を、毎回嬉しそうに見ていた。

経済的余裕がなかったのだ。昭次は幼なかったが、英太は何回も「父ちゃんも母ちゃんも食べればいいいてがんに」と言ったものだ。子供心にも居ごこちが悪かった。

大阪屋は今もあった。兄弟二人の口が、ソフトクリームでベチャベチャになるのを拭く母が、感触に生きている。

英太があかねとの約束時間より早めの新幹線に乗ったのは、ゆっくりと古町を歩きたかったからだ。あの向山あかねと、ついに再会する。その興奮と動揺を、鎮めておきたい気もあった。

ゆっくりと古町を歩くうちに、「万華鏡」に向かう時間になった。胸は高鳴り、のどはかわき、足取りが重くなる。だが、もう時間は稼げない。

もし、話が弾まなかった時、どうその場を仕切ればいいのか。謝罪のタイミングをうまくつかめるだろうか。あかねは元々おとなしい上に、高校時代はほとんどしゃべったことがない。少し怖じけづいている自分を、ソフトクリームを食べさせた母に見せたくない。

店の重厚な入口を開けると、中国家具が置かれたロビーになっていた。横浜中華街の老舗店を思わせる。

オーナーが恵三の知りあいということで、席は奥まったいい二人席だった。まだあかねは来ていない。

中国茶を飲みながら、さり気なく入口の方向を見る。だが、入って来た時に目が合ったりするのはカッコ悪い。ずっと気にしていたのかとバレる。英太は用もないのにバッグを引き寄せ、何やら探すふりをした。

「原さん、お待たせして……」

目を上げた瞬間、英太は息を飲んだ。

あかねの横に、田村日出子が立っていた。

――何なんだ、これは。何でデコも来るんだ。邪魔なんだよッ。何なんだ――

英太は過呼吸かと思うほど、息使いが荒くなった。

あかねが笑顔で言った。

「デコは原さんと同じバスケだからって思い出して、私がお誘いしたんです。部員はみんなエータ、デコとか呼びあっていたと聞いて、絶対に原さんも喜ぶと思って」
あかねはショートのグレイヘアに、ゆるいパーマをかけていた。濃紺のワンピースはゆるやかに広がり、よく似合っていた。その上、赤紫色の口紅が色白の肌とグレイヘアを際立たせている。年齢《とし》は取ったが、昔からきれいな人は、やっぱりきれいだ。若い頃の面影が残っていて、まったく婆サンくさくない。

つい、胸を見る。ジャケットの下でよくわからないが、厚みはある。あの胸だものなと英太は二度見した。

「エータ、私まで来てゴメンッ。申し訳ない。十年前の同期会であかねと親しくなったのよ。高校時代は特別親しくなかったのに、不思議なものね」

日出子の歯切れのいい口調に、英太は我に返った。今も美人ではないものの、チャコールグレイのパンツスーツが、いかにもできる女めいている。歯切れのいい口調も昔のままだ。

「いやいや、バスケット部で三年も一緒だったし、嬉しいよ」

やっとそう言った。日出子がいては、謝ることもできない。どうしてこうなるのだ。

テーブルの担当が来た。

「田村先生がご一緒でしたか。二名様と伺っており、失礼致しました。回転テーブルのございますお席をご用意致しますが」

日出子が手を振った。

「いえ、私はご挨拶だけで失礼しますので」

あかねが英太に言った。

「原さん、三人の方が色々と話も広がって、楽しくないですか。いかがですか」

「いかがですか」と言われて、「イヤです」と言える者がいるものか。英太は致し方なく、弾んだ声をあげてみせた。

「デコもぜひ。嬉しいよ。二人ともランチするくらいの時間、あるよね？」

あかねが日出子を見た。

「私は……皆さんのよろしいように」

日出子はうなずいた。

席を移り、無駄に大きい回転テーブルを三人で囲む。六、七人用の席だろう。場所にしても二人席のしっぽり感はなく、背中のあたりを風が通る。もういい。どうせ七十五歳の、純愛しかできないカラダの男だ。

担当がメニューを開いた。

「お飲み物はいかがなさいますか。田村先生は白ワインですよね」

英太は声を上げた。

「すごいな、デコは先生か」

担当はどこまでも恭々《うやうや》しい。

「はい。先生は新潟では有名な文化人で、タウン誌の名編集長でした。部数も激増して、先生は新潟日報のインタビューも受けた方《かた》です」

新潟日報は地元新聞で、県内の購読シェアは第一位。半数以上を占めている。

日出子が手を振った。

「やめてやめて。知らない人が聞けばホントかと思う。部数が増えたのは単なる幸運よ」

英太はあかねに聞いた。

「お好きな飲み物、ありますか」

「私は何でも。皆さんのよろしいように」

白ワインをボトルでもらい、グラスを合わせる。日出子はあかねに言った。

「エータがよくこの店、知ってたと思わない？　人気で予約もすぐに埋まるのに」

「ね。私はデコに誘われて二回来て、おいしくて驚きました」

「イヤ、僕は初めてで、若い友達がオーナーと知りあいだったんですよ。でも今になっても、世界で一番うまいのは沼高の学食のラーメン！」

日出子は学食のカレーが一番だと思っていた。食堂のオバチャンが、メリケン粉でかさ増ししているのにおいしい。だが、口には出さなかった。今日はあかねに頼まれて来ただけの付録なのだ。

「あかねさんは？」

英太も日出子など見ない。

「私、転校しましたから、よく覚えてないんです。ラーメンもカレーも、どちらもおいしいですし」

英太はあかねにメニューを見せた。

「お任せランチにして、他に食べたいもの追加しましょう。何がいいですか」

「いえ、私は……。皆さんのよろしいものを」

「春雨《はるさめ》サラダとか春雨スープ、どうですか」

「どちらもおいしいですよね」

英太はメニューから目を上げず、日出子にも聞いた。すると即答した。

「ここ、春雨サラダ、前菜の一番人気よ」

英太は注文し、再びあかねに言った。

「突然転校した時は、びっくりしたなア。福岡はどうでした？」

「定時制高校に行きながら、空港の土産物《みやげもの》店で働いていました」

日出子があかねの方を向いて、笑って促した。

「エータに言えば？　あかねの働きぶりと美貌に惚《ほ》れた社長が、見合いを世話してくれて結婚したって」

「デコ、やめてよ。私は本当にいい人たちに恵まれて、いい方向に引っ張って頂いて、そのお陰で今があるんです」

あかねは困ったように、日出子をつついた。

どうも話も酒も進まない。

「やっぱり中華料理には紹興酒《しょうこうしゅ》の方が合うかな。そうしようか」

日出子が笑った。

「今、ワインをボトルでもらったばっかりよ。空いてからでいいって」

その通りだが、酒でも注文しないと間がもたない。

英太はすでに、少しがっかりしていた。あかねは今も自分から話そうとしないタイプらしい。高校時代からそうではあったが、何を聞いても「皆さんのよろしいように」「どちらもおいしい」「皆さんのおかげ」。一番つまらない答だ。

確かに、昭和四十年代は自己主張をしない女の方がもてた。あかねもそれによって、社長のお眼鏡《めがね》にかなったのだろう。

日出子は昔からできる女だし、仕事柄を考えても接客は巧みなはずだ。だが、今日は自分は付録だとわかっているようで、英太の顔もあまり見なかった。

この状況では、とても謝る方向には行かない。帰ってから礼子や佑子、「万代橋」の面々にどう言えばいいのか。「終活成功!」どころか物笑いだ。

礼子や佑子は「ザマーミロ、ご苦労さん」と笑いながら、しつこく様子を聞きたがるだろう。「万代橋」の面々は「美人はとかくそんなもんさ」と慰めてくれるのか。

英太はあかねと二人の方が、話ができると思った。だが、日出子に帰ってほしいとは言えない。「私は挨拶だけで」と言ったように、日出子自身も帰るタイミングを狙っているのだろう。

だが、このムードではそれがつかめない。

何とも弾まない空気を察し、珍しく日出子の方から英太に話しかけた。

「それにしてもよくあかねに電話してくれたよね。自分を覚えてないかもとか、結構勇気いったでしょ」

「二回目は慣れたよ」

「えーッ、エータ、二回したの？　それほどまでに、あかねは会いたい人だったんだ」

あかねの表情が一変した。

「原さん、一回目は嫁の加代《かよ》が忘れたふりして、私に伝えなかったんです」

きつい口調でそう言った後、つぶやいた。

「あのネッチョが」

驚いて見つめる英太を、日出子はチラッと見た。そして、あかねに言った。

「ちょっとォ、ネッチョなんて言葉、エータは忘れてるわよ。今の若い人は使わないし」

「いや、俺覚えてる。あの頃、高校生でも使ってたよな。『タナカはネッチョこき』とか」

これは「意地が悪い」という意味の方言で、当時は当たり前に使われていた。

日出子は、あかねに笑いかけた。

「今の若い人、北海道から沖縄までみんな標準語だもんねえ。それでみんな『ヤバイ』とか『メッチャ』とか『バズる』とか」

あかねはそんなことはどうでもいいように、正面から英太を見た。

「困ってるんですよ、あの嫁には。もちろん、嫁姑問題なんてどこにでもあることですよ。だけどうちのは度を越してるの。私のこと、よっぽどイヤなんですね。挨拶以外、口をきかないんですから」

声のトーンが一変している。

日出子が、その話はやめろというように取りなした。

「でも加代さんは同居してくれたんだし。エータね、あかねの息子さん、宗一郎《そういちろう》君っていうんだけど、すごく優秀なのよ。福岡の進学校に入るなり、農化学やりたいって将来を見据えてね。ね、あかね」

日出子が息子の話にそらしたがっているのは、見え見えだった。

「お陰様で息子は、越後国立大学の農学部に現役で入りまして、応用生命科学に進みました」

「私達の頃の国立一期校よ、すごいでしょ。大学院まで進んだのよね、あかね」

「そう。その後、北海道とかいくつかの大学で教えましてね」

やっと話がそれて、日出子は安堵の笑顔をあかねに向けた。

「立派な息子さんなの。ね」

あかねは吐いて捨てるように言った。

「何が立派ッ。大バカ者ッ。加代の尻に敷かれまくって」

激しい口調に、英太は呆然とした。

これが五分前まで「皆さんのよろしいように」しか言えなかったあかねか？　高校時代とは変わっていて当然だが、五分前とここまで変わるか？

「息子が山形で教えてる時、大学の同僚に紹介されて、だまされて結婚したんですよ。私は福岡で一人暮らししてましたから、加代も息子と一緒に夏休みとか、山形から私に会いに来ましたよ。なーに、一日か二日なら猫かぶれますから。息子が忙しいのをいいことに、嫁は実家べったり、親べったりですよ。実家、同じ山形で近いですから、私なんか放ったらかし。私のいる福岡は遠いですけど、盆暮のあいさつもないんですから。あのネッチョ、宗一郎と結婚したくて、絶対に身だって投げてますよ。あの程度の女、身しか投げるもンないんだから、そりゃ投げるよ」

英太はチラとあかねの胸を見た。間近で見ると、やや下にさがり、横にボリュームが広がっている。年齢《とし》取って、ツンと立ってはいられまい。

その昔、あかねも胸しか投げるものがなく、投げて幸せをつかんだのだろうか。それならそれでいいではないか。武器は使うものだ。

日出子は口をはさまず、英太とも目を合わさず、黙ってワインを口に運んでいた。

あかねはこうして英太の顔を見ても、何ひとつ覚えていなかった。まったく記憶にない。やっぱり「いなかった人」である。

よく雑誌で「歳を取ったら、やらなくていいこと」の特集がある。「義理で他人と会うこと」という項目が、必ず入っているものだ。

高校の同級生だか何だか知らないが、あかねにとって、原英太だかはそれだった。得意技の当たり障《さわ》りのない返事を連発して、時間をやりすごした。だが、たったひとつ、会ってよかったことがある。

嫁のひどさを言えたのだ。

世間では、嫁の悪口を言う姑を嫌う。なぜか姑の悪口を言う嫁より嫌われる。

女性誌や新聞には、著名女性が出て、悪口など言ったこともないようなゴタクを並べ、嫁姑がうまくいっていると匂わす。その秘訣なんぞをぬかす。そんなゴタク、絶対にウソだと、あかねはいつもせせら笑う。

「著名なゴタク女」は、雑誌やメディアの目があるから気が抜けないだろう。だが、嫁や姑の悪口を絶対にどこかで、誰かに言っている。断言できる。年代も育ち方も考え方も違う嫁と姑が、快適に一緒にいられる秘訣などあるものか。

それにしても、加代ほど底意地の悪い嫁はまずいない。あかねは毎日思う。宗一郎は女とは無縁で生きてきており、あのネッチョにしてみれば、プロポーズさせることなど、片手でヒョイヒョイだっただろう。

日出子には何もかも話していたが、何も知らない英太にぶちまけるのはスキッとする。男の人は聞きたくないだろうとか、恥をさらすとか、色々と考えるのはまだ姑に余裕があるからだ。あかねはできることなら、テレビや雑誌に出て、嫁のひどさをぶちまけたい。世間にはそういう姑が少なくはあるまい。

宗一郎は山形の大学から、やがて北海道に移った。実家と離れた加代は不満たらたらだったが、三年ほどで新潟の母校に教授で招かれたのである。宗一郎が四十三歳の時だった。

加代は地に足がつかないほど喜んだ。実家の酒田《さかた》は、新潟から羽越《うえつ》本線で一本である。

もっとも、これまでも宗一郎の赴任地がどこでも、一人娘のかおりを連れて、よく帰っていた。父親は電気工事会社を手広くやっており、家は裕福だった。孫見たさに、旅費も必ず出してくれていた。

とは言え、加代は福岡に住むあかねに意地の悪いことはしなかった。そればかりか、月に一回程度はご機嫌伺いの電話もして来た。ただ、あかねがかおりに誕生日プレゼントを送っても、お返しは一切ない。三人で家族旅行にもしょっちゅう行くのに、おみやげは一度ももらったことがない。

実家の親とは誕生日会から温泉旅行、東京での買い物、食事まで楽しんでいることは、あかねも察しがついていた。気分はよくない。だが、実の娘と実家、そして嫁と婚家の関係は、どこでもこうなのだろうと納得してもいた。

とうとう一人息子として宗一郎が「型通りでいいから、福岡の母にも目を向けてほしい」と言ったらしい。それを聞くなり加代は「向けてるわよ」と不機嫌になり、何日も口をきかなくなったと、宗一郎がつい口走ったことがある。

以来、宗一郎は二度と姑のことは口にしなかったようだ。男は家庭でもめたくないものだ。

やがて、宗一郎は新潟市内に家を建て、あかねは福岡の賃貸マンションで、のんびりと一人暮らしを楽しんでいた。友達も多く、市が主宰する合唱団も楽しい。

それに、加代が新居のお披露目に、一泊しに来てと誘われた。旅費はもちろん、宗一郎がホテルの食事を奮発し、加代は歓待して土産まで用意してくれた。

翌日、ちょうどミニ同期会があり、思いがけずあかねも出席できた。その時、あかねは誇らし気に、「新潟の息子夫婦のとこを連絡先にしとくよ。息子が一軒家建てたのよ。いい嫁さんなんだ」と幹事たちに伝えていた。

以後、距離感は変わらないが、あかねの気持があたたかくなったことは確かだ。

三年前、そこに困ったことが起きた。あかねの住むマンションが取り壊されることは、前々から通達があった。だが、別のマンションを借りて引っ越せばいいことだと、あかねは楽に構えていた。

しかし、探してみて、高齢者がマンションを借りる困難を初めて知った。

「貸し渋り」と言われて、社会問題化しているらしい。オーナーとて商売であり、高齢者に貸し渋る気持は、あかねも理解できる。キチンキチンと家賃は払えるのか、誰か同居人はいるのか。一人暮らしで孤独死だのゴミ屋敷だのと「事故物件」になるのは困る。

まして、あかねは高齢で無職で年金生活者。一人暮らしであり、貸し渋りの条件を満たしに満たしている。

実際、地方によっては行政が動いたり、高齢者に特化した不動産業者も出てきているという。だが、それが大潮流となっている話は聞かない。

であっても、あかねは心配していなかったのだ。大学教授の職にある息子が、いる。これほどの保証人が身内にいることは、オーナーや不動産業者に間違いなく安心感を与える。

だが、いざ直面すると、簡単ではなかった。業者によっては、預金残高証明書の提示を求める。これを銀行から出してもらい、業者は保証協会に回す。協会が審査し、貸すか否かを判断する。あかねの少額の預金では、審査は通るまいし、年金だけの老人の一人暮らしは大きなマイナスだ。

宗一郎も福岡まで来て探し、保証人になることを訴えたが、その保証人は新潟在住だ。老女の一人暮らしと知るや、渋るところは多かった。

むろん、貸すという業者も少なくはない。

だが、その多くは物件の生活環境があまりにも悪かった。日当たりの悪い、どん底のような部屋もあった。また、狭い居室のところどころに梁《はり》が出ていたり、段差が多かったり、高齢者には向かない部屋もあった。

宗一郎は休みを取って、何日か物件探しに力を尽くし、行政にも相談してくれた。だが、年金生活の高齢者に見合う部屋は見つからない。

聞けば、現在あかねが住んでいるマンションも、全室高級志向のファミリー向けに建てかえるという。

宗一郎はあかねにランチをごちそうしながら、「何だか小さくなったな……」と思って母を見ていた。

思えば夫を亡くしてから、昼は保険の外交、夜はレストランの清掃と、寸暇を惜しんで働いてきた母だ。すべて、一人息子に不自由な思いはさせたくないと、それだけだったのだ。今のように「シングルマザー」という呼び名もなく、「片親」と言われて偏見も小さくはなかった。

その中で、一人息子を不自由なく育ててきた母である。今、行くところがなくて、ランチのスープを飲んでいる小さな姿。胸がふさがった。だが、母は元気に言う。

「宗一郎、心配ないよ。必ず見つかるから」

あてはなく、どこか施設に入れるしかないのだろうか。だが、安い施設は常に空きがないと聞く。高い施設を考える金銭的ゆとりは、母にも息子にもまったくない。

新潟の自宅は一軒家であり、同居は可能だ。だが、妻が了解するはずもなく、同居は問題外だ。いっそ新潟でアパートを探す手もある。安い施設をあたることと並行してやってみようと、宗一郎は思った。

見ると、母は食後のほうじ茶をゆっくりと飲んでいた。両手で茶碗をはさむように持っているからか、さらに小さく見えた。七十三歳はまだ若い。だが、それは来し方の苦労によって違うだろう。宗一郎は、

「アイスクリーム、もらおうか」

と言った。母は手を振った。それでも宗一郎が注文すると、

「いいの?」

と笑顔を見せた。

その後も宗一郎は福岡に行き、懸命に、施設探しとマンション探しをした。どちらもないわけではないが、「終《つい》の棲家《すみか》」になりうることを考えると、あまりにも哀れだった。

考えに考え、ある晩、ついに加代に「同居」を提案した。あかねの住まいのことは聞いている加代だったが、「同居」は考えもしないことだった。夫もその匂いは出したことがない。

聞くなり、加代は顔色を変えた。

「お断りします。絶対に絶対に、死んでもイヤ。結婚の時にも『同居』のことなんて口にも出さなかったし、約束が違う。絶対にお断りします」

「うん。だけど、そうするしかないんだよ」

「老人ホーム、もっと本気で探してよ。いい年齢《とし》なんだから、本人もその方が便利で楽よ。安いホーム、福岡に色々あるでしょ。探してよ」

「お前も知っての通り、安いホームをお袋に内緒で、さんざん探したよ。福岡も新潟も探した。だけど、安いところは順番待ちで、いつ入れるかわからない。お前にも言ったろ」

「なら、もう少しマシなランク探してよ。私、イヤよ、同居は」

「そう思って、少しマシも探した。あるにはある」

「なら、そこに入れて。誰だって急に同居と言われたら、逃げるわよッ。ハッキリ言っとくけど、私には無理です」

「少しマシなところも本当に一杯でさ。それでも、一室とか二室とかの空きがあるところもあった。ただ、費用が平均すると月十万から二十万ランク。入居金は二十万から六十万くらい。ないところもあるけど、その分月々の払いが高くなる。このご時勢、本当に高級ホームになると入居金八百万くらいのところもあるしね」

「そんな話、どうでもいいの。お義母さん、年金しかないでしょ」

加代は不穏な顔をした。

「ない。だから月十万ランクをもっと探して、空いたらすぐ入《い》れる」

加代はホッとした顔になった。

「そうして」

「本人だって少しは貯金もあるだろうから、入居金も二十万から六十万なら出せると思う。だけど金はそれしかないんだから、毎月の費用はこっちで出すしかない」

「えーッ！　えーッ！」

「しょうがないだろ」

「毎月十万も出せって言うのッ!?」

「いや、年金で払える分は払わせて、足りない場合の補塡《ほてん》だよ」

「もしもよ、十万のとこが空いてなくて、十五万とか二十万になったらどうするのよ。補塡にしても無理よ。かおりの学費、結婚費用、家のローン、これからかかる一方なのよ。それにお義母さんはまだ七十三よ、七十三。まだまだずっと生きてる気よ。その間、ずっと払えっていうの？」

宗一郎はハッキリと言った。

「俺の親だよ。まだずっと生きてる気だの、よく言えるな。もういいよ、俺が考える」

加代はその夜のうちに、家を出た。宗一郎は一切連絡しなかった。離婚もいいと思ってさえいた。母より妻との生活第一ではある。だが、苦労してきた母が、最晩年を狭いホームや、日当たりの悪いアパートでチンマリと座わってアイスクリームを食べている姿ばかりが浮かんだ。

しかし、十日後、加代は戻って来た。実家の親から詫《わ》びの電話があった。そして、仏頂面をしながらも、加代は同居を受け入れた。

ワインの後で頼んだ紹興酒を、あかねはほんの少し飲み、言った。

「私は福岡で、ひたすら嫁に感謝してたの。よく同居を引き受けてくれたなァと思って。年金しかない姑と暮らすなんて、こんな迷惑ないわよ。でも、私は行くところができて、嫁の決心も嬉しくて、泣いた……」

嫁は同居の条件を出して来た。だが、彼女の決心を考えると、あかねは当然だと思った。条件は、

「食費と光熱費で毎月四万円を入れて下さいね。家賃は不要ですが、ご自分で個室を建て増しして頂けますか」

というものだった。

加代は優しく、

「納戸《なんど》の横が少し空いてるんで、そこに六畳を造るのがいいと思うんですよ。母屋《おもや》続きだけど離れみたいで、お義母さんも気楽に過ごせるでしょう？」

と言い、宗一郎も、

「そのくらいならできるよな」

と同意した。同居をのんでくれた妻に、逆らえない気持が見える。

あかねの預金は約四百万円だった。部屋を造れば心細い。だが、四百万では少しマシな施設には、何年も入れまい。

「原さん、私は造ったの、六畳間。安普請の最低ランクだけど、畳もいい匂いで、テレビも置いて、よかったと思った。ごはんもリビングで一緒だし」

日出子はチラと英太を見た。こんな話、聞きたくもあるまい。話を変えるしかない。だが、ネッチョの話になると、いつでもあかねの舌峰《ぜっぽう》は冴《さ》え渡るのだ。

「孫娘のかおりは東京の大学に通ってるけど、帰って来た時はみんなでごはんするの。でも、私は何か邪魔者って感じでね。みんな、家族水入らずの団らんしたいのよ。私はできるだけしゃべらないで小さくなってるの。だけど、嫁は同居二ヵ月で本性あらわしたわよ。私、息子に詰め寄ってるとこ立ち聞きしたんだから」

可憐な白い花のようだったあかねが、「本性あらわした」だの「立ち聞き」だのと言う。思い出はふたを開けてはならない。

「あのネッチョ、息子に何て言ったと思う？　ごはんの時に毎回、お義母さんが部屋から出て来るのは我慢するって。だけど、トイレのついでにリビングのぞいたりはやめさせてって。せっかく自分の部屋を造ったんだから、ゆっくりしていればいいでしょって、息子に訴えてた」

英太は母を思った。

「うちの母も、僕の一家と同居してたけど、何も自己主張しないで、透明人間みたいにしてたよね。だから、あまり問題起きなかった」

「私だって透明よッ！」

あかねは目をむいた。

「だけど、ごはんになれば出て行くし、トイレの帰りにリビングのぞいたりはするよ、どこの姑だって」

何だか、あかねは生き生きして見えた。死を望まれるだけの姑にとって、嫁とのいさかいは、唯一《ゆいいつ》の主人公になれるドラマなのだろうか。

「ネッチョは息子が長い海外出張に出た後、私に言ったの。猫なで声でさ」

あかねは嫁の声色まで真似《まね》た。

「お義母さん、ごはんの時、わざわざリビングまで来るのは大変でしょ？　お部屋で召し上がります？　ルームサービスしますよ。食べ終えた食器もドア前に置いて下さればいいですから」

以来、朝夕二食、あかねの部屋のドア前に、ふたをしたごはんやおかずなどが並ぶ盆が置かれるようになった。

それはまるで、入院患者のようだった。あかねは一日二食で、昼は元々ない。朝晩、食べ終えた食器をドアの外に出しておくと、いつの間にかなくなっていた。

この仕打ちはこたえた。あかねにも「置き膳」されている友達はいたし、雑誌でも嘆く姑の記事を読んだことはある。だが、自分がそんなめに遭うとは思ってもいなかった。

息子が出張から帰国すれば、何とかしてくれる。それだけが励みだった。

しかし、海外出張から帰っても、息子はまったくあかねの役には立たなかった。死ぬ間際の親より、自分の家族を大切にするのは当然だ。

それでも「ルームサービス」の扱いを知ると、

「ごはんくらい一緒でも」

と、加代に言ったようだ。しかし、

「お義母さんが、その方が気楽なんだって」

と返されたらしく、それっきりだ。妻ともめたくない上に、同居以来どうにも逆らえないのが見てとれる。

あかねとて、加代と顔を合わせて食事したいわけではない。だが、家族で暮らしているのに、孤島にいる毎日だ。

かおりが帰省しても、もうごはんは一緒ではない。それでも「おばあちゃん」と一応は「孤島」に顔を出す。東京土産にプリンを買って来たりする。

あかねは嬉しくてたまらないが、わかっていた。「年寄りには優しくしておかないと、死んだ時に後悔する」と思っている。それだけのことなのだ。

孫はとかく、母方の祖父母が好きだという。どこの嫁も実家がいいのは当然だ。子供が生まれれば、しょっちゅう連れて帰る。祖父母は大喜びし、金品を与える。孫は甘える。娘も頼る。

かおりはプリンを持って顔を出すだけ、よくできた孫なのだ。

その頃、誰よりも誰よりも悪いのは自分だと、あかねは気がつき始めていた。

同居は二年前、七十三歳の時だ。七十三歳という若さでありながら、一人になることをどこかで恐れていた。七十三歳なら、シャキシャキと働いている人はいくらでもいる。若い愛人を作る男もいる。

心身が悪ければ別だが、七十代は「老人」ではない。若い時のようにはできないにせよ、一人で暮らせる。何かあれば、ケアマネジャーでも行政の相談窓口でも頼れる。

なのについ、安心安全のチャンスを逃したくないと考えた。子供に面倒を見てもらい、死に水を取ってもらうことを考えた。情けない。自分が悪い。

あかねは、エビ餃子に箸をつけ、言葉を継いだ。

「老人が考える安心安全って、誰かがそばにいる暮らしなんだよね。嫁との同居は苦労すると覚悟してたけど、もしも倒れても見つけてくれる。時々、ニュースでやってるじゃない。異臭がしてアパートの人たちが警察に言うと、老人が死んで腐敗してたとかって。そんなことがないだけでも、年取る一方の私には心強かったのよ」

日出子が断じた。

「自分でわかってる通り、あかねは間違ってたの。七十代は中途半端でね、まだ老人にはなり切ってないの。だから色んなことができる年齢よ。でもね、誰かと暮らしたいと、安心安全を求めた時から、七十代でも六十代でも老人になる」

「デコの言う通りよ。でも、社会は孤独死だの、一日中誰とも話さない恐さだの、言いまくるじゃないの。つい、転ばぬ先の杖を考えるわよ」

英太もエビ餃子に箸をつけた。

「それってさ、終活を煽る社会の弊害でもあるよな」

日出子がすぐにうなずいた。

「年取ってからの孤独の哀れさと、死ぬ準備の大切さを言われまくれば、安心安全にヨロッとなるわよ。間違うのはあかねだけじゃない」

あかねはため息をついた。

「年取ったらね、葬式代以外のお金は必要。絶対必要。それがあれば、老人はうわべだけでも一人前に扱われる。みじめにさせられないの。よーくわかった」

日出子はあかねを見た。あかねは日出子の目を受け、ハッキリと言った。

「人はね、若者でも老人でも、みじめにされるのが一番こたえる」

――俺も礼子も、母ちゃんをみじめにはしていない。よかった――

あかねの言い方は強かった。

「私ら小学校から一クラス六十人もいて、何をやるにも競争で、国は貧乏で。いいめに遭うことなんかなかったよね」

日出子が笑った。

「笑うしかないけど、私ら昭和二十三年の出生数って268万1624人。二〇二二年は77万747人だよ。私ら約三・五倍いたんだよ。いいめに遭いようがないって」

英太は母を思い、言った。

「それでも俺たちは子供で、まだ呑気《のんき》だったけど、親は飲まず食わずで働いて。差別もいじめもあって、気持も荒れただろうに、よく育ててくれたよな」

あかねは大きく息をついた。

「いつの時代でも、いじめはなくならないよ。何で他人《ひと》をいじめるか。他人をいじめるのって、セックスなんだね」

英太は声をあげそうになった。あの可憐な白い花が……。

「いつの世でも、いじめはセックスと同じ快感なんだよ。嫁を見ててよくわかった。いじめられた相手の反応も快感で、体も心も生きててよかったと思うのよ。明日もいじめるんだァと思って、もう生きる目的よ」

「……そうですか」

「そうよ。ネッチョ見てて、もうひとつわかった。いじめるヤツって、まず根本的に能力のないヤツよ。だから、相手の卑屈《ひくつ》な反応が嬉しくて、人生初の優位を感じて、快感で快感で。いじめるヤツは、セックス中毒患者。ネッチョはそれ」

あかねはそう言い切った。

「福岡で、私は日当たりが悪かろうが、事故物件だろうが、貸してくれるとこ、借りればよかったんだよ。セックス中毒患者に気を使ってオドオドと生きることに比べりゃ、前の住人がその部屋で自殺しようが孤独死しようが、どってことないよ。殺人事件があったってヘーキ。陽当たりなんか、昼間外に出りゃいいの。七十五にもなりゃ、何だってウェルカムだって、嫁にやられてわかったよ」

英太と日出子はおし黙った。

あかねは青椒肉絲《チンジャオロースー》に手を伸ばした。

「みじめな同居より、孤独死の方がずっと幸せ」

そう言われて、英太は初めて気づいた。あかねの変わりように、これまで初対面の他人と会っている気がしていた。それは年齢を重ねる残酷さだった。あかねに失望するというより、変えてしまった歳月がつらかった。

こんな終活の結末を、家族や仲間たちにどう話せばいいのかと思い悩んでいた。やはり、そういう終活はないのだと言われたら、反論できない。

再会するなり、ずっとそう思っていたのだが、今、確信した。

——俺はあかねの十五歳と七十五歳を知っている。六十年というブランクの間に、あかねは自分の人生の主人公になって、波をかぶり、嵐をかいくぐって来たんだよな。俺もそうだ——六十年間の暮らしを経て、目の前に現われたあかねの変わりようは、人間の旨味《うまみ》になっていないか。なっていると思った。

これは十五と七十五の両方を知っていればこそであり、初対面の相手には持ち得ない。

十五歳のあかねは、いわば素材だった。やがて多くの波風にさらされ、老いて、素材の新鮮さは失われた。だが、旨味が出た。これは両年齢を目のあたりにすればこそわかる。

可憐なだけだった白い花が、今やトゲを持つ。人の裏を、腹をさぐる。素材にはなかった味わいだ。

日出子にしてもだ。思いもかけぬ「文化人」になり、「先生」と呼ばれている。ブランクにどれほどの人生があり、どう乗り越えてきたのか。

誰でも一人残らず、自分が主人公の波風と向かいあう。それが望まぬものであっても、放り込まれる。人間はそこからなのだ。

相手の昔を知っていて、そして今を知るということに、英太は厳《おごそ》かな思いさえ持った。いかなる状況であれ、生きていることを大切にしなければならない。さすがにそれは、恥ずかしくて口には出せなかった。

この思いに至らせたのだから、この終活は、大成功だ。エンディングノートだの、後始末第一の終活ではたどりつけない。あれは趣味人のやることだ。事務処理は、厳かな思いも生きる力も生まない。

しばらく無言で食べていると、あかねが突然、財布を取り出した。中から一枚のカードを抜いて見せた。

「今、結構大切なものよ。六十五歳以上になると使えるんだけど、路線バスに半額で乗れるの。色々制限もあるけど、私、バスで好きなとこ行くのよ。ぐるぐる市内を回ったり、行ったことない町とかで降りてみたり」

日出子があかねの肩を抱いた。

「私は誘われても仕事があるし、あかね、いつも一人で行くのよね。知らない商店街で話して買ったり」

「年取ったら、自分で自分のことお守《も》りしなきゃダメ。家で邪魔にされて学んだよ」

小さく笑う顔には、ほのかに白い花の面影があった。それは豊かな胸とアンバランスな、高校の更衣室で見た顔だった。

「そうだ、原さん。何か私に話があるって言ってましたよね。ごめんなさい、私ばっかりしゃべって」

英太はもうどうでもよくなっていた。考えてみるまでもなく、今さら謝るほどの問題ではない。かえって恥ずかしい。

日出子は腰を浮かせた。

「私、外すわ」

「いや、全然たいした話じゃないから。あかねさん、俺が高二の時、更衣室のぞいたじゃない」

「え？　何のこと？」

「……覚えてない？」

「うん。全然」

日出子が苦笑した。

「私、覚えてる。あかね、学校中の噂になったじゃない」

「そんなことあった？　全然覚えてない。転校したし」

「転校の直前よ。転校は噂のせいで学校にいられなくなったって、確かそんな話だったわよ」

英太はもはや説明する気にもなれなかった。

「ま、新潟に行くついでに謝ろうみたいな」

と言ってごま化すと、あかねは深々と頭を下げた。

「何ひとつ覚えてないけど、そんな大昔のことを、わざわざ謝りに来てくれたなんてありがとう」

「いや……」

「原さん、電話で最後に会いたい人だとか、これが終活だとか言うから困ったのよ。でも、そんなことだったのね」

日出子の横で堂々と言う。英太は目を伏せ、日出子はヤレヤレ……とでも言うように、首をすくめた。

「でもね、原さん。人って死ぬ間際まで、息が止まる瞬間まで、何が起こるかわからないんだよ。そりゃいいこともあれば、悪いこともあるでしょうけど、どっちにしても年取ってからは、何かあるとワクワクする。普通、何もないんだもの」

そして、英太を真正面から見た。イメージはすっかり壊れたが、七十五になっても真正面から見られるとゾクッとする。

「だから、老人はワクワクを自分で掘り起こすのが一番大事。迷惑かけずに死ぬ準備ばっかりしてどーすンのよ」

「付録」の日出子は、この日初めて正面から英太に言った。

「でも、エータみたいに、最後に一目あかねに会って死にたいとか、そういう終活も迷惑だけどね」

英太は「この終活こそ、生きる力になったよ」と腹の中で言い、大笑いしてみせた。

市バスに乗って、市内を淋しく回り始めた頃、あかねはもう自分には生きている意味がないと、本気で思っていた。

家に帰れば、玄関で「ただ今」と声をかけ、嫁はリビングから「お帰りなさい」と声を返す。だが、顔を合わせることもなく、自分の部屋に入る。

部屋には湯の入った魔法びんと、茶碗と急須、茶殻入れが盆にのっている。時には小さなお菓子がそえられている。旅館だ。

夜には「病院食」が届く。

これが続く中で気がついた。加代は、姑の存在そのものがイヤなのだ。これまであかねは、「セックス中毒」のターゲットにされようが、限界を越えて耐え、食費も光熱費もきちんきちんと入れてきた。だが、存在がイヤなら、どうしようもない。消えるしかない。

終活を始めたのは、あの頃だ。

福岡から越してくる時、いわゆる断捨離はすませていた。だが、若くして亡くなった母の遺品と、夫のそれは少し持って来ている。

母の遺品はただひとつで、抹茶用の古びた茶碗だ。これはあかねが買ったものだった。

母のフミは新潟からあかね姉弟をつれて、福岡に来た。仕事は「五輪《いつわ》印刷」という会社の庶務と雑用。社長夫婦と従業員八人の小さな印刷工場で月給は三万ほどだった。だが、社長の妻が副社長でフミの親戚である。定年もなく、堅い会社で給料が遅れることもない。

当時はまだ活版印刷の時代であり、文字を拾って並べるベテランの職人がいた。古い木造の汚ない工場だったが、輪転機を回す職人もいい人たちで、有難い環境だった。

娘のあかねは定時制高校に通いながら、土産店でアルバイトをしていた。高校生のバイト料など知れているが、あかねは家計に入れ、残りは預金していた。

フミは「事務室」とは名ばかりの、六畳ほどの場所で帳簿をつけたり、昼は従業員用の味噌汁を作ったり、社長の雑用をこなしたりする。

この職場に何の文句もなかったが、たったひとつ困るのが、社長のチャリティだった。社長の実家は庄屋の流れを汲むとかで、ガラクタにしか見えない人形だの絵だの、食器や帯留め、かんざしなどが納屋にあるそうだ。それらを社員に売り、その金を新聞社を通じて寄付する。

そこに、社長・副社長夫婦、専務の息子が現金を加える。すると、新聞の「篤志家」の欄に「五輪印刷㈱社員一同」として掲載される。

年末にはロンドンに拠点を置く慈善団体「救世軍」が、全国の町に立った。「社会鍋」という大きな鍋に、通行人は小銭や札を入れていく。この時期のチャリティは、風物詩でもあった。新聞に慈善の名が出ることで、「信用のおける会社」として新規の仕事が舞い込んだりもする。社長としては、毎年、気合いが入っていた。

だが、カツカツの暮らしをしているフミには、たとえ五百円でも大きな出費だ。出したくない。昨年は転居したばかりで物入りだからと、うまく逃げた。だが、今年は逃げられない。その上、「事務室」では社長と机を並べている。気まずくなるのは困る。

帰宅後、フミはあかねにぼやいた。

「うちがチャリティしてほしいぐらいのもんで、とってもお金出せねえわ。でも、みんな五百円とか千円くらいの何か買うからねえ……」

「千円は大きいけど……みんなが出すなら出さないわけにいかないよ。二百円くらいの何かないの？」

「やっぱ安いのから買われていって、今、残ってる中で一番安せがんが八百円の人形と、六百円の抹茶茶碗」

「六百円!! 高いねえ。それに抹茶なんて飲んだことないわ」

その時、あかねは考えた。人形は役に立たないが、抹茶茶碗なら、お茶漬けに使える。煮物も入れられる。

黙りこくる母を前に、あかねは決心した。ピンクのセーターが欲しくて、ずっと貯金していたが、今は母のためにお金を出そう。

「茶碗、私が買う。社長に『娘が欲しがって、お小遣いで』って言いなよ。ますます感激されるよ」

フミは、セーターを欲しがっていた娘を知っており、頑《がん》として断った。だが、あかねはケロッと言った。

「これからも毎年、一番安いものをサッと取って、娘が欲しがってと言えばいいよ。カッコつくよ」

こうして、木箱に入った抹茶茶碗は、あかねのものになった。その上、感動した社長は「高校生から六百円は取れない」と半額の三百円にしてくれた。

新聞には「五輪印刷㈱社員及び社員家族一同」と出た。以来、毎年、フミは「娘が欲しがって」と最安値の古いノートとか鍋敷きとかで難を逃れていた。


あかねは英太に話しながら、亡き母を思ったのだろう。少し目が潤んでいた。

「その茶碗、母が箱ごと仏壇にあげて、一回も使わなかったのよ。死んだ時、お墓に入れようと思ったけど、私のそばに置く方が、私が淋しくないから」

亡夫のパスケースや手帳とともに、茶碗は処分できないまま、新潟に持って来ていた。

だが、もしも急にあかねが死んだら、嫁はみんなまとめてゴミに出すだろう。それは、懸命に生きた母や夫を、ゴミに出すことに等しい。

また、今後あかねが少しでも介護が必要になれば、嫁は最低の施設にぶちこむだろう。そうなる前に、自分の手で処分しよう。

そう思って箱から六十年ぶりで、茶碗を出してみた。あの頃が甦える。苦労だけして死んだ母が甦える。

茶碗は黒っぽいだけで、百均に並んでいても、犬のエサ碗にしても不思議はない。あの時に三百円も出したが、今の百均とどう違うのか、確認してみたくなった。しょせん、自分は暇な役立たずのバアサンだ。時間ならいくらでもある。ネットで、骨董店を検索してみた。

そして翌日、半額のバスで「古美術光耀堂《こうようどう》」を訪ねたのである。


あかねは、デザートの杏仁豆腐《あんにん》に手を伸ばした。

「鑑定士が、茶碗を丁寧に見てくれてね。そしたら、ちょっと待って下さいとか言って、別の男を二人呼んで来たの。三人で箱の裏まで見て、『鑑定書はありますか』って。六十年開けてないんだから、入ってないってことは、ないってことだよ。何か雰囲気《ふんいき》で『百均とどこが違うんですか』とか聞きにくくなっちゃって」

あかねは杏仁豆腐をツルリと飲みこんだ。

「原さん、それが二千万円になったの」

「え……えーっ！　二千万円？」

英太は思わず日出子を見た。

「そ……そんな話、あるのか？」

「あるの。この話、デコ以外に話すのは初めてなんだけど、私も信じられなかった。高校生がセーターやめて三百円で買った茶碗だよ」

あかねはどこか誇らし気に言った。

「鑑定士によると、実はガラクタじゃなかったって話、時々、あるらしいの。一千万単位というのはほとんどないけど、私の場合はそれだったってわけ」

英太はため息をついた。本当に人間、息を吸ってる間は何が起こるかわからないのだ。

「茶碗はまだお金にはしてないのよ。今、貸金庫に預けてるけど、私、身にしみてわかった。年齢《とし》取るとね、お金って絶対必要なの。絶対に！　私、人間が変わったもの」

あかねはほんのりと笑った。

「ゆとりができたんだよね。ネッチョに何やられようが、痛くもかゆくもなくなった。世間にはさ、お金が第一ではないとか、お金で買えないものがたくさんあるとか、力一杯言う人いるけど、特に年取ったらお金が第一。世の中はお金で買えるものだらけ。私、ゆとりが買えると思わなかったよ」

英太はどう答えていいかわからなかった。日出子は何度も聞いているのだろう、平然としている。

英太は思い切って言った。

「金が大事って言われても、普通一般の老人は金を持ってないよ。まして、三百円の茶碗で二千万円が転がり込むなんてありえない。せいぜい宝くじを買っては外れるだけだ。あかねさんみたいな特殊な例を話されても、何言ってやがるってとこだよ」

あかねは笑みを浮かべた。

「嫁とか、意地の悪い近所のヤツらとか、ババ友とか、そいつらが一番不愉快なことって、何だかわかる？」

英太には思いつかない。

あかねは軽やかに言った。

「いじめる対象が、キラキラしてること」

「キラ……キラ？」

「女ってさ、いくつになってもキラキラって言葉に憧れを持ってんだよね。ね、デコ」

「そうね、好きよね。ボランティアやサークル活動を始めた女たちが、急に身の回りをかまって、キラキラし始めると、周囲は腹立ったりね」

「そ。それで仲間外れにしたり、いじめたりするの。私はお金があると思うと、今、何されてもキラキラ、生き生きだもん。相手にしてみりゃ、敗北感覚えるよ。ザマーミロだわよ」

あかねは首をすくめた。

「キラキラに大金はいらないよ。何か始めりゃいいの。新しい仲間作るの。デコなんか私を仕事に生かしたんだから。ね」

「あかねがキラキラし始めて、これだと思ったのよ、私も。それでタウン誌で『七十代以上の化粧』って特集やって、化粧品店の美容部員に安くていい化粧品紹介してもらったの。続けて『七十代以上の装い』をやって、安い服を紹介して。次に『私たち変わりました！』で、キラキラし始めた七十代以上を登場させたのよ。読者にも店にも大好評だった」

英太は返事もできない。あかねは言った。

「自分より下に見てる小汚ないバアサンの、いじめられた時の反応が面白いんだから、キラキラ生き生きしてりゃ、自分の方が負けてるってわかるんだよ。若い人たちはほめてくれるしさ。こっちはますますキラキラだよ」

「あかねの言う通りよ。老人に何か新しいことを始めよってて、雑誌や講演で煽るのは、要はキラキラのためよ。半額の市営バスで市内を巡るサークルを始めたり、とにかく仲間とお出かけするの。キラキラするよ。いじめる側はがっくりくる」

「私の場合は、思いもしないお金だっただけ」

英太はうなずかざるを得なかった。すると、あかねが静かに言った。

「うちの孫娘は私の言うことなんか聞かないけど、あの子には言っておきたいよね。私は若い時代の生き方、間違ってたって。貯金の大切さ、わからなかったもの。働けるうちに少しずつお金を積み立てて、狭くていいから住むとこ買っておけばよかったの。それがあれば貸し渋りにも遭わないし、年金だけで何とかなる。自分の裁量でキラキラババにもなれるし、嫁と同居していじめられなくてすむもの。それで孤独死なら、御《おん》の字《じ》だよ」

英太は無理して買った横浜の奥地と、やっと建てた家を思い出した。自分のものだから、後期高齢者になっても貸し渋りとは無縁で、安心していられる。

あかねは真っすぐに英太を見た。

「嫁にも孫娘にも一人息子にも、茶碗の金はビタ一文残さない。ビタ一文」

旅館風かつ病院食風のルームサービスに加え、「存在がイヤ」と匂わせる言動があれば、ビタ一文残さなくて当然だ。

「いわばあぶく銭、終活に使う」

すでに聞いているらしい日出子は、クスッと笑った。あかねはさらに強く言った。

「あのお金で、嫁にカタをつけるの」

英太は驚いて、聞き返した。

「カタをつける……？」

「やり返すの。やり返して死ぬの」

——俺と、俺と同じだ。ケリとカタの言葉は違っても、やり残したことをやって死ぬという終活。同じだ——

「原さん、終活って、生きているうちにカタをつけることだよ。人なんて死んだところで、回りはたいして困りゃしないし、すぐ忘れるよ。すぐ。生きてるうちから準備しとくなんて大笑い」

英太はあかねを抱きしめたかった。自分と同じ考えをしている人がいたのだ。それもあの向山あかねだ。素材から旨味に変わったが、あかねだ。

「私が期せずして得たお金は……いじめる相手をぶった斬るための、伝家の宝刀」

目が「ギラリ」と音をたてそうに光った。

「宝刀を抜くのは一回だけ。抜くべき時に鮮やかに抜くッ！」

あかねは左腰から刀を抜くように、大きく右手を振り上げた。旨味ばかりか迫力も増している。

「私、嫁のひどい仕打ちの最中、雑誌や新聞の人生相談に出してみようと思ったことさえあるんだよ」

　そう言って、日出子を示した。

「デコに止められた。どうせ、『つらい時は思い切り深呼吸してみよう』とか、『さあ、歩き出しましょう。外はもう春ですよ』とか、そんな回答だよって。『必ずあなたを誰か見てますよ』とかね」

　そう言われるとそうだと、あかねも思った。深呼吸して人生が楽になるか？　外が春だと力が湧くか？　今日は洗濯物が乾くなと思うくらいだ。

「必ず誰かが見てる？　誰も見てやしねーよ。クソッタレ」

　もう英太は「クソ」でも何でも驚かなかった。これも旨味なのだ。悪くない。

「あかねさん、それでも誰か見てるんだよ。あかねさんだって、お天道様《てんと》が見てたから二千万円が入った」

　英太がそう言うと、日出子が手を打った。

「そう言えば、私ら子供の頃、大人はよく言ったよね。『お天道様が見てるっけ、悪《わ》ーりことしんな』って」

「昭和だよな。今時、お天道様って何なのか知らないよ。太陽のことだなんて大人でも知ってるか？　俺がのぞきをやったのは、お天道様に恥ずかしいことだよな」

　あかねは聞いてもいない。

「お金は自分のために使い切って死ぬのが一番いいんだよ。日本の老人は、子や孫に残すことばっかり。それに、他人に迷惑かけたくないって、口を開くとそれ。終活ノートだの何だのも、要はそれでしょ。間違いよ。お金は自分が一番いいように使い切る。私はネッチョにカタつけて、死ぬ」

英太が礼子に言ったことと寸分違わない。

「デコにも言ったけど、人間は恨みを持って死ねば、化けて出るのよ。それも何度も化けて、恨む相手に一生取りつくの。私も恨んだまま死んだら、そうなるわよ。でも、伝家の宝刀は一回だけ抜く。抜いてカタつけりゃ、化けても出ない。これこそ本来の終活よ」

あかねはきれいに杏仁豆腐を食べ、日出子に言いかけた。

「言っちゃおか？　刀、抜いたこと」

日出子の返事より先に、英太が叫んだ。

「えッ？　抜いたのか。もう嫁にカタつけたのかッ」

あかねは嬉し気に笑顔でうなずいた。

あぶく銭を手にしたことで、あかねは風景さえ違って見えた。空も風も町も、一人で巡る半額の市バス旅も、どこか心弾む。何が「つらい時には深呼吸しよう」だ。「つらい時こそ金」だ。

茶碗をまだ現金にしていないこともあり、あかねは以前と同じに、つましく、存在を消して暮らしていた。

一人でニタニタすることはあったが、大金が転がり込んで来たことをネッチョに悟られてはならない。嫁に遠慮しまくる息子にもだ。ここぞという時まで、刀は絶対に抜かない。そう決めていた。

その日、市バスで下町の安売りマーケットをはしごしたあかねは、小さなビニール袋を下げて帰って来た。

土曜日とあって、宗一郎もいた。加代と二人でズームを使って、かおりと話している。あかねが入って来ても気づきもしない。「存在がイヤ」だろうと思い、いつもあかねは帰ったらすぐ自室に入る。

「ごめんね、今日はお土産買って来たから。昆布の佃煮《つくだに》。試食したらおいしくて。ごめんね」

謝る必要はないのに、謝る。加代が笑顔で振り返った。

「あら、お帰りなさい。まァ、わざわざ昆布を。ごちそうさまです。かおりー、ちょうどよかった。おばあちゃん帰って来たから、話しておくね。じゃーね」

加代はズームを切った。

珍しいこともあるものだ。話があると言うのか。この笑顔、ズームのかおりも笑っていた。何かいい話だろうか。

「お義母さん、十二月一日から家族みんなでハワイに行こうって、計画立ててたんですよ。主人も土日をはさむから何とかなると言いますし、かおりもその週なら学校を休めるからって」

驚いた。ハッキリと「家族みんなで」と言った。咄嗟にあかねは「費用は私がもつよ」と言うべきかと、仏心がうずいた。

宗一郎がパンフレットを示す。

「四泊で、ワイキキ中心にしたんだよ。のんびり、ゆっくりで体も楽だろ」

加代がはしゃいだ声をあげた。

「うちの両親もいい年齢ですから、アチコチ走り回るのはイヤだって」

あっちの両親も行くのか。反射的に、あっちの分まで出すことはないよなと思った。

「で、お義母さん、わずか四泊ですから、お留守番お願いしますね。お土産買って来ますから」

昆布の佃煮にはさわりもしない。あかねが置いたまま、ビニール袋がテーブルの上にある。

「家族みんな」には、嫁の実父母が入っても姑は入らないのだ。一瞬でも「旅費をもとうか」と思った自分が悲しかった。ここまでみじめにさせるのか。

宗一郎が心配そうに母を見た。

「一人で留守番、恐いよなァ」

さすがに息子はわかってくれる。しかし、出たのは次の言葉だった。

「警備会社の見守りサービス、つけようか」

加代が声を上げた。

「それは安心だわ！」

「今さ、胸から下げるペンダントみたいなのがあって、二十四時間見守ってくれるんだ。高齢者一人でも安心だよ」

あかねはハワイ旅行よりも、見守りサービスがショックだった。実の息子なら、まずは口先だけでも「俺はお袋と留守番するから、みんなで行って来いよ」と言うものではないか？　それが「見守りサービス」だと？「高齢者一人でも安心」だと？

するど、加代が思わぬことを言った。

「もし、おイヤじゃなかったら、お義母様もご一緒されませんか、ハワイ」

今頃言うのか。だが、そう口に出したということは、本気らしい。

「これから実家の両親と主人と四人で、古町でごはん食べながら打ち合わせするんですよ。お義母様、よろしかったらハワイ、行きます？　実は両親は最初から、お義母様もご一緒にと言ってたんです。でも、私がお義母様はおっくうだろうと考えてしまいまして」

別にとりたててハワイに行きたいわけではない。ただ、あかねは自分も数に入れてほしかったのだ。

「お義母様、お金のことなら心配なさらないで下さい。実家の両親が、お義母様の分も負担するからって言ってるんです」

「え？」

「大丈夫です。両親はお金はあげたものと思うタチですから、お返しにならなくていいんです。旅費から滞在中の食事とか全部、うちの両親にオンブにダッコでオッケーですから」

バカにしやがって……。

あかねは抜いた。伝家の宝刀を抜いた。

第五章

あかねは、まずは感極まったように、ゆっくりと言った。

「ありがたいねえ、加代さんのご両親のお心遣い。くれぐれもお礼を伝えてね」

そして、笑みを浮かべた。

「実は、お金はあるんだよ。二千万円ほど入ってね」

宗一郎も加代も、意味が取れないようだった。

「私個人のお金だよ」

宗一郎がやっと、我に返った。

「ちょ、ちょっと待ってよ。何だよ、何なの、何でそんな大金……」

「心配しなくていいよ。危ない金じゃないから」

あかねは落ちつき払って、そう言った。

加代は空洞のような目で、あかねを見ている。

「まっ当な金だよ。六十年も昔に私が買った骨董《こっとう》の茶碗が出て来てさ」

「え？　母ちゃん、骨董の趣味なんかあったか？」

「あるわけないよ。母親のつきあいを見るに見かねて、高校生の私がセーターやめて買ったの。三百円で」

「それが今、二千万ってことか？」

「そう、立派な天目《てんもく》茶碗なんだって。母ちゃん、ずっとテンメ茶碗って読んでた」

宗一郎は訝《いぶか》しんだ。

「その茶碗の価値、いつわかったの。福岡にいた時から？」

「違うよ、違う。こっち来てからだよ。私と同居したことで、加代さんがどんなに大変か、身にしみてわかってな。同居した時、自分の部屋を造れって言われて、そりゃもっともだよ。ただ、それ造るんでなけなしの金、全部使ったからさ、他は何もかも、あんた達の世話になって。加代さんは優しいから、私がリビングまで出て来なくていいように、わざわざごはんを朝晩、ドアの前に置いてくれて。一人でテレビ見ながら食べる方が気楽だろうって、そこまで考えてくれて有難くて……」

加代は目をそらし、あかねは腹の中で舌を出しながら、目頭を押さえてみせた。

「加代さんの負担を減らすには、私が施設に入るのが一番だってやっと気づいたんだよ」

「いえ、私は別に負担とかって……」

加代は手を振った。

「いや、加代さんは絶対に表に出さなかったけど、大変だったろ。文なし婆さんが転がりこんできて。いつでも施設に行けるように、父ちゃんなんかのガラクタ整理してたら、その中に紛《まぎ》れてた」

加代の目が小さく光った。姑が死ねば、一人息子の夫は全額を相続するはずだ。光る目が「すぐに、すぐに死んで！」と語っているようだ。それを読み取ったあかねは、もう面白くてたまらない。

宗一郎が言った。

「自分で買った物にも税金がかかるのか、俺はよくわからないけど、生きてる限り、その金は全部母ちゃんのものだ。好きに使えばいいよ」

「ありがと。あぶく銭だからさ、ちゃんと使おうと考えたよ。少しいい施設に入るとかさ。だけど、母ちゃんが死んだ後も役立ててほしいしね、この大金」

加代がきっぱりと言った。

「その時は、宗一郎さんを中心に私たちがちゃんとやりますから」

「私が死んだ後まで、そんなに加代さんに負担かけられないって。考えた末に、もう決めたから」

あかねはそう言って、微笑んだ。

「これから古美術店にも相談するけど、私が生きてるうちに、全額新潟市に寄付する」

部屋が凍りついた。

誰も考えもしないことだった。宗一郎にしても、母親の死後は自分に遺されると、少しは考えていたのだろう。当然のことだとあかねも思う。

「母ちゃんもね、宗一郎夫婦とかおり、この三人に遺そうと思ったんだよ。でも、宗一郎は社会的にも立派な仕事についてるし、加代さんには裕福なご両親がいる。そんな環境だもの、かおりには何の心配もない」

宗一郎も加代も黙ったままだった。

「それなら、切ないめに遭ってる老人のために、市に役立ててもらう方がずっとお金が生きるよな」

あかねはどこまでも穏やかだった。

「私は宗一郎と加代さんのおかげで、晩年の今、すごく幸せだよ。だけどそうじゃない老人だって多い。今まで子や孫のために、大変な時代を懸命に働きまくってきてもサ、母ちゃんみたいに幸せな人は少ないんだよ。長生きすると邪魔にされる。存在そのものがイヤだって無視される。切ないよな……」

加代は目を伏せた。あかねはもう面白くてたまらない。とどめを刺した。

「私は加代さんが優しいから、ホントに幸せだよ。だけど、邪魔にされた老人は身にしみてるよ。『近くの家族より、住んでる市』って。あぶく銭だからこそ、市の老人に役立ててほしい。それは、私から加代さんへの感謝でもあるんだよ」

加代には姑の腹の中が全部読めているだろう。だからさらに面白い。

宗一郎が言った。

「気持はわかった。でも寄付先が市でいいのか、社会福祉事務所とかＮＰＯとかがいいのか、ちゃんと調べよう。素人考えは危険だよ」

加代は大きくうなずいたが、あかねは平気だ。

「母ちゃんの素人考えじゃないんだよ。有名な古美術店が親身になってくれてねえ。手続きなんかは、越後信託銀行に任せてるし」

その手際のよさに、加代は憎々し気な目を向けた。

あかねはそれも軽くハネ返し、言った。

「いつだったか、ワイドショーで精神科の医者だったかねえ、言ってたんだよ。アメリカで宝くじで大金あてた人たち、しばらくは本当に幸せなんだってよ。だけど、だんだんそう思えなくなってくるんだって」

あかねはいささか芝居がかって、胸に手を置いた。

「日本円にすれば億だか何十億だか知らないけど、大金が入ったんだよ。すごい家を建てて、すごい車買って、みんなにおごって、我慢我慢の仕事はやめて、いい暮らしだよ。だけどだんだん、金が当たる前の方がよかったような気になるんだって」

加代はせせら笑いを浮かべた。

「だけど、お義母さんのお金は二千万でしょう。すごい家を建てるには少ないし、そのアメリカ人たちとは同じにできないでしょう」

「いや、同じだよ。そのアメリカ人たちはさ、今まで冷淡だった友達がヘラヘラと近寄って来たり、親戚がふえたり、掌返しする人が多くて、人間性ってもんを見たんじゃないかねえ」

あかねは腹の中で、加代に向かってアカンベエをした。加代はケロッと、

「そういう人ばかりじゃありませんよ」

とぬかした。その憎々しい言い方に、あかねをもはや弱い者とは見ていないことがわかった。

「テレビに出た医者は言ってたよ。自分の力で得た金と違って、そういう金のもたらす幸せは、一過性のもんだって」

宗一郎が首をかしげた。

「だからって全額、市に寄付かなァ」

「そう決めたんだ。母ちゃん、加代さんのおかげで十分に幸せだし、年齢も年齢だし、一過性の幸せなんかいらないよ」

加代が引きつった笑顔を向けたことに、もちろんあかねは気づいていた。いつ寄付するかはまだ相談中だが、あかねには大金になる茶碗がある。このゆとりは、死ぬギリギリまで簡単には手放せない快感であった。


「万華鏡」では、あかねの言葉に力がこもっていた。

「もうスッキリ！　せいせい！　溜飲下げたよ。あの時のネッチョの顔、見せたかったねえ。私が死ねば、自分たちに転がり込むと思ってたんだよ。バーカ」

あかねは杏仁豆腐のシロップまで、ズズズとすすった。

「ハワイ、水入らずで楽しんでおいでねって、かましてやったよ」

そう言って「イヒヒ」と笑った。英太はもはや「かます」にも「イヒヒ」にも驚かなかった。これも歳月が醸した旨味なのだ。

そして、こんな激しい終活を前にすると、更衣室ののぞきなど何と淡いことかと思った。七十五歳になった自分は、あの頃に戻ってみたかっただけかもしれない。

日出子が苦笑した。

「あかねはね、二千万以来、すっかりキラキラ生き生きよ」

それはそうだろう。以前、新聞に出ていたが、二〇二一年の調査の回答では「年金のみで暮らしている」人たちと、「暮らしの八割以上は年金による」という人たちの合計は、六十パーセント近かった。これほど多くの老人が、年金に頼って生きている。

英太にもいくらかの貯蓄はあるが、収入は年金のみだ。

あかねの場合、そこに、二千万円が転がり込んだ。キラキラも生き生きもしようというものだ。

あかねは英太をじっと見た。

「もし、私がキラキラ生き生きして見えたなら、お金以外にも理由があるのよ」

そう言って、一呼吸置いた。

「もめごとよ」

あかねは英太を見つめた。年波のせいか、目は小さくなっていたが、昔のあかねを思わせた。

「若いうちは、もめごとはつらいし落ち込むよね。苦しくて、生きているのがイヤにもなるよ」

そして、力強く言葉を継いだ。

「だけど、老人になると、もめごとこそが力になる。もめごとがジイサンバアサンを生き生きさせるんだよ」

日出子はこれも聞かされているのだろう。一切、口をはさまない。

英太は言った。

「あかねさんは大金が入る前に、すでに嫁ともめごとがあったんだろ。なら、あれでキラキラ生き生きしたはずだろう？」

あかねは大きく手を振った。

「あれは単に弱い者いじめ。もめごとじゃないよ。私を下に見て、いじめてた。だけど、こっちに金が入って、もう下には見られないと歯ぎしりしたろうよ。で、いじめがもめごとにランクアップだ。ホント、老後の暮らしが明るくなった！」

さらに、自信たっぷりに続けた。

「相手と対等なもめごとこそが、老人を元気にするんだよ。戦う相手として認められたってことだもん」

英太がつぶやいた。

「煩《わずら》わしい俗世間が、高齢者を元気にするってことか」

「それよ、それ」

「嫁とまだまだもめるよな、あかねさん」

「この後、もっと面白くなるよ。見てな、あの嫁、お金に食らいつくってば」

「だけど、仕返しして死ぬってのも、後味悪いだろ。俺は仕返しってより、やり残したいいこともやって死ねと。それが本来の終活だと思うけどね」

「ホ！　立派だね」

あかねは声をあげて笑うと、バッグを引き寄せた。

「私、そろそろ帰るね。嫁の『病院食』が届く前に帰って、『ありがと！　助かるゥ』って手なんか合わせるんだ」

そして、英太に言った。

「会えてよかった。すっごく楽しかったよ。ここ、割りカンにして」

「いやいや。お金あることとわかったから、次にもっといいものおごってもらう」

日出子もバッグを手にした。

「私も一緒に帰るわ」

「デコはもう少しいなさいよ。原さんとゆっくりバスケの話でもして」

日出子は英太を促した。

「ロビーまで送ったら？」

英太はあかねと並んで、歩いた。何だか見知らぬ人と歩いている気がした。あれほどの大見得を切って決行した謝罪の終活は、加齢が醸す旨味に気付かせてくれただけだ。だが、これは大変な成果だ。

よく「自分は年齢にとらわれない」と自慢気に言う人がいるが、年齢は他人が判断するものだろう。あかねを見ながら、英太は「俺は旨味が出ているだろうか……」と思った。

中国家具が置かれたロビーに出ると、あかねは中国茶などを並べたカウンターの前に行った。

「原さん、見て。この急須、可愛くて、前にデコと来た時、買ったの。もうひとつ買う」

中国茶用のそれは、ふたの部分に小さな猫が寝そべっていた。あかねは包んでもらう間、英太に頭を下げた。

「下世話な話につきあわせたけど、私はデコ以外の人に全部話せて、何かスッキリした。ありがとう」

あかねは急須の小箱を手に、大真面目《まじめ》に言った。

「原さん、ごめんね」

「何が？」

「終活で会いに来てくれたのに、がっかりさせちゃって」

「全然」

「お婆さんになったのはしょうがないにしても、原さんの顔見てて思った。イメージ壊したなって」

「そんなことないよ」

「ホント？　信じていい？」

「信じていい？」などとは、もう何十年も言われていない言葉だ。英太はドキッとした。

「原さん、うちの父は私が中二の時に死んだけど、父も母も教育を受けてないし、お金もなかった。でも、私の体も心も、あの二人が作ってくれたんだって思う時がある」

誰の体も心もそうだ。英太は言っていた。

「生きているうちから死ぬ準備は、親に悪いよな……」

「そ。力いっぱい命使って、カタつけて笑ってオサラバする。それが親孝行」

苦笑する英太に、あかねは急須の包みを差し出した。

「俺に？」

「うん、ごめんね」

あかねは手を振って、笑顔で出て行った。見知らぬ人を見送っているような気が、英太にはなぜか心地よかった。


小箱を持ってテーブルに戻ると、日出子がザーサイをツマミに、残った紹興酒を飲んでいた。英太にも注いだ。

「あかね、昔とは別人でしょ」

「会えてよかったよ、俺」

「なら、よかった」

「急須、買ってくれたよ」

「猫のね。前に買って、気に入ってるのよ」

あかねがいなくなると、どうも話が弾まない。

「タウン誌の仕事、いいね」

「このトシでも求められて、幸せよね」

ザーサイも紹興酒も、もうない。

「もう少し、何か頼もうか」

「そうね。帰りの新幹線は？」

「取ってないから、適当に」

ビールとピーナツが来る。グラスを合わせる。

「新潟、思ったよりあったかいな」

「昔は、もっと寒かったもんね」

話が続かない。

突然、日出子が言った。

「エータ、あかねの黒いパンティがすごい噂になったけど、はいてないよ。あれ、体育のブルマーよ」

「え……？」

「あの頃、ちょうちんブルマーといって、プリーツの入ったダブダブのブルマーの子が多かったけど、パンティ型のフィットするのをはき始めてる人がボツボツいたの。あかねは親戚のお古をもらったんだって」

「ブルマーか……見てすぐ逃げたから気づかなかった」

日出子は英太のグラスにビールを注いだ。

「終活で、最後にどうしても謝りたいのがあかね？　会いたいのが、あかね？　それって違わない？」

日出子は笑っている。

英太は黙った。

「謝るべきはあかねじゃないでしょ」

「私でしょ」

そう言われると、その通りなのだが、これまで思い出すこともなかった。

英太が三十二歳で新潟に単身赴任していた二年間、日出子とは半同棲の状態だった。そして、東京本社に帰る時、互いに後くされなく別れた。「大人の別れ」と言えばそれだった。

英太は高校時代から、日出子には何の関心もない。半同棲のきっかけは、英太の新潟赴任を喜んで、元クラスメイトたちが開いてくれた「ミニ同期会」である。

赴任してまだ一ヵ月の頃だ。あかねは住所不明だったが、日出子は参加していた。昔の仲間としこたま飲んで騒いだ同期会は、どれほど楽しかったか。

英太の住まいは、会社の借り上げアパートだった。六畳二間と四畳半のダイニングキッチンは、家族で十分に暮らせた。だが、単身赴任とあって、どの部屋もろくに片づいていない。

妻の礼子は二人目の努を産んで半年であり、縁のない新潟で暮らすことをためらった。長女の佑子は三歳で手がかかる上、努はまだ夜昼となく泣く。

家族で暮らしていた東京の社宅は、江東区亀戸《こうとうくかめいど》にあり、礼子の実家は総武線で三駅先の小岩《こいわ》。父や母は可愛い孫のために、それまでも何くれとなく助けてくれていた。

英太にとっては生まれ故郷の新潟だが、礼子は雪国の暮らしなど経験したこともない。だが、任期はわずか二年程度だ。英太は家族で行きたいと何度も言ったが、礼子の気持もわからぬではなかった。

小岩の両親ともじっくり話し合い、礼子と子供二人を残して、単身赴任を決めたのである。努が一歳になれば、礼子も日帰りで新潟を訪ねると、嬉しそうに言っていた。

単身生活を始めてみると、これが何とも気楽だった。三十二歳の今まで、料理はほとんどやったことがない。だが、近くに安くてうまい飯屋は多い。妻に気を使わなくていいことが、こんなにも自分を解放してくれるとは、思いもしなかった。

これまでも、妻に過剰に気を使っていたわけではない。世の夫たちの平均値だろう。だが、それでも常に「怒らせてはならない」「言い方に気をつけねばならない」「自分だけ楽しんではならない」「もめてはならない」「まずは礼子の意見を優先する」「休日は子守りをする」「ねぎらいの言葉をかける」等々を、肝に銘じていた。

実際、そのどれかが破られると、礼子は、

「男はいいわよね」

と言う。もう四十年以上も昔の話であり、今よりずっと「男は外で働き、女は家を守る」という時代だ。それでも、もめたくない夫たちは少なくなかった。

英太の場合は、機械的であっても、とにかく謝ることにしていた。

いざ、独身生活に戻ってみると、他人と暮らす煩わしさを実感する。

同期会は二軒目の店に流れ、そこを出たのがもう二時近かった。

「そせばまたな!」「電話する」などと言いあっての帰り道、英太と日出子は同じ方向だった。

日出子は三十代になった今もリーダータイプで、美人とはほど遠く、英太にはどうでもよかった。

二時近いとあってタクシーは拾えず、二人は千鳥足でしゃべりながら歩く。

日出子はすでに両親を亡くし、和菓子屋の勤続十四年というベテランだ。かつて家族で住んでいた一軒家に、ずっと一人で暮らしていた。

「じゃ。楽しかったね」

と日出子は玄関口で言った。その時、英太の気持に何が起こったのか。日出子を玄関に押し込むようにして、自分も入ってしまったのである。

この夜以来、英太は自分のアパートには週に一回か二回、風を入れに行く以外は戻らなくなった。

礼子には定期的に電話をし、小岩の両親にもまめに新潟名物などを送っていた。母のキヨは沼沢に住んでいたので、英太がそこに同居する手もあった。だが、通勤に時間がかかるし、不規則な暮らしに巻き込めない。そのため、会社近くの借り上げ社宅に住むことにしたのである。キヨは承知したが、二人で外食したがった。英太はそのたびに「親孝行」と思って、キヨの好きな物をごちそうしていた。

日出子の家は会社からやや離れており、また英太は二人で外出することを徹底して避けていた。二年間、隠しおおせたと言っていい。

そんな中で日出子と二人でしゃべり、食卓を囲み、体を合わせる。もとより「結婚はできない。東京本社に戻る時は、そこできれいに終る」ということは了解済みだ。三十二歳の男にとって、これほど都合のいいことはない。

それはおそらく、日出子も同じだと英太は思っていた。今まで介護と看護に明け暮れ、婚期を逸している。

さらに、どう見ても男好きのするタイプではない。恋愛とは無縁で生きて来たはずだ。それは、日出子と関係を持つや察していた。

英太は「万華鏡」で「謝るべきは私でしょ」と言われ、気づいた。あの二年間を忘れたわけではないし、確かに有難かった。だが「有難い」と「恋慕」は違う。佑子が言った通り、「やることひとつの女」は、ずっとは心に残らないのかもしれない。今にしてそう思う。

「エータ、あかねと一緒に私が来るとは、思わなかったでしょ」

「思わなかった」

「あかね、迷惑だって言うから」

「迷惑？　何が」

「終活とか言って、突然来られるのが」

「そうか」

「私に一緒に来てって、『うん』と言うまで帰らないのよ。あ、心配しないで。私との関係、全然知らないから」

「笑っちゃうよな。さっきは俺もデコも、お互いを見て話せなくて、あかねを通して話してる感じでさ」

「私、エータが東京に戻る時、聞いたじゃない？　どうして私とつきあったの？　って」

「そうだっけ？　四十年も前のこと、覚えてないよ」

覚えていた。英太はスパッと、希望など感じさせることなく別れたかった。「不倫」の基本は対等な「ギブ&テイク」だ。不倫の時間はいくら燃えても、互いにその時だけのもの。それを納得しない男女に、不倫する資格はない。

英太は時々、いざとなると日出子が別れたがらないと感じていた。だから、

「どうして私とつきあったの？」

と聞かれた時、答えたのだ。

「寒かったから」

日出子は大笑いし、それ以上は聞かなかった。このくらい無礼なことを言わないと、すがりつかれそうだった。

「エータ、実は私も何でつきあったか、覚えてないのよ。何か弾みよね」

ウソだ。覚えていないわけがない。

別れの時、日出子は言ったのだ。

「私にとって、英太との二年間は人生の華だった。恋愛のひとつもないまま、人生終わるんだろうなと思ってたから。華だったわ」

英太は「そうだろうな」と思いながら、もはや気持は東京にあった。

「万華鏡」の無駄に大きなテーブルで、日出子と二人になれば、こんな話になって当然だし、ずい分ひどいことをしたと思う。

「デコ、申し訳なかった」

日出子は時計を見た。

「デコ、本当に悪かったよ」

「謝らないでよ。こういう時、謝られると女は気分悪いの」

日出子は少し笑顔を見せて立ち上がった。

「もうこんな時間よ。そろそろ」

英太も早く解放されたかった。つい、リップサービスした。

「デコにしてもあかねにしても、思いがけずに会えて、いい終活だったよ」

「でも、何十年もたってから、昔の男や女と会っちゃダメよね」

「俺は色々と考えさせられて、会えてよかった。迷惑な終活だって言われてもな」

「そ。ならよかった」

急須の小箱を丁寧にマフラーでくるみ、カバンに入れる英太に、日出子はそう言った。


家に帰ると、佑子が来ていた。

「今日は新潟の魚があると思って、ごはん食べに来た。どう、うまく会えた？」

礼子も開口一番、

「どうだった？　まだきれいだった？」

である。

「昭次に電話入れといた。日帰りだから会えないけどって。アッチは何か会いたそうだったよ」

佑子は畳みかけてくる。

「ごま化さないの。どうだったのよ。彼女と会えたの」

「会えたよ」

「二人で？」

娘は痛いところを突くものだ。まだ妻の方がマシだ。

「三人。バスケの同期の女」

佑子は手を叩いた。

「やっぱり！　ママの言う通り！」

「え？　ママが何か言ったのか」

「昔のどうでもいい男に、急に来られちゃ迷惑だって」

礼子を見ると、シレッと茶をいれている。

「迷惑どころか喜ばれたよ。色んなことぶっちゃけて、楽しそうだった」

礼子があきれた。

「何それ。純愛の彼女、ぶっちゃけるタイプじゃないんじゃないの？」

「そりゃ六十年ぶりだもんな、変わるよ」

「見ためも？」

礼子はすぐに聞く。

「いや、やっぱりきれいだった」

「そう。で、のぞきのこと謝ったの？」

「ああ。全然気にしてないってよ」

佑子にじっと見られている気がする。大人の娘は本当にイヤだ。

「で、あなた、いい終活だったわけね」

「そりゃそうだよォ！　やっぱり終活は自分のためにやるものだって、改めてハッキリとわかったよ。驚いたことに彼女もそういうタイプでさ。意気投合した」

「あらァ、よかったじゃない」

取ってつけたように言う。いくつになっても、女の話はイヤなのだと思うと笑える。

「ホラ、佑子が待ってた魚」

英太は、万代島鮮魚センターで買った魚介を出した。そして、一緒に猫の急須も出した。

「中国茶の急須。彼女からだ」

礼子は無雑作に受け取った。

「へえ。気がきくこと」

気分のいい返事ではない。もう「万代橋」も開いている時間だ。ここにいてはろくなことにならない。加齢と共に醸す人間の旨味などピンと来るまい。「たいした終活じゃなかったね」となり、礼子の「王道の終活」に引っぱり込まれるがオチだ。

英太が玄関に出ると、佑子も出て来た。

「大根買って来てって言われたから、そこまで一緒に行く。今晩、新潟の魚を焼くから大根おろしは必須だってさ」

夕暮れの道を娘と歩くのは、何年ぶりだろう。小学生の頃は、夜に塾まで迎えに行ったものだが、遠い遠い昔だ。寒い夜は、

「パパのポッケ」

と英太の上着のポケットに、丸い手を突っこんで来て並んで歩いた。二度と戻らない昔だ。

「万代橋」の灯が見えてくると、佑子は笑顔を向けた。

「パパ、最高の終活をやったよ」

「迷惑な終活って言ったろ」

「そりゃ相手にしてみりゃ、迷惑だよ。だけど、パパは人生の終盤に、いい物語を自分で作った

じゃん」

「万代橋」の灯が近くなる。

「なりふりかまわずやったパパ、悪くなかったよ。今、遺族に迷惑かけない終活ばっかでしょ。何か違うんじゃないかって、私もそんな気がして来た」

佑子はヒラヒラと手を振り、スーパーマーケットの方へと曲がって行った。

「万代橋」ではとうに、いつもの三人がいつもの席に座わって飲んでいた。英太を見るなり、船井が手を上げた。

「オーッ、帰って来たか」

北村と岡本は拍手で迎えた。英太は照れ隠しのように、

「イヤァ、トシだよ。昔は新潟日帰りなんて、何でもなかったのにさ」

「そろそろ雪か、新潟」

「いや、まだ」

「雪は十二月に入ってからか」

「だろな。俺が子供の頃は、十一月中旬には降ってた気がするけど、温暖化だからなァ」

「魚の生息分布が変わって来たって言うからな。困ったもんだよ」

昔の女との終活を、早く聞きたいのに誰も切り出さない。だいたい、話題に困ると天気の話をするものだ。

その時、奥から恵三が出て来た。

「オー、原さん！　どうでした。純愛の女と会えましたか？　七十五でもきれいでした？」

若いとストレートだ。英太が「万華鏡」を紹介してもらったことの礼を言う間も、四人は全身を耳にしている。

「会えたよ。七十五歳にしては若くて、おしゃれできれいだった」

「そうか。イメージのまま七十五になったか」

船井の言葉に、英太は手を振った。

「いや、別人だったんだなァ、これが」

「え？　若くておしゃれできれいで……って」

英太は焼きシイタケを肴に、八海山《はっかいさん》を飲みながら答えた。

「よく男や女が、言うだろ。懐しい何かを見たり、昔の誰かと会ったりするとさ、『少年の頃に戻った』とか『少女の心を忘れない人なんです』とか。ありえません。あんなもの、型通りの頭の悪い決まり文句だよ」

恵三が笑った。

「ホント、『少年の心を忘れない大人』とかって、ほめ言葉っすよね。でも『青春の心を忘れないジジババ』って、キモいっす」

船井に一睨みされて、恵三は慌てて奥に入って行った。

英太は帰りの新幹線の中でも、ずっとあかねが消えなかった。

老いても少女のままでいるわけはない。それは十分にわかっていたが、あの変化には驚いた。

そして、あれは六十年間、世間を生き抜いた末についた「垢《あか》」だと思った。

七十五年も生きていれば、いいことにも悪いことにもぶち当たる。

英太自身もそこから逃げようと画策したり、意に沿わない手段に出たり、さんざん身を削った。だまし、出し抜き、裏切り、自分がイヤになりもした。だが、家族を守らねばならない。加えて、年老いた母を悲しませることは、断固として避けねばならない。狡猾《こうかつ》な手段や、画策をも厭《いと》わなかった。それを世俗の「垢」と言うなら、その通りだ。

列車の座席に身を沈めながら、ハッキリと思っていた。変わったあかねと再会して、よかった。垢をつけて変化した七十五歳は、下品なところもあった。イヤな一面もあった。だが、十五歳から六十年間も生きて来たのだ。

若い頃は青かった。青さは新鮮だが、旨味は出ていない。垢のつかない青さはいいものだ。だが、それはその年代だからいいのだ。結構なトシをして「少年のような」だの「少女のまま」だのは、恥じてもいい。旨味が出ないことをなぜ誇る。

男も女も過去の時間が作りあげるのだ。英太はすっかり変わったあかねが、なぜかいとおしかった。

いい終活だった。

思いっ切り生きることだ。七十五歳の自分に肚《はら》が据《す》わった。

平均寿命の八十一歳まで生きたとしても、あと六年。もはや、干支《えと》が半巡する余命しか残されていない。「人生百年」とはいえ、頭も体も刻々と衰える。できないことが増える。七十代の日常がいかに大切か。

これに気づくと、過ぎた昔の思い出に耽《ふけ》る時間はない。あの頃には戻れないし、戻る必要もない。今を存分に生きるあかねは、昔など思いもするまい。

後期高齢者になったなら、今、やり残したことは何か。本当にやりたいことは何か。それを干支が半巡する間にやる。それこそが、充実した晩年だろう。

高齢とは、自分のやりたいことだけを考える年代のことなのだ。

英太はあかねを見て、つくづくそう思った。

他人や我が子に迷惑をかけたくないと、そればかりに心を砕く親を見て、子供は元気が出るものか。

「万代橋」でそう言うと、三人はうなずき、黙った。恵三は酒や肴を出しながら言った。

「そのあかねさん、ワインでいうとフルボディになってたんだな。六十年間で」

北村が同《どう》じた。

「いいこと言うね。その通りだろ、原さん」

「うん……。昔はコクも渋みもなくて、複雑さもないライトボディ。今の方がずっと面白い。意地も悪いし、策士だけど、それが人間の複雑さになっててな」

「まさにフルボディだな」

船井がカラのお銚子を振った。

「原さん、いい終活したな」

「うん。七十五歳という年齢《とし》に、肚が据わった」

「そうか……。七十代ってさ、老人のアマチュアなんだよな。年齢にどっかでオロオロしてさ。病気じゃないけど、何か気弱で。すぐに死ぬとは思ってないのに、死を思うしさ」

「な。そこに遺言だの、エンディングノートだのってやれば、生きる気も失うよ。世間の終活って、生きることから一番離れることだよ。今回、あかねと会って確信した」

礼子や佑子に話す気になれないことを、この仲間たちには言えた。

あかねとはまた会いたい。その本音はある。だが、会うことは二度とない。あかねにとっては迷惑な終活であり、ネッチョ嫁のことをぶちまけた快感で終結したことなのだ。

恐竜に囲まれた部屋で、英太は肉食大型恐竜ゴルゴサウルスの記事や発表資料を検索していた。

筑波《つくば》大学と北海道大学が、カナダのカルガリー大学教授らとの共同研究で、大変な発表をした。ゴルゴサウルスの全身骨格化石の胃に、食べたものを見つけたのだ。

化石は白亜紀後期の地層で発見されたというから、約七千五百万年前だ。英太が目をこらすと、写真でも何を食べたかわかる。ゴルゴサウルスの胃の中には、小型恐竜の脚骨が、はっきりと写っていた。それは一歳未満の幼体だろうと言う。

胃の内容物が残る化石の発見は、世界初だとある。小型恐竜の幼体を丸のみしたのではなく、肉付きのよい後肢《うしろあし》を食いちぎるように食べた。そう考えられると書かれていた。

英太はその写真から目が離せなかった。神は餌《えさ》になった恐竜に、一歳に満たない生を与えて、この世に送り出した。幼い恐竜はそれをまっとうし、七千五百万年もたってから、細い脚を見せてくれた。世界の研究者たちが、わき返った。いい恐竜人生だったなと、英太は写真につぶやいた。

窓を開けてカム様を見る。晩秋の風に凜《りん》と立っている。「俺の墓の前に置くこと」と、これだけは遺言を書く。自分の恐竜趣味も、いい終わり方ができるというものだ。

ドアがノックされ、礼子が顔を出した。

「昭次さんと珠子さんが来たわ」

「そうか、今日来るって言ってたな。恐竜にかまけて忘れてたよ」

「お鍋にするね。あとで買い物に行ってくる」

礼子の後を追うように、英太がリビングに行くと、元気そうな昭次と珠子がいた。

「久しぶり。山下公園近くのホテルを取ったから、一泊する」

礼子がお茶を出し終わるや、昭次がすぐに言った。

「俺と珠子、あのホーム向かないんだよ」

英太も礼子も混乱した。最高のところが見つかったと、あれほど喜んでいたのにだ。

「どういうことだよ。あそこ、出るって言うのか？」

昭次と珠子は、ふーッと息をついた。

昭次も珠子も口を開かなかった。英太にしても、先に事情を聞かないと、無責任なことは言えない。礼子も無言で座わっている。

昭次夫婦は長岡市の「寺泊シーサイドディアス」に決める際、多くのホームを徹底して調べたと、幾度も言っていた。見学に見学を重ね、自分たちの老後を任せる上で「これ以上はない」と満足して、最終決定した。

英太夫婦は母のキヨと、ゲストルームに一泊したが、それは「高齢者施設の最上ランク」と言える設備であり、職員であり、居住者たちだった。

昭次と珠子は「ベストのホームに夫婦で入ること」を終活としており、若いうちから費用を積み立てていた。キヨも「こんなにすごいところに。安心だねえ」と喜び、英太夫婦も昭次夫婦も嬉しかった。

昭次が、やっと口を開いた。

「俺たちは、高齢者施設に入るには若すぎたのかもしれない」

入居は昭次が七十歳、珠子が七十四歳だった。二人とも仕事にきりをつけ、新しい人生に喜んでいたはずだ。年齢としても十分に高齢ではないか。

事実、昭次も、

「若いとは言えない年齢だし、早いうちからの準備が必要だと思っていたしね。だからベストの選択だった」

と言う。

「ただ、あそこで暮らすうちに、俺と珠子は元気がなくなってきたんだよ」

驚いたのは英太だ。

「何で？　あれほどの施設、何で元気がなくなるんだ」

「隔離されてて」

「隔離？」

珠子が言葉を継いだ。

「高齢者が一番元気でいられるのは、俗世間に置かれることだって、今頃になって二人とも身にしみました。もちろん、ホームの送迎バスやタクシーで自由に町に行けますし、買い物や外食もできます。あんなにいい環境はありません。だけど、それなりにお金を持っている高齢者だけを、清潔で上流な環境の中に隔離している気がしてきて」

「もちろん、人によるよ。そういう環境が六十代で合う人たちもいるし、体に不安を抱えている人もいるしね。だけど、俺たちは八十代半ばの入居でもよかったのかもしれない」

英太は反論した。

「お前たち、前から入居は『いい物件と出会えた時がベスト』って、そう言ってたろ」

「言った。だけど、七十代で体に不安がないなら、俗世間の煩わしさが高齢者を元気にするんだろうな……。あの施設の居住者たちにも、煩わしいことやトラブルはあると思う。だけど、表立って騒ぎにはしない人たちだし」

「最初は夢のようでした。恵まれた環境で、コンサートとか映画会とかサークル活動とか。毎食、プロのおいしいお料理ですし。時には友達が面会に来て、みんな羨《うらや》ましがって。優雅に毎日が終わるんです。致れり尽くせりで、私たちはそれに身を任せていればいい」

英太の語気が荒くなった。

「それに何の文句があるんだ」

「兄ちゃん、それが毎日だよ。死ぬまで毎日かと思ってみろって」

「私や昭次さんや、高齢者によっては煩わしい世間で、怒ったり泣いたり、裏切られたり、助けてもらったり、頼られたりする方が、合ったりするんですね。天国の暮らしで、初めて気がつきました」

「珠子の言う通りなんだよ。俗世間では、七十代は後期高齢者として終活をしろだの、死に場所を確保せよだの、この世ときれいに別れる準備だのばっかり言われるだろ。だけど、偉そうにそう言ってるヤツらは、たいていが若くてまだ現役なんだよ」

「ね。あの人たちも年取ればわかるんです。七十代なんてホントに若いんだってこと」

礼子が言いにくそうに、口をはさんだ。

「でもお二人とも、喜んでいらしたでしょう。お金だ、物だ、学歴だ何だって、世俗の上下関係から解放されて、あの施設なら晴れ晴れと生きられるって……」

昭次がすぐに返した。

「晴れ晴れしすぎちゃって」

三人は笑ったが、英太はあかねの言葉が甦った。

――いじめじゃなくて、対等なもめごとこそが、老人を元気にするんだよ。戦う相手として認められたってことだもん――

あの時、英太はあかねに言ったのだ。

「煩わしい俗世間が、高齢者を元気にするってことか」

昭次夫婦の言葉のままではないか。英太は小さく息を吐いた。

「話はわかった。で、どうするんだ。あそこを出て、どっか下世話なアパートに引っ越すのか」

昭次も珠子も首を振った。

「狡《ずる》い話だけど、あそこは出たくないんだよ。どうせどんどん老いて、いつまでも七十代ではいられない。いつ病気するかわからないしな。理想としては、あそこを自宅にして、他人や社会の役に立てればと思ってる」

「施設長にも相談してるんです。実際、ホームを自宅と考えて仕事に出かける居住者、いるんですから」

「この頃、ものすごく思うんだよ。困っている人や地域に恩返しする最後の年齢だなァって。何かボランティアができるといいけど」

「そうは言っても、私たち何の特技もないんです。あるのは年齢《とし》だけ」

誰も笑わなかった。

英太は口には出さなかったが、七十二歳の昭次は、俗世間と再びつながりを持つなら、今が最後のタイミングだろう。

七十代はまだ若いと言われても、七十五になると病気ではなくても昔と同じではない。「万代橋」でみんなが言っていたように、ふと弱気になったり、ふと「あと何年残されてるか」と思うことが増える。七十二歳には、その現実味がまだあるまい。

七十六歳の珠子にはあろうが、昭次と二人なら、何かサポートはできるかもしれない。

夜、鍋を囲みながら、英太は言った。

「子供相手の無料塾をやったらどうだ？　昭次は学歴から職歴から問題ないしさ」

「何言ってんだよ。若くて現役大学生とかが、アチコチでボランティアで教えてるよ。七十代のジイサンに習うより、そりゃ、そっちに行くさ」

「清掃とか介護補助とか、保育園の保育補助とかあるんですよ。でも、七十二と七十六では体力が問題視されて」

英太はこの二人が俗世間に出る話は、結局実現せずに終わるだろうと思った。年齢に合ったボランティアが、そうあるはずもない。あっても疲れ果てて、週に二回がいいところだろう。

昭次と珠子は、久々の「俗世間のメシ」が嬉しいのか、鍋肌に貼りついたエノキ茸《だけ》まではがしては、よく食べた。

二人が山下町のホテルに帰ると、英太は礼子にぼやいた。

「人生で一番難しいのは、七十代の生き方かもしれないな。快適なら快適で、問題が出るんだから」

母が生きていなくてよかったと思った。昭次のこんな悩みを聞いたなら、どれほど心配するかわからない。父や母がいないということは、気が楽になることでもあるのだ。

「私ね、二人の話を聞いて思ったの。高齢者は、動けるうちが勝負だって。これが老後の最大のポイントよ。動けるうちに満たされていれば、動けなくなっても思い出だけで生きていける」

「そりゃきれいごとだよ。ジジババは思い出話をしまくるから、嫌われるんだ」

英太はため息をついた。

「しかし、老人はつらいよなァ。やること全然ないんだもの。まして、社会に関わるのはな。だから、終活を趣味にして、死ぬ準備するジジババが多いんだな」

「だからって、あなたみたいな終活がいいとは全然思わない。やる人いないわよ。相手が迷惑がること、普通はわかってるもの」

英太は反論しなかった。社会が勧める終活は、間違いなく安心安全な活動ではある。しかし、今になって隔離されたくない、俗世間で生きるのが幸せだと気づく人間は、案外、少なくないのではないか。

礼子はお茶を飲みながら訊《き》いた。

「あなたたち、今年、めでたく後期高齢者になって、何か記念の会とかやるの？　次の区切りは傘寿《さんじゅ》の八十よ。動けない人がふえてるわよ」

「だよな。同期会でもやりゃいいのに、動くの面倒なんだよ。俺もだし、幹事役に手上げる七十五はいないよ」

「まあねえ。それに集まると、同じ七十五なのに若い人とヨボヨボの差が目立つしね。私らだって、先生の方が若く見えたりしたから」

「記念品作るとか、文集作るとかの話も全然ないよ。金もかかるけど、文集に何か書く気力、もうないんだよ」

英太は突然、思い出した。高校に入学した時だから十五歳か。「将来の夢」という文集を作った。もうとっくにどこかにやったが、確か「商社マンになって、世界を飛び歩く」と書いたはずだ。

あれから六十年がたち、今ではその「将来」も終わった。みんなはどう生きているのだろう。ほとんど大半が「その他大勢」の老人になっているのではないか。

それを聞いて、礼子は遠い目をした。

「私たちも書かされたなァ……、『私の将来』。私、スチュワーデスになるって」

「あの頃の文章と、今の生活を並べて書いて、七十五の記念文集にするのは面白いかもな」

「面白くない。残酷よ」

その通りだ。

「やっぱり、『後期高齢者突入記念』なんて、何もやらないのが一番の正解だな」

礼子は笑ってうなずいた。


加代はとうとう、宗一郎に怒りをぶつけた。

「私、ずっと考えて考えて、やっぱり変だと思う。ちょうどかおりもいるし、あなたのお母さんだから言いにくいけど、言う」

加代の口調は激しかった。

「息子一家にさんざん世話になって、嫁の私に朝夕の食事作らせて、それで全額を市に寄付ってある？　何がアメリカ人の一過性幸せよ。私、お金が欲しくて言ってるんじゃないの。世話になっていることに、感謝のカケラも示さないことを言ってるの。月に四万円でガス、水道、電気、食事。家賃はなくて安心安全。こんないいことないものッ」

宗一郎は同意するしかない。

「市に全額寄付に関しては、いずれ俺からもきちんと訊くつもりでいたよ。突然の同居にしても、俺は加代にホントに申し訳ないと思ってる。いや、大事な母親ではあるけど、加代が受け入れてくれたから、同居できたんだし」

「お義母さんは感謝しなさすぎです。私、もうイヤですから同居。元通りに暮らさせて頂きます」

宗一郎は黙った。ここで何か言ってもどうにもなるまい。後期高齢者の母を、放り出すわけにもいかない。加代に言うだけ言わせて、嵐が過ぎ去るのを待つしかない。

スマホをいじっていたかおりが、加代の方を向いた。

「でもサ、ママもおばあちゃんに意地悪して、結構いじめみたいなことしてるしね。しょうがないんじゃないすかァ」

「ママが何をしたって言うのよッ」

「わかってるっしょ」

かおりは平然とスマホに目を戻した。

「俺から話すから、ちょっと時間くれ。すごい大金だけど、本人のものだしさ」

「生きてる間はね」

「ママ、そういうこと言うと、やっぱりお金かって思われるよ。実際、お金だよね」

「アンタ、誰の味方なのッ」

「正義の味方」

かおりは、スマホに目を落としたまま言った。

加代は宗一郎ににじり寄る勢いだった。

「お義母さんのお金だから、お義母さんが自由に使えばいいの。私は他人のお金狙うような育ちしてませんから」

「うん。わかってる」

「その二千万円で、一人で生きてほしいのよ。私を自由にしてよ。お金がまるでないって言うから、私も耐えて来たのよ。見捨てられないでしょ。でも、あったんじゃないの。なら、それを使って自立してよ。まだ七十五でしょ。ネットで古美術店を調べて、スタコラ出かけて、信託銀行と寄付の話をするほど、体も頭も確かなんだから。そのお金でホームに入って、家族を元通りにしてって言うの」

「興奮するなよ。だから、俺から言うって。本人が、『なら一人で暮らす』って言うか、『市への寄付はやめる』って言うか、それはわからないけど」

　かおりが笑った。

「ママ、病院食みたいのをドアの前に運んで、あれっていじめじゃん。ごはんに味噌汁、焼き魚か何かの一皿、おひたしの小鉢。もろ病院食で、月四万円取るか？　相手はお婆さんだもん、ガスも電気もたいして使わないっしょ」

「お風呂も入ってるのよッ」

「オー！　そうでしたッ。すみませーん」

「おちょくらないでッ」

　怒鳴った後、加代は固く唇《くちびる》を結んだ。目が動かない。宗一郎は何か恐い決心を感じ、早く母と話さねばと焦りを覚えた。

　翌朝、あかねは「病院食」のごはんを一膳と、わかめと玉ねぎのみそ汁、だし巻き卵、小鉢のほうれん草のおひたしを前にして、思った。

おそらく、宗一郎夫婦はこれよりマシなものを食べているだろう。ならば、姑の分だけ質を落として、別に作っているのか。「姑の存在そのものがイヤ」なのだから、加代は二度手間が不快であっても、姑にカタをつけているのだ。

まだ姑は七十五、いずれホームの世話になるにせよ、あと十年はこの状態が続くなら、嫁も姑も不幸なことだ。

あかねはわかっていた。自分が手にしたあぶく銭の全額を市に寄付せず、半分でもやればいいのだ。関係はずっとよくなるだろう。

だが、全額の寄付は、あかねの終活である。カタをつけて死ぬという、人生のラストステージを彩《いろど》る仕返しである。譲れない。

ただ、わかってもいた。人間は瞬《また》く間に年を取り、誰もが死んでは消える。同じ時代に同じ日本に生きていても、大半とは接点を持たない。たぶん、世の九十九パーセントの人間とは接点を持たないだろう。

その中で夫婦として親子として、そして知人友人などとして関わる一パーセントは、どれほどの縁《えにし》ということか。それとて、死ぬまでのほんの一瞬だ。すぐにあかね自身も加代もいなくなる。

一人息子を、母親と妻の板ばさみにすることも本意ではない。宗一郎は幼い頃から母ちゃんっ子で、毎日のように手をつないで市場へ行った。あかねが風邪をひくと、「学校を休んで看病する」と言う子だった。あの子に嫁姑の苦労はさせたくない。

あぶく銭の半分、いや三分の一でも加代に渡せば、嫁姑息子はもう少しいい関係になれるのではないか。仏心が湧き上がる。

その時、ドアの外から、

「加代です。入っていいですか」

と声がした。

一人で入ってくるなり、加代は室内を見回した。

「お義母さん、本当にきれいに暮らしていらっしゃいますよねえ。お掃除も行き届いて、私なんか恥ずかしいですよ」

「一人でできるうちはね。掃除も洗濯も老骨にムチ打って」

加代は拍手のまねをして、あかねを見た。

「お義母さん、それならここを出て、一人暮らしなさっても大丈夫じゃないですか」

「え……？」

「いえ、お義母さんはここにいらっしゃる前は、福岡でずっと一人でしたでしょう。好きなように自由にゆっくり暮らしていらしたと思うんですよ。今は六畳で狭い上に、やっぱり私たちに気を使うんじゃないかなみたいな」

加代は再び室内を見回した。

「私、実は少し前から、お義母さんは以前と同じような暮らしをなさるのがいいって、思ってたんです。何でも一人でおできになるし、口には出さないだけで、本音では以前のままに暮らしたいと思ってるわよねって」

あかねは首を振った。

「いや、そんなことはないよ。この年齢《とし》になると、六畳で十分」

腹の中では「このネッチョ、よく言うよ」と呆きれていた。食事は置き膳だし、六畳からできるだけ出るな、存在がイヤだと、無言の圧力をかけている。一人暮らしと同じではないか。

加代は柔らかく言った。

「私、同居するならせめてプライバシーを守ってあげたくて、お部屋を造って頂くことをお願いしたんです。でも、お義母さんももう限界かなって、思い始めて」

「いや、そんなことはないけど」

加代は聞こえないかのように、また室内を見回した。

「ホント、きれいに暮らして。それにしてもお義母さんは七十五の今も、全然年取らないんですよね。不思議な人ですよォ」

年寄りをほめる時は、だいたい「不思議な人」とか「お化けですね」と言うのが世の常だ。

「お金もおありになるんですから、シニア向けマンションを借りるなり、高級なホームに入るなりした方が、ずっと理想の暮らしに近くないですか」

思いも寄らぬ言葉だった。セックス中毒者がセックス抜きでは生きていけないように、いじめる人間はいじめが生き甲斐だ。あかねはそう思いこんでいたが、加代はその対象を手放そうと言うのか……。

仏心がよぎった自分に、猛烈に腹が立った。と同時に、突然、一人にされる恐さに襲われた。たとえ嫁がネッチョであれ、一人息子が尻に敷かれまくりであれ、高齢者にとって誰かと一緒に暮らす安心感は大きかった。それは年々歳々大きくなって行く気もした。

一人暮らしの友人知人は「気を使って他人と暮らすより、孤独死の方がずっとマシよ」と言う。あかねもそう思ってきたが、一度誰かと住むと、一人は恐い。もしも、深夜に突然何かがあって苦しんでも、誰もいない。朝にはのたうつ苦しみになっても、助けも呼べない。誰にも知られず、苦しみの中で死ぬ。発見されたのは一週間後だったとか、よくある話だ。恐いことだった。

あかねの表情が沈んだことを、加代は見てとった。すぐに畳みかけた。

「私は、ここから離れていないところの、シニアマンションがいいと思うんですよ。高齢者向けですから、ホームの安心感もありますし。お義母さんはお金もありますから2DKとかに入れば、ホントに元のように暮らせますよ」

あかねは反論できない自分が情けなかった。一度誰かと暮らすと、老人は元に戻れない。

「お義母さんの場合、まだ自由に動けるんですから、時々、ここのご自分のお部屋に泊まりにも来られますよ。近ければ私たちもお散歩がてら行けますし」

あかねは気づいていた。嫁は姑を思いやるように言うが、要は「ババァ、私に元の暮らしを返せ。金があるんだから一人で失せろ」と言いたいのだ。

「私や宗一郎さんも一緒に、物件を見に行きますから。お金があるんですから、たくさんの候補があると思いますよ」

加代は今、憎い姑にカタをつける快感に酔っているだろう。あかねは伝家の宝刀を抜いた時、その快感が貫いたのだ。電流が走ったような、今まで体験したことのない悦びだった。

「そうだね。考えてみるよ」

あかねは見栄を張り、元気ぶってそう言ってみせた。

「私、お金は市に寄付するより、お義母さん自身のために、全額使うのがいいと思うんです」

加代は思いやりにあふれたように言うと、出て行った。一瞬見せた勝ち誇った表情に、あかねは気づいていた。


突然、自宅を訪ねて来たあかねに、日出子はとりあえずハーブティを勧めた。

八畳ほどの陽当たりのいい居間を、あかねは改めて見回した。大きめのソファには、タータンチェックの膝かけがあり、エアコンとは別にアラジンの石油ストーブが、レトロで暖かな炎を揺らしている。

ソファの横には読書灯があり、書棚には本が並んでいた。

窓辺には、日出子の好きなミントやバジル、クレソンなどのハーブが、水栽培で葉を伸ばしている。

「お茶、どうぞ。私が育てたフレッシュハーブのお茶、おいしいよ」

「いつ来ても、デコらしくていい部屋ね」

あかねが言うと、日出子は微笑んだ。

「親の代からのボロ屋だけど、ここに一人でいる時間が一番好き」

「七十五になっても、一人が一番？」

「たぶん百になっても。いずれは見守りサービスを首につけて、ヘルパーさんに助けてもらって、一人でここで死ぬわよ」

あかねはハーブティを飲んだ。

「おいしい。……実は私ね、ネッチョに出て行けって言われたのよ」

「えーッ？　突然？　何で」

「二千万、全額市に寄付するって言ったからよ。そうに決まってる。ネッチョは私にカタつけたんだよね」

あかねは、やり取りをすべて日出子に話した。

「私、あのあぶく銭で、ホームに入るしかないか……な」

諦めたように言うなり、声を大きくした。

「そりゃ、イヤだよ、知らないジジババと一緒はさ。だけど、今さらデコみたいに一人では暮らせないと思う。同じ年齢《とし》なのに」

ゆっくりとハーブティを飲んだ。

「自分が情けない」

そして、冗談めかして言った。

「デコ、一緒に暮らさない？　せめて同じシニアマンションの上下階とかさ。市に寄付するのやめて、この家を二世帯にするとかさ」

日出子は即答した。

「何バカなこと言ってんの。一緒になんか暮らしたら、必ず友達関係も悪くなるんだから。お断りだね」

日出子はしっかりとあかねを見た。

「一人暮らしなんか、すぐ慣れるって。私も遊びに行くし、慣れたら一人ほどいいものないよ。これこそセックス中毒と同じだって」

「頭ではそう思うけど、一度同居すると恐いんだよね、一人が。七十五はやっぱりトシよ。まわりはどんどん死ぬしさ」

「じゃ、嫁にひれ伏して同居してもらうしかないね」

「私、ひれ伏すほど悪いことしてないよ。言われるままにあり金はたいて部屋造って、言われるままに病院食や旅館のお茶に甘んじて、邪魔にならないように部屋にいて……。何でも言われるままま」

あかねは声がつまった。

「くやしくてくやしくて、泣きそうだよ。月々の四万円、年金が出たら一日も遅れないで払ってる。でも、……ハワイには連れてく気ないから見守りサービスつけろって言われて……一緒に行くならうちの親がお金出すから心配するなって。そこまでやられて、私がカタつけたのは一回だけだよ」

「確かにあかねのカタは『市に全額寄付』って、その一回だけよ。だけど、百回分だったんだよ。シニアマンションなら、普通のマンションと同じに自由だし、入居しなって」

日出子はわかってもいた。脚腰が立つうちから、若い人を頼ったからこうなったのだ。ましていくらネッチョでも、どこかに身内の安心感はあろう。

「いじめのおかげで、あかねはキラキラ生き生きしたけど、もう見切り時。一人暮らしの潮時」

「うん……。でも、こうなるとは思わなかったよ。大金持ってるんだ！　って伝家の宝刀抜いたのに、抜き返された」

ぬるくなったハーブティを、あかねは飲み干した。

「一人暮らしになったら、どうせ私なんかすぐ死ぬんだ」

「死ぬ、死にたいって、ババアの決まり文句、言わないのッ」

「ホームに入る前に、あのネッチョに仕返ししたい。仏心なんか捨てた。とどめの終活だよ」

あかねの目は本気だった。日出子はその目を見て、しばらく考えた。

「あかね、イチかバチか、やってみようか」

「何を」

「トドメの終活。もしかしたら、ネッチョ、負けるかも」

「やるッ。ネッチョが負けるなら、何でもやる」

日出子は棚から一冊の本を抜いた。

日出子宅から帰ると、あかねは宗一郎と加代を自室に呼んだ。

宗一郎は加代から聞いていた。母に一人暮らしか、ホーム入居かを迫ったことをだ。何という速攻か。だが、元々は約束を違えての同居だ。今は老人の多くがホームに入る時代になっている。なのに、加代は嫌々ながらも二年間、面倒を見てくれた。

今、逆らっては「マザコン」とののしられたあげくに、夫婦仲がうまくいかなくなる。死が視野にある老母より、自分の家族の幸せを考えるのは当たり前だろう。

あかねは加代にへりくだった。

「加代さんね、私のためを考えて、一人暮らしかホームを勧めてくれたのは、ホントに嬉しいよ。ありがとう。確かに以前みたいな暮らしの方が、気を使わないよね」

「そうですよ。お金もあるんですし」

必ず「お金はある」と言うことからも、いかに、お金に立腹しているかがわかる。あかねは顔色をうかがうように、そして声を落とした。

「でもね、誰かがいる暮らしって、年寄りには心強いんだよ。気を使うのなんか、たいしたことじゃないの。加代さんは気使わせないでくれるし」

宗一郎が口ごもるように言った。

「でも、シニアマンションなら、いいんじゃないの？　マンション暮らしなのに、ホームの安心感で」

あかねは答えない。加代はそういう態度にますます嫌悪感を覚える。加代はとにかく、姑が野垂れ死のうが餓死しようが、ここを出て行ってくれさえすればいいのだ。自分が元の暮らしに戻れればいいのである。

しばらくうつむいていたあかねは、顔を上げた。

「だけど、いい潮時だよね。ホームに行くよ」

宗一郎は黙り、加代の頰がゆるんだ。

「ただ、ここを出るのはちょっと時間もらいたいんだよ。いや、長い時間じゃないよ。必ず出るし」

加代は笑顔を見せた。

「ホームを探すだけでも時間はかかりますし、あわてなくて大丈夫ですから」

「ありがとう。ねえ、どこでも賃貸物件は、出て行く時は元の状態に戻せって言われるよね。だから、私もちゃんと元の状態に戻してから、出て行こうと思ってね。どうしても少しの時間はかかるから」

「いえいえ、お掃除なら私がゆっくりやりますから」

「じゃなくて、私が建てた六畳間、造った業者に頼んできれーいに取っ払うから。心配しないで」

加代と宗一郎は、どういうことかと顔を見合わせた。

「加代さんも元のまんまがいいんだなって、わかるし」

宗一郎が手で制した。

「部屋、壊さなくていいよ。何言い出すの」

「そうは行かない。加代さんにしてみりゃ、姑との同居なんて予定外だよ。それなのによく尽くしてくれて。元の暮らしに戻りたい気持、よーくわかるよ」

加代があわてた。

「いえ、せっかく建てたのに何もそんな」

宗一郎の家は決して広くはない。あかねが造った部屋が、ゆくゆくは自分たちのものになるのは有難いのだ。

あかねは余裕を見せた。

「いい解体業者なら、絶対に母屋に触れずに、六畳間だけきれいにはがして壊すよ。そっちには何の迷惑もかけないからね」

茫然《ぼうぜん》とする加代に、あかねは踊り出したい気分だった。

これは日出子が『ベニスの商人』を応用した手口だった。あかねはその書名を聞いたことがあるような気もするが、もちろん読んだことはない。シェイクスピアの有名な作品だと、日出子は言った。

主人公の男が、ユダヤ人に借金をする。その契約書には、期日までに借金を返せないなら、借りた男の体から肉一ポンドをもらうと書いてあった。男は返済できず、裁判になった。裁判官はユダヤ人に言った。

「契約通り、肉一ポンドをもらいなさい。ただ、一滴の血ももらってはならぬ。血は契約にはない。かっきり肉だけを一ポンド取るように」

血を流さずに肉は切り取れない。ユダヤ人が負けたという物語だ。

宗一郎は困惑の表情で、母を見た。

「いいって、今のままで。まだ新しいし」

「お前、何で加代さんの気持、わからないんだよ。加代さんは元の暮らしに戻りたいんだよ。母ちゃんは加代さんにさんざん世話かけたし、その希望に添いたいんだよ。元通りにして出て行くのは、せめてものお返しだ」

加代が本心では「壊しても出て行け」と思っていると、あかねは察していた。だが、加代はそこまで言ってしまうと、宗一郎との夫婦仲は絶望的になる。懸命に押しとどめたのだろう。

おし黙る加代と困るだけの宗一郎を見ていて、あかねは勝ったと思った。

あとは穏やかに頼んでみせるのだ。「介護が必要になったら、すぐにホームに行くよ。だからそれまでは同居してよ」と。置き膳で十分だし、今まで以上に部屋から出ないしと頼むのだ。そして「月四万円の食費等を六万にする」と、最後の一撃に至るシナリオができていた。

月一万円以下の食事に、自分で造った部屋からほとんど出ずに六万円。その上、部屋もいずれは自分たちのものになる。介護が予感されれば、即ホームだ。その金もすべて姑が持つ。こんなにありがたい姑が、どこにいると言うのだ。

あかねが「六万円」という一撃をかまそうとした瞬間、おし黙っていた加代の方から口を割った。

「お義母さんに解体のご負担をかけるのも申し訳ありませんし、食事なども今まで通りにしかできませんが、それでよろしければ同居のままで、私は構いませんが」

あかねは「何だ、簡単に白旗を揚《あ》げたな」と、いささか拍子抜けした。だが、次の瞬間、強欲ネッチョは優しく言い放った。

「ただ、月々の額を四万円から上げて頂けますでしょうか」

これは宗一郎も初めて聞いたのだろう。驚いたように加代を見た。だが、あかねにしてみれば、想定内。こっちから月に二万円もプラスすると、言ってやる気でいたのだ。しかし、加代の方が一瞬早かった。

「月八万でいかがでしょうか」

八万？　八万だとォ!?　あかねばかりか、宗一郎も驚いた。パートや契約社員の中には、月給八万で身を粉にして働く人も少なくないだろう。それほどの額を、ろくに世話もしないでふんだくろうというのか。四万でも非常識なのに、その二倍か!!

それを何の遠慮もなく言う。シェイクスピアが束になっても、このネッチョには敵《かな》うものではない。嫁は姑に金があること、そして同居を望んでいることを前提に、足元を見た。あかねはその下品さに、腹わたが煮えくり返った。

「二千……二千万はまだお金にしたわ、わけじゃ……ないんで、年金とかのやり繰りを考えて……決めるよ」

あかねは言葉を噛み、つまった自分が腹立たしかった。それにわざわざ「年金」などと言うことはないのだ。なのに、動転してつい口走ってしまった。

加代は笑顔でうなずき、

「ゆっくりお考え下さい。お義母さん、リビングでコーヒーでも」

と立ち上がった。


その一週間後の十二月一日、あかね一人を残し、全員がハワイに出かけた。宗一郎は出発前に懸命に仕事を片づけ、加代の言いなりになっていた。

結局は、見守りサービスもつけなかった。宗一郎があかねに、

「わずか四泊だから、いらないよね」

と言ったのだ。加代が言わせたに決まっている。見守りサービスもハワイにからむことなので、費用は自分達の負担だと思ったのだ。もったいなくなったのだ。

「お義母さん、お土産買って来ますねー!」

夫婦は楽し気に出て行った。成田空港で全員が合流するという。

あかねは一人で伸び伸びした。リビングのソファに脚を投げ出し、テレビを見たり、お茶を飲んだり、夕食は作るのも面倒だし、近くで人気の弁当と、色んなおかずを買った。明日は市バスでどこかを回り、知らない店で食事をしてみるつもりだ。

一人は淋しいかと心配もしていたのだが、ずっと楽で、休まる。これなら、誰が月八万も払って、同居するか。マンションを借りて、十分に一人暮らしができそうだ。

ところが、思わぬことが起きた。夜になると、不安に襲われたのである。広くもない家だが、厳重に戸締まりする。庭に面した掃き出し窓は固く雨戸を閉め、玄関は鍵をかけてドアチェーンも忘れない。

風呂には入らなかった。寒い時は「ヒートショック」といって、風呂場で倒れる人が多いと聞く。

明日からは昼間に入ろう。夜にヒートショックを起こしても、すべって転倒しても、誰も知らないのだ。昼間ならまだしも、脱衣所に携帯電話を置いておけば、助けを呼ぶこともできるかもしれない。

夜は自室で寝たが、どこかでカタンと音がするだけで身構える。リビングも風呂場も電気をつけたままにして、誰かが起きているように装ったが、役に立つかと不安になる。

やがて起き上がり、風呂場でバケツに水を入れた。それを玄関内の靴脱ぎに置いた。おかしな人が入って来たら、まずこの水をぶっかけるのだ。

再びベッドで暗闇に目を開け、考えた。やはり八万出しても同居するか、ホームに入るしかないのではないか。

老人の一人暮らしは、淋しいよりも不安が大きい。

福岡ではもっと狭いマンション暮らしであり、一軒家よりは頑丈で安心で、一人は何でもなかった。いや、あの時は若かったからだ。一人暮らしは年々難しくなるものなのだ。恐さに加えて、不安感、淋しさ、虚《むな》しさも加われば、どう対処していいかわからない。

嫁の顔は見たくもないが、一つ屋根の下に身内がいることは、安らぐ。おそらく、ホームでも安らぎはある。しかし、老人ばかりの集団で生きたくはない。

二日目は携帯電話を肩から下げた。こうしないと、一人は不安だ。トイレに行くにも新聞を取りに行くにも、肩からナナメ掛けしていた。

夜は眠りが浅く、早くも疲れがたまり始めている。

そして三日目、「ほんの思いつき」を装って、日出子を「泊まりにおいでよ」と誘った。日出子が軽く、

「いいわよ。何か買って行こうか」

と言った時は、嬉しさのあまり力が抜けるほどだった。

夕方、姿を見せた日出子は、とうに察していたようだった。

「もう覚悟して八万払って同居するんだわね」

あかねは返事をしなかった。

「あかねはピンシャンしてるうちから、守られる暮らしを選んだのよ。だから、一人で生きられなくなるの」

「あのネッチョ、何ひとつ守ってくれてないわよ。財布狙いばっか。下品」

あかねはペットボトルを開けるのに、キッチンバサミの持ち手でキャップをはさみ、回した。

日出子は、

「私もペットボトル開けられない。去年まではできたのにね」

と、その手許を見ていた。あかねが、

「毎年毎年、できないことが増えて行くよね。だから、誰かに守ってほしいと思うのは、本能なのよ。何の役にも立たない老人を守ったところで、何の得にもならないって、老人本人がよくわかってるのにね」

と苦笑すると、日出子は真剣に言った。

「若い人も老人も、自分たちのことしか考えないのは当然だよ。だから、絶対に若い人の仲間に入りたがったり、友達になりたがったりしちゃダメよ。絶対にダメ」

あかねの回りにも、若い人とそうなりたい老人は多かった。裏で迷惑がられているのに、当人は「私って若い人に好かれるのよねえ」などと自慢気だ。

「あかね、若い人と老人は別の生き物だよ」

「別の生き物……」

「そ。基本、わかり合えない。タウン誌でインタビューとかするとね、三十代とか四十代によくいるの。『早く年取りたいですゥ！　今まで見えていないものが見えると思うと、年取るのが楽しみです』って。このウソくさい決まり文句、受けると思って言えるのが、若い人」

「女性誌でも有名人が言ってるよ。『可愛いおばあちゃんになりたい』とかさ。可愛いババアなんてどこにいるんだよ。『年取って夫婦で手をつないで公園をお散歩したい』とかさ。バカか。

亭主が若い時、他の女をさわった手をつなぎたいってか」

日出子は拍手して、同意を示した。英太の女だったことを、あかねは知らない。知る必要もない。

若い嫁は別の生き物だから、老いた姑には考えられないことが何でもできるのだ。そう言って日出子は笑った。

「あかね、外に出ないで出前とろうよ。ビールもワインもデリバリーしてくれるし、ゆっくりできるよ」

「よーし。食べたいもの、好きなだけ取って」

あかねは和洋中の、メニューをたくさん取り出した。

その時、壁に取りつけてある電話が鳴った。


英太は庭のカム様を眺めながら、電話をかけていた。

「ごめん、突然。あかねさん、昨日かそのあたりじゃなかったっけ？　家族がハワイに行くって言ってたの」

あかねは驚いて声をあげた。

「すごーい、原さん！　よく覚えてたね」

メニューを見ていた日出子が、チラと目を上げた。

「おといいから行ったわよ、そろってハワイ。私を一人で置いとくのなんかへーキ。それより、私にここを出て行けって言ったんだよ、ネッチョがッ」

あかねは日出子を見て、「代わろうか」というように、手で電話を示した。

日出子は「いらない、いらない」と大きく手を振り、唇に「シーッ」と指を当てた。

あかねはうなずいた。

「それでね、出て行かないなら、月々八万円払えって。すごい嫁だろ。え？　原さん、ここで笑うか？」

日出子はまたあかねを見た。英太は笑った後で何を言ったのか、あかねは面白そうに返した。

「まったく、原さんも同じこと言うんだ。デコも言ったの。一人がイヤなら八万円払うしかないって」

日出子は別のメニューを手に取った。


電話をかけている英太の前で、カム様を夕陽が照らし始めた。この時間のカム様が一番美しいと、英太はいつも思う。

「あかねさん、ネッチョの働きに八万の価値はないって言うんだろ。だけど、もめごとは彼女がいればこそだろうが。今や対等なもめごとでキラキラ生き生きできるんだから、月百万の価値はあるよ」

英太は昭次夫婦を思い出していた。

あの後、電話で何回も話したが、彼らにできるボランティアは、なかなかなさそうだった。昭次の学問は市民講座で教えるとか、何かの役に立ちそうだと英太は思う。だが、若手のいい研究者が次から次へと出ているそうだ。昭次は、

「やっぱり、社会は若手を中心に廻ってるよ。それが社会の力だしな」

と、諦めの口調だった。

ボランティアで「読み聞かせ」とか、図書館で子供に日本昔話をするなども確かめたと言う。だが、前からのボランティアがいると断られていた。

英太は昭次の「俗世間から隔離される不幸」という言葉が、いつも心にあった。であればこそ、あかねも、ネッチョにイヤなめに遭わされている方がいい。八万円は、老人をまともに相手にしてくれる礼金だ。それは隔離ではなく、幸せの代金なのだ。


あかねは電話口で明るい声を出した。

「そうか、ネッチョには百万の価値があるか。でも、ハワイから帰って来たら、また大もめだよ。こっちだって、簡単に八万なんか払うもんか。え？　来週の土曜？　十二月十六日？　新潟に来るの？」

日出子はまたあかねを見た。

あかねは日出子に、ちょっと顔をしかめて見せた。

「残念。せっかくの夕ごはん。私は十二月十六日、行けないのよ。新潟は寒いから気をつけてね」

あかねは電話を切る態勢に入った。

「……うん……そうね……ありがとう。デコにもよろしく言っとくね」

電話を切ったあかねに、日出子が訊いた。

「エータ、十二月十六日、新潟に来るの？」

「だって。前に勤めていた新潟営業所の元所長だかの偲ぶ会だって」

「会は昼間だろうから、あかねと夕ごはんしたいんじゃない？」

「そうみたい。でも私は迷惑」

「そう言わないの。家族がハワイに行って淋しくないかって、エータなりに心配したのよ。終活であかねに会いたかったたって言うだけあるよ」

「何食べる？　和洋中、ネッチョたちはよく取ってるみたいで。私には聞きもしないけど、何でも届けてくれるってから」

日出子はメニューに目を落としたまま、ついでのように訊いた。

「エータは時々、電話くれるの？」

「ううん。『万華鏡』の後でお礼の電話が一回。あとは今だよ」

家の電話にかかって来たということは、肩から下げている携帯の番号は教えていないのだ。

日出子は和風割烹《かっぽう》店のメニューを示した。

「この『華コース』って、おいしそう。少し高いけど」

「いいって、いいって。それにしよ」

あかねはすぐに、肩の携帯を手にした。

その夜、日出子はあかねの部屋で寝た。

あかねは宗一郎夫婦の部屋で眠っている。日出子は今夜一泊だけだが、それでもあかねは安心してゆっくりと眠っていた。

だが、日出子は眠れなかった。英太はあまりに失礼ではないか。日出子にはあれから一度の電話もない。

高校時代からあかねを好きで、彼女に会ってから死にたいという終活は、元気でバカバカしくて悪くない。社会が煽る終活を蹴っ飛ばし、自分本位の終活を決行した英太は、面白い。

だが、日出子を差し置いて、あかねか？　詫びや呵責《かしゃく》は、日出子に対してカケラもないのか。男とは無縁タイプの女に、華の時代を与えた。それだけで御の字だろうと言うのか。

つきあったのは「寒かったから」と言ってのけたことを、日出子は一生忘れない。後腐れなく、都合よく別れることに成功した英太は、結局、日出子をバカにしていたのだ。英太の存在すら覚えていないあかねを想い続け、再会の後も電話をしたり、新潟での夕食に誘う。日出子には電話一本ない。

「万華鏡」で、日出子は自分への失礼を言い、英太も納得して謝った。謝られるのは不快だったが、しょせん、すぐに忘れる口先の謝罪だったのだ。

とは言え、今さら英太には何らの関心も興味もない。四十年以上前の話だ。これまで一度も、英太の無礼、失礼千万を思い出したこともない。生きるのに必死だった。

だが今、日出子は暗い天井を眺め、つぶやいた。

「寝た子を起こしたね」


十二月五日、宗一郎と加代は元気にハワイから帰って来た。かおりは成田から、いったん東京に戻り、三十日の夜には帰省すると言う。

「毎年、元日に間に合わせて帰って来るんだから、お年玉狙いが見え見え」

と加代はご機嫌に言う。

あかねは日出子が泊まってくれたことなどおくびにも出さず、笑顔を向けた。日出子がいたおかげでよく眠れて、顔も元気そうに見えるはずだ。

宗一郎と加代は薄手のセーターに、色違いのアロハを重ねていた。あかねが、

「オオ、ハワイ帰りらしくていいね」

と言うと、加代は嬉し気だった。

「でしょう。でも日本は寒いから、アロハだけでは無理なんですよォ！」

はしゃいで言いながら、トランクを開けた。

「片づけは後でやるとして、まずお義母さんにささやかなお土産を」

と、紙袋を二つ取り出した。

「気使わなくていいのにィ。ありがと」

中には紙箱に入ったクッキーがあった。もうひとつは航空会社の封筒に、パイナップルとハイビスカスの形をしたマグネットクリップが入っていた。

加代はスマホの写真を見せ、

「このクッキー、ワイキキの大人気店なんですよ。写真見て下さい。ホラ、行列でしょ。ぜひお義母さんに食べてほしいと思って、並んだんです」

いかにも南国の雰囲気がする店の前に、加代がVサインをして並んでいた。あかねは、

「まァ、並んでまで私に」

そう言いながら、見逃さなかった。Vサインの加代の近くに、実家の父と母らしき横顔が写っていた。娘夫婦と色違いのアロハを着てだ。

大人気だかワイキキだか知らないが、姑には紙箱の小さなクッキーか。それに七十五にもなって無職のババが、どこでマグネットクリップを使うのだ。機内でおまけにもらった物に決まっている。

だが、あかねは大喜びしてみせ、すぐにクッキー箱を勢いよく開けた。紙箱が破れたが、そうしたくてのことだ。

「そんなに有名なクッキーなら、みんなで食べよう！　私だけじゃもったいないよ」

宗一郎は空気を察し、

「ちょっと着がえてくる」

とスーッと出て行った。

加代はすぐにあかねの立腹に気づいたが、クッキーの最小箱以外には、ビタ一文も金を使う気はなかったのだ。

「お茶いれますね！　紅茶で頂きましょう」

加代は満面の笑みを見せ、あかねも満面の笑みで応じた。


十二月十六日の新潟は冬晴れで、寒さもゆるみ、高齢者が多い偲ぶ会には絶好の日だった。

会場には、当時の懐しい顔がそろっていた。亡くなった元所長は九十三歳で、穏やかな老衰だったという。苦しみもせず天寿を全《まっと》うしたということで、出席者たちにも笑みがあった。

焼香と簡単な立食会が終わると、まだ十三時前だった。立食ではそれほど食べられないため、英太ら仲のよかった四人は近くの和食屋に入った。

四人は七十二歳から七十八歳で、英太を含めて全員が無職。家にいる。彼らは外出の予定もほとんどないが、それ以前に外出が億劫になっている。

少し酒が入ると、話は元所長の思い出話になった。

「所長は豪放な人らったいなァ。ホラ、山本《やまもと》がすんげミスしたことあったねっか」

経理だった野原《のはら》がそう言うと、山本は苦笑した。

「まあな。あの時、俺は理由を説明したよ。川田《かわだ》は知ってるよな」

「いや、あの説明は違《ち》ごてると、俺は今でも思ってるれ。さろも、所長がうまいこと、お前ことブラジルに飛ばしたねっか」

「山本は運がいいんだて。帰国してブラジルの経験こと生かしまくって、偉くなったもんなァ。同期の香川《かがわ》の方がずっと努力してたったし、優秀らったれ。さろも、何で偉くなれねかったんかなァ」

「サラリーマンってのはさ、運不運が大きいんだよ。香川は運がなかった」

英太も昔話はするが、七十五にもなって「あの説明は違ごてる」だの「運がなかった」だのと話してどうする。早くも英太は引いていた。

「英太、小菅《こすげ》ってヤツこと、覚えてっか？」

川田が聞く。

「覚えてるよ。小菅秀男《ひでお》な。今で言うイケメンだろ」

「そうらて。顔ばっか武器にして、常務の娘と結婚しやがって。俺、式に出てたまげたて。メインテーブルは全員が本社の役員。仲人《なこうど》は専務なんて。あれには腹立つの通り越して、ガックリ来たわや」

「ガックリって言や、営業所の隣りのビルに居酒屋があったろ」

「あったあった。『井筒《いづつ》』な。女将《おかみ》が色っぽくて人気らった」

「あの女将、部長のコレだった」

ピンと立てた小指に、「えーッ」と声が上がる中、英太はいいところで切り上げようと思った。こうも楽し気に昔話をすると、もはやジイサン一直線しか道はない。

その時、川田が、

「英太、これたぶん、まら先の話らろもな」

と話しかけてきた。やっと「まだ先」の話が出た。みんなで何かやろうとでも言うのか。英太が笑顔を向けると、川田が言った。

「英太は墓、横浜に買ったんか？　それか、こっちにあるんか？」

「まだ先」は墓の話だった。

「今は考えてないけど、お袋は新潟の墓だしな」

「俺も親父とお袋は、函館《はこだて》ら。さろも墓じまいしたんさ。だっけ、全員新潟に移したこて。英太も早いとこ考えた方がいいれ。俺は秋葉《あきは》区の当山寺《とうざんじ》に墓買《こ》うて、戒名《かいみょう》ももろた。ホラ」

スマホで、自慢気に写真を見せる。山本が割って入った。

「生前戒名って縁起いいらしいな。俺も自分の好きな『拓』という字を入れて、もうもらったよ」

野原も身を乗り出した。

「俺は戒名はまだらろも、女房の郷里《さと》の山梨に、墓あるんさ。富士山の見える霊園らよ。あそこらば子や孫もドライブ気分で行ぐっていうっけ、死んでも賑やかで嬉しいて」

英太はつきあいきれない。うんざりしていると携帯が鳴った。

出ると弘田だった。英太のアドバイスで寄席巡りに目ざめた弘田と話す方がずっといい。

英太は電話に小さく声をあげた。

「えッ？　東京にいるのかよ。俺は新潟なんだよ。まったく行き違いだな。イヤ、もう帰るとこだけどさ」

英太は三人に聞こえるように言った。三人は、

「大変なことばっからったろも、楽しかったねっか、あの頃」

「うん……な」

と、今度は感慨にふけっている。

「弘田、せっかくメシに誘ってくれたのにごめんな。また東京に来るだろ。うん……うん……待ってる」

電話を切った後、英太はカバンを引き寄せながら三人に言った。

「高校の同級生からだ。引き込もり老人だったのがさ、趣味を見つけて人間が変わったんだよ。俺たち、まだ色々できる年齢だもんな」

三人にとってはどうでもいい話だろう。この後、間違いなく孫の自慢話になる。英太はその前にここを出て、魚市場でものぞいて土産を買おうと思った。


礼子は残り物で、昼食をすませると、佑子にＬＩＮＥを送った。

「パパが今夜、新潟のおいしい魚を買って来るって。努一家にも声かけるから、明日でも夕食に来ない？」

そして、門に取りつけられた郵便受けをのぞきに出た。

すると、誰かが呼びリンを押そうとしていた。見知らぬ人だった。

「あの……うちに御用でしょうか」

「は……はい……奥様ですか」

「はい……」

「私、田村日出子と申します。新潟の沼沢高校で、英太さんと同級生でした」

「まあ、そうでしたか。失礼しました。原は今朝から新潟なんですよ」

「あらァ！」

日出子は驚いて見せたが、不在は先刻ご承知。不在だから来たのだ。

これは、日出子の終活だった。

第七章

礼子は門扉を開けた。

「わざわざいらして下さいましたのに、原が不在で申し訳ございません」

「いえ、ちょうど横浜に用がありまして、ほんのついでに立ち寄ったようなものですから。横浜の用が何時に終わるかハッキリしなくて、前もってご連絡もせずに、『寄れたら寄ろう』くらいの気持でした。まったくお気になさらないで下さい」

優しく言って帰ろうとする日出子に、礼子は聞いた。

「これから新潟にお帰りですか？　新幹線ですか？」

「はい。適当なのに乗ります」

「それでしたら、お茶だけでも」

「いえ、原さんがいらっしゃる時に」

礼子は玄関ドアを開けた。

「いいえ、お茶も差しあげなかったとわかれば、かえって原に叱られます。何せ沼沢高校時代が一番楽しかったらしくて、今でもよく話すんです。さ、お上がり下さい」

遠慮する日出子を、礼子は笑顔で招き入れた。

南向きのリビングは、十二月中旬とは思えない光にあふれていた。ピンクがかったグレイで統一されたソファやカーテンが、都会的な雰囲気を漂わせている。

「すてきなリビングですね。原さんのセンス……じゃありませんよね」

「原なんて衣食住、どれにも関心ない人ですから」

笑う礼子は庭の隅っこを指さした。カムイサウルスが見える。

「何より大切なのは恐竜。あれも原が息子と孫に手伝わせて作ったんですよ。狭い庭ですから、どこから見てもあれが見えるんです。もう大迷惑ですよ」

立ち上がって見ながら、日出子は驚いていた。あの頃、恐竜の話など聞いたことがない。

礼子はコーヒーを準備し、笑った。

「定年を迎えて、なぜだか急に恐竜に見覚めましてね。妻にしてみれば、夢中になるものができれば、もう恐竜だろうが怪獣だろうがウェルカムですよ」

骨ばかりの奇怪な恐竜を見ながら、日出子は東京に戻ってからの英太を思った。三十代半ばで別れてから、英太には数々の山や谷があっただろう。定年を迎えるまでの間、妻は一緒に喜んだり、悲しんだりしながらともに歩いてきた。

師走《しわす》の陽に立つ恐竜は、日出子にはうかがい知れぬ英太の歳月だった。

夫と妻はすべてを共有して、同じラインの上を歩いて行く。不倫相手はほとんど共有していないし、立っているラインが妻とは別なのだ。

日出子は、自分がここを訪ねたわけを思った。今まで、妻の写真も見たことはない。見たくもなかったし、何より見るのも見せるのも、不倫のルール違反だ。

あの当時、たいていの会社では、社員家族慰安会や運動会などがあった。英太のいる営業所は小さいため、所長を囲んで社員と家族が一堂に会して昼食会をやっていた。乳児のいる礼子は来られず、英太はいつも一人で出ていた。

そこから日出子のところに帰っては、妻の話をする。聞きたくなかったが、日出子は気づいていた。英太は、妻の話を日出子がイヤがることを知っている。だからこそ、チラッチラッと話す。自分には大切な妻も子もいて、必ずそこに帰る。忘れるなよと言いたいのだ。

不倫男にはよくある、何とも姑息《こそく》な手口だ。それでも日出子は、自分には英太がいると思うだけで幸せだった。

やがて英太は身勝手で都合のいい時代を満喫し、うまく別れて行った。日出子もタウン誌で成功し、文化人として、思いがけず満たされる日々に入って行った。

こうなると、英太の失礼など、ごく自然に薄らいで行く。世の中には、その年代に添った面白いこと、ときめくことがたくさんある。七十代になるとわかる。英太とのことは三十代に添ったできごとだった。

それは英太も同じだっただろう。であればこそ、日出子のことなど思い浮かびもしなかった。七十代になって思うのは、十代の昔だった。あかねに会い、謝りたいと噴飯物の終活を実行したのだ。

だが、英太のその態度が日出子を起こしてしまった。あの頃、英太が日出子に取った言動の数々、何と失礼だったことか。何と利用していたことか。あげく、終活の相手はあかねか。起こされた日出子は、自分の終活をやろうとつき動かされた。

妻に会う。

不倫の最中、最も会いたくなく、話題にあがるのもイヤだった妻。英太はそれを知っていればこそ、チラチラと妻を匂わした。どれほど切ない思いをさせられたか。

その妻に会う。

やり残したことをやる。終活だった。

最初から、英太の不在を狙うつもりだった。部屋に上がって話す気は、まったくなかった。どんな妻か、一目見ればいい。

男の真価は、その妻を見ればわかる。選んだのはこの女か。女が良きにせよ、悪しきにせよ、男の考え方やレベルが見えてくる。

あの当時と違い、今は英太の妻が見たい。男は自分をみじめにし、無礼を働いて、妻の元に帰った。その妻を見たい。

七十五にもなって、今さら妻に不倫を話す気はまったくない。家庭を壊す気力も、妻と対決する気力も、もはやない。そのたぎる口惜《くや》しさは、四十代まではないか。

今、それをしたなら「死ぬまでに何とか妻に謝りたい」と、やり残した終活が上乗せされるだけだ。

礼子はコーヒーとマドレーヌを並べ、日出子に言った。

「田村さんのご用件、私でわかれば原に申し伝えますが」

日出子は聞かれることもあろうと、もっともらしい用件を考えていた。

「実は七十五歳を記念して、沼高同期の文集を作ろうという話が、前から出ていまして」

礼子は「ん？」と思った。英太は「誰も文集を作る気力さえない」と、言っていたばかりだ。

だが、知らんぷりして聞いた。

「文集ですか。いいですね。原にも何かお役目が？」

「原稿の締め切りを管理する連絡係と言いますか。なかなか集まらないものですから、その辺の話をしたくて」

日出子の口ぶりは文集を出すことも、英太の役割も前から決まっていたように受け取れる。ますます話がかみ合わない。

「わかりました。原に申し伝えますね」

「ではお願いして、私はそろそろ」

「新潟の柿の種、あれが最高に合うお茶だけ召し上がって下さい。すごくよく合うの。たぶん、新潟の人も知らないんじゃないかしら。私も九州の人に聞いたんですけどね」

礼子は猫の急須を出し、ハーブティの茶葉を入れた。あかねの土産の急須だ。日出子はつぶやいた。

「あの急須……」

礼子は聞き逃さなかった。この急須を知っている。英太は佑子に突っこまれ、バスケット部の同級生も一緒に来たと白状していた。「同行したのはこの人だ」と確信した。

しかし、この人は何で隠す。英太と何もなければ隠す必要もないし、文集を作るという嘘も不要だ。

「ハーブティ、いい匂いですね」

日出子の言葉に、礼子は満足そうな顔を向けた。

「この急須、中国茶用ですけど、ハーブティにピッタリなんですよ。小さくてしっかり出るからでしょうか」

礼子は濃いめに出して、カップに注いだ。

「くせがあるからってハーブティを嫌う人もいますけど、田村さんはお好きみたいでよかった」

「ええ。私は自宅でミントとかバジルとか色んなハーブを水栽培してるんですよ。小さな植木鉢にはカモミールも」

「ワァ！　フレッシュハーブでお茶をいれるんですか⁉」

「ええ、レモングラスなんて、摘《つ》みたては絶品ですよ」

礼子はハーブティと柿の種を並べ、勧めた。

「どうぞ。ホントに新潟はおいしい物だらけ。田村さんはずっと新潟ですか」

「そうなんです。七十五になる今まで、一度も離れたことないんですよ。それもずっと独身で仕事をしてきて」

「いい生き方ですね。うちの娘なんて憧れますよ」

「いいえ、何か損したかなって気にもなります。好きなように楽しく生きてきましたけど、終活年齢になった今、何の役にも、誰の役にも、立たない人生だったなァって」

礼子はサラリと言った。

「信じませんよ、そんなこと誰も。いいお仕事で、どれほど役に立たれたか」

「いいえ、本当に。家庭の妻、母親とは違いますよ」

「でも、仕事をする人は、妻や母親とは違う何かを打ち立てているでしょう。私なんて、どういうこともない妻や母親ですから」

「仕事の人材なんて、いくらでも代えがいます。どんなに優秀な人でも、何かあって外れれば、サッと簡単に次の人が座わります。それで、何ごともなかったかのように動いていくんです。妻や母親は代えがいません」

「母親はね」

サラリと言った礼子だったが、気のせいか日出子はチラッと見られたように思った。

「原が三十二歳で単身赴任する時、私は妻代わりの女ができるかも……と覚悟していました」

日出子は何も言わず、ハーブティを飲んだ。

「三十二歳のギラギラ盛り、男盛りですものねえ」

屈託なく笑う礼子に、日出子は思い出したように言った。

「原さんとは赴任歓迎同期会でお会いしましたけど、仕事が忙しそうで上からも期待されてる感じを、全身から発していましたよ。ですから、仕事にギラギラって感じでした」

「いえ、仕事と不倫は表裏一体でしょう」

「え？」

「女は仕事ができて、多忙を極めているような男だから、惹《ひ》かれるんじゃないですか？　ヒマでできなさそうな、シケてる男と誰が不倫したいかしら」

そう言って笑う礼子に、日出子も笑ってうなずき返した。

「原も何かと色々、あったと思いますよ。もちろん、私は知らんぷりしてます」

「今も？」

「ええ、今も。もう遠い昔のギラギラ時代のことなんか、ちょっとした句読点みたいなものですし」

日出子は「なぜ別れなかったのか」と聞きたかった。妻は不倫を早い時期から知っていたのに、どう我慢して夫婦を続けていたのか。もちろん、聞かなかった。

礼子はハーブティをいれかえながら、察したように明るく言った。

「別れる気には全然なれませんでした。だって原っていいヤツですから」

「ええ、高校の時からそうでした。バスケはあまりうまくなかったですけど」

「運動神経ないんですよォ！　でも、家族思いですし、一緒にいてあきないんですよ。田村さん、原の終活をご存じですか」

「いえ……」

「高校時代に憧れた少女に一目会いたいって。それが人生でやり残したことだって」

「あらあ……」

日出子は知らぬ存ぜぬを通した。ここで同行した話を言うことはない。だが、礼子にとっては、同行を隠したことが、日出子が不倫相手だという根拠のひとつになった。

「ま、私の知らないところで何かあっても、知らないんですから、ないことと同じ」

日出子は冗談めかして言った。

「私は新潟のタウン誌の編集長を長くやって、今も名誉編集長みたいに、七十五になっても働いているんです。実は、これが不倫のおかげで」

「ええーッ!! すごい。不倫ってそんなメリットもあるんですか?」

「あるんですよ。もうずっとずっと昔のことですから、笑って言えるんですけど、私はうまく遊ばれてたんですね。で、サッサと逃げられて、バカにされてたんだと身にしみました。実際、私は何のキャリアも魅力もありませんし」

日出子は特に力もこめずに言った。

「逃げられて思いましたよ。バカにされない女になろうって。縁があってタウン誌を任されて、それがうまく行って。あの時、バカにされなかったら、私は生まれ変われなかったでしょうね」

「……ひどい男。よく許せましたね」

「ええ。その人の妻も私の存在に気づいていたと思うんです。でも、離婚しなかった」

「へえ……」

「その男には私がいて、ほとんど同棲ですよ。妻は承知の上で、平然と受けいれた。つい感動しちゃって」

「妻から奪おうとは、思わなかったんですか」

「はい。やっぱり中古品ですもの」

二人は同時に苦笑した。

「そろそろ失礼します。とんでもない昔話までしてしまって」

「いえ、それは私の方です。初対面の方《かた》に」

礼子はそう言って居座まいを正した。まっすぐに日出子の目を見た。

「田村さん、単身赴任中は原のことを、本当にありがとうございました」

日出子は驚かなかった。

「原にとって新潟はふるさととはいえ、離れて久しいですから、田村さんが一緒にいて下さって、どれほど心安らいだかと思います。ありがとうございました」

答えない日出子から、礼子は目を離さなかった。

「相手が田村さんだということは、今日お話ししていて初めて気づきました。でも、原が単身赴任して半年後くらいには、誰かがいることに、何となくカンが働いていたんです」

あの日、礼子の実家の両親が「半年たったし」と新潟行きを勧めた。電話やハガキで連絡し、英太も幾度か子供を見に帰ってはいた。だが、子育て最中の礼子には、とても新潟に行くゆとりがなかった。気分的にも時間的にもだ。

しかし、佑子が四歳近くになり、努が一歳になった頃、両親に子守りを任せて日帰りで新潟に出かけたのである。英太の仕事を考え、日曜日だった。

思ったよりきれいに暮らしているアパートを少し掃除し、新潟駅近くで早めの夕食をとった。英太の行きつけの和食屋で、礼子は、

「やっぱり、新潟のお米を新潟で食べると、東京で食べるのと味が違う！」

と何度も言ったものだ。久々に英太と二人の食事は、何だか照れるような嬉しさだった。

ふと時計を見た英太が、

「ちょっと会社に電話入れとく。日曜出勤の若いのがいてさ」

と、店内のピンク電話をかけ始めた。この時代はピンク色の公衆電話が多かった。

電話器は、礼子が食べている席からは離れている。だが、何気なく見た礼子は、英太の姿に違和感を覚えた。何ら声は聞こえず、電話中の肩から背が見えるだけだ。だが、会社にかけてはいないように思った。

礼子は日出子に笑顔を見せた。

「女って、そういう匂いを感じ取ることがあるんですよね。単なるカンですけど」

日出子は小さく息を吐いた。日出子自身、英太がどんなに隠しても、妻への電話はカンでわかった。携帯電話を持って外に出られる時代ではない。

礼子は二ヵ月後、また新潟に行った。どうも女がいる……と気になってならない。突然行くこ

とも考えたが、その勇気はなかった。

もしも突然行って、アパートの中に女がいたらどうする。立ち直れない。子供二人を抱えて、どうすればいいのか。考えたくもない。

前もって電話で知らせたのは、自分への救いを残すためだった。礼子は手作りの肉じゃがやポテトサラダ、トースターで焼けばいいだけのマカロニグラタンを持って行った。

この時点では、夫に女の影を予感するものの、まだ確信してはいなかった。だからこそ、好物の数々で喜ばせようとも思ったのだ。

「礼子が来るから掃除したんだよ」

英太が言う通り、部屋は片づいていたが、四角い部屋を丸く掃くような男の掃除。台所もさほど使っているようには見えず、女と一緒にいるとは思えなかった。実際には英太がほとんど日出子の家にいたのだから、女の持ち物さえないのは当然のことだ。

だが、何も知らない礼子はホッとしていた。電話の後姿は単なるカンだし、考え過ぎだったのだ。心地よい安堵感が広がり、元気が戻る感触が確かにあった。

「手作りのおかずのお礼に、好きなもの土産に買うよ。少し早く出て、駅ビルに寄ろう」

英太の心遣いを嬉しく聞きながら、礼子は台所に行き冷蔵庫を開けた。

「次に来る時、おかずがどのくらい入るかチェックしとくね。何だ、ガラガラじゃない」

「料理しないで外食だから、冷蔵庫はあるだけ邪魔なんだ」

リビングから、英太はそう言って笑った。

あれから四十年。日出子を見る礼子の顔に、一瞬の苦みが走った。

「ガラガラの冷蔵庫でしたけど、あの時、女はいるとわかりました。どうしてだと思います？」

日出子は無言だった。なぜわかったのだ？

「冷蔵庫の横にある小窓に、小さい空きビンがあったんです。水が入っていて、バジルの茎《くき》が二、三本さしてありました」

日出子が小さく「アッ」と言った。

「田村さんはよくおわかりの通り、バジルの茎って、水にさしておくと二日くらいで根が出るんですよね。原はバジルなんて知りもしない人ですし、それが出たばかりの根でした。ああ、女性が二日前くらいに来たんだって、すぐわかりました。田村さんは何かイタリア料理を作って、残ったバジルを水にさしておいたんでしょう？　原は私が来るので、痕跡が残らないように片づけて……でも、冷蔵庫横のバジルに気がつく人じゃありませんから」

日出子は大きく息を吸った。

昔、何かで読んだ文章が甦った。たとえ、裸で男と女がいるところに誰かが踏み込んで来ても「背中を掻きあってた」と言えと。認めるなと。

できるわけがない。それに今日、妻は自分が来たことを英太に話すだろう。日出子の終活は本意ではない方に進み、七十五歳にして家庭は壊れるかもしれない。壊れなくても冷えきった関係になるだろう。

だが、知ったことではないと、日出子は思った。幸せを壊すのはその妻自身なのだ。

「原は決して日出子さんをバカにしていたとは思えません。でも、もしそうお感じになられたなら、言葉足らずで申し訳ありませんでした」

礼子はじっと日出子の目を見た。

「原にとって、妻以外のすてきな女性と暮らせた二年間は、星が降るようだったと思います」

礼子は笑みを含んだように言った。

「私の人生には星なんか一度も降りませんでした。子供が高校に合格したとか、夫のポストが上がったとか、嬉しいことはありましたけど、私自身の人生に星が降ったわけではありません。たぶん、ほとんどの男も女も星なんか降ることなく、平々凡々に暮らして死ぬんです」

日出子は黙った。その通りなのだ。短くても、華の時を持った自分は、「ほとんどの人」とは違う幸せな人生だったのかもしれない。

「今日、伺いましたのは、私の終活だったんです」

日出子は静かに言った。

「終活……ですか」

「はい。私はうまく利用されて、うまく捨てられたと思っていました。その上、原さんは、人生でやり残したこととして、私より高校時代に憧れた少女に会って謝ることだって。ならば、私もやり残したことをやろうと、原さん型の終活です。奥様にバレたのは予想外でしたけど」

礼子は困惑していた。

「原に仕返ししなければ、終活にはなりませんでしょう」

「いえ、今日は不在とわかって伺ったんです。奥様を見たくて」

「え……」

日出子はソファから立ち上がった。

「不倫って、相手の男よりも、その妻を嫌悪するものなんですよ」

門の外に出ると、日出子の声が少し震えていた。

「私との二年間が、原さんにとって星降る日々だったなんて、思いもしませんでした」

すぐに笑顔を取り戻すと、頭を下げた。

「さようなら」

礼子も頭を下げた。

「さようなら」

もう二度と会うことはない人だ。しかし、今、生きている人たちも、みんな順々にいなくなる。パタッパタッといなくなる。

角を曲がる日出子が振り返り、一礼した。礼子も一礼した。


日出子が帰って二、三時間ほどたった頃、英太が偲ぶ会から帰って来た。

「うんざりしたよ。もう昔話ばっかり。あんな話、今さらしゃべってどうすんだよ」

英太の顔を見ると、日出子が重なる。今までは、思い出しもしない不倫だった。

「みんな、今さらだからしゃべるのよ。昔話や思い出話で一緒に盛り上がれる人たちと会えたら、そりゃいくらでも話すわよ」

英太は冷蔵庫からビールを出し、立ったままグビグビとあおる。

「礼子はそうやって、高齢者を一括するけどさ、昔話や思い出話を全然しない人たちだっているんだよ。『万代橋』で会うジイサンたちなんか、一切しないよ。どこでこう差が出るんだろうなァ」

「簡単なことよ。『万代橋』のみんなとは昔を共有してないもん。出会ったのは最近でしょ。どうやって昔話するのよ」

英太はため息まじりに、ソファに座わった。

「そうか……。そうかもなァ」

礼子は日出子の残した柿の種を、英太の前に置いた。日出子が来たことはおくびにも出さない。

「だから、新しい友達を作らないとどんどん老けるの。新しいこと始めようって言うのはさ、新しい友達ができるってことでもあるからね」

英太は柿の種を、口に放り込んだ。礼子は黙って見ていた。

「ヤツらが将来の話をしたらさ、これが墓じまいの話だ。どこに墓を買ったとかさ。生前に戒名を決めて、自分の好きな字を入れてもらったとかな。あーあ、それに比べりゃ昔の部長に女がいたとかって、小指立ててる方がマシか……」

礼子は心の中で「英太の小指、さっきまでソファの同じとこに座わってたのよ。その柿の種を食べてたのよ」と、せせら笑っていた。

英太はもっと昔話の仲間について話したかったが、礼子は相手になる気がないとわかる。

「メシまで部屋にいる」

立ち上がると、礼子は「オッケー」と明るく返した。

英太が廊下を行くと、母がいた部屋のドアが少し開いている。久々に、中に入ってみた。

母が使っていたソファもテーブルも、もうない。今はクローゼットルームになり、佑子までが季節外れの衣服を持って来ては、保管させる。

部屋に充満していた母の匂いも、完全に消えていた。吊るしてある夏服の匂いだけだ。

母は本当に生きていたんだろうか。母のいた日々も、何十年も昔だったような気がする。

多くの人たちは、亡くなった人を思い出す時、

「笑っている顔ばかりなんです」

と言う。それは関係のよさを証明していることにもなる。

だが、英太は母が亡くなって、よくわかった。最初はこの部屋にも入れなかったというのに、少しずつ少しずつ、年月が母を淡くしていく。

決して忘れてはいない。だが、思い出す顔は、確かに笑顔だけになっていく。いつ、何時の笑顔かもわからないし、その時の年齢もわからない。ただ、母は笑っている。

多くの人が、笑顔ばかりを思い出すのは、他のすべてが淡くなっているからに過ぎない。おそらく、絶交した相手であっても、思い出すのは笑っている顔だろう。

英太は仲間たちの昔話を、もう少し面白がって、共感して聞いてやればよかったかな……と思った。みんな必ず、いなくなるのだ。カロートに入るのだ。やがて淡くなり、思い出すのはいつも同じ笑顔になる。

英太は父の顔を思い浮かべてみた。やっぱり笑っていた。

珍しく訪ねて来た日出子を、あかねは大喜びで部屋に迎え入れた。

加代がお茶とお菓子を運んで来る。

「加代さん、年末の忙しい時にごめんね。すぐ帰るから」

「そうおっしゃらずにごゆっくり。いつも義母《はは》の方こそお世話になりまして」

丁寧に一礼して加代が出て行くと、日出子は言った。

「彼女、いいお嫁さんの部類よ。あかねが何も言わなくてもお茶を持ってくるし」

「外面《そとづら》ばっかりッ。化け猫、化け狸、化け狐」

またネッチョの話で時間を取られるのは困る。日出子は遮るように言った。

「あかね、今日、私が来たのはね、ちょっと話があって」

「私もあるのよ。例の八万、どう考えてもネッチョの吹っかけ過ぎだと思うのよ。私の足元見やがって。で、デコにもういっぺん相談したくてさ」

「その前に私の話ね。あかねには言っとくべきだって思ってね。私、終活したの」

「へえ、遺書とか書いたの」

「いや、今まで黙ってたけど、私ね、若い頃、エータとつきあってたのよ。ごめんね、隠してて」

「何それェ！　デキてたってこと？」

「ストレートだねえ」

「それ、いつの話よ」

「三十二、三の頃、エータが単身赴任中よ。私の家で二年間、同棲状態」

「あらァ……。しかしサア、七十五になっても、『同棲』って言葉、何か卑猥《ひわい》でいいよねえ、イヒヒ」

日出子は相手にせず、やり残した終活として、礼子に会ってきたと言おうとした。すると、その前にあかねがしんみりと言った。

「何かホッとした。いや、気にしないでね。私、デコってもしかして、男を知らないで死ぬんじゃないかって、心配してたの」

「え……」

「よかったよ。二年間もデキてた男がいたなんて。今、七十五になって死のうかって時でも、それ聞いて安心した。でね、ネッチョへの増額、デコはどう思う？　私、払う必要ないと思うのよ」

日出子は、あかねに何もかも話す気で訪ねてきたのだ。英太の終活は、あかねより日出子に会うべきだろうとか、礼子とのやり取りとか、「万華鏡」に同行しにくかったこととか、全部だ。

だが、あかねにはどうでもいい話なのだと気づかされた。英太に関心がないせいもあるが、あかねの軸足は常に「今」なのだ。

それが嫁姑の不毛な話であれ、八万の増額とホーム行きとどっちがマシかであれ、とにかく「今」を少しでもよく生きたい。四十年前の、それも他人の「デキごと」など、歴史本を読んでいるに等しい。

たとえ、日出子が「不倫の女は表に出られなくて、苦労した」と言ったところで、「江戸時代の女は電気がなくて、苦労した」と同じだろう。

あかねにすべてを話そうと思った裏には、「私も捨てたものじゃないのよ」と示したいところもあった。それが、処女のまま死ぬんじゃないかと心配されていた。こうなると、何を話してもバカバカしい。日出子もすぐにネッチョの話に切りかえた。

「八万、払いなさいよ。あかねには一人暮らしの根性ないんだし、エータも言ってたじゃない。ネッチョの存在は百万円の価値があるって」

あかねはきつい顔をくずさない。

「払いたくない。何で払うのよ。ネッチョがもっとちゃんとやってくれれば考えるわよ。でも、ありえない。ホームと比べてデコはどう思う？」

日出子は笑いをかみ殺した。「今を生きる」と言うと聞こえはいいが、それは「目先のことにとらわれる」生き方だ。「大局的に物を見よ」などは、若い人への教えである。後期高齢者は目先のことが大切なのだ。目先のことによって、退屈しないで生きられる。それなら、いいことではないか。

日出子はあかねを見て、年齢《とし》を取ることは悪くないと思った。十五歳のあの頃、「きれい」以外には何の取り得もなかった少女が、今や目先のことを策略し、格闘して生き生きしている。マイナスを、面白さに変えている。それができるのは、高齢者だからだ。目先の浮き沈みと格闘するバアサンに学ぶところは多いと、日出子はつい笑った。

大晦日《おおみそか》から元日は、あかねもリビングに出て、家族と祝い膳を囲む。要はそれを「許されるのだ。

小学生の頃、いつも夜八時には寝させられていたのに、大晦日は夜更《よふ》かしを許された。「紅白歌合戦」を見たり、大人と一緒にこたつでミカンを食べたり、大晦日がどれほど待ち遠しかったかわからない。

元旦はよそ行きの服や着物を着て、家族そろってお雑煮を食べ、お年玉をもらう。福笑いだの羽根つきだの、今の子は名前さえ知らないであろう遊びは、正月だからこそのものだった。

宗一郎宅のリビングは、もうこたつではないが、大晦日はもちろんのこと、元旦もそろって膳を囲む。

帰省したかおりも手伝い、加代とおせちを作った。といっても、栗きんとんや黒豆、昆布巻《こぶまき》など面倒なものは、大きなスーパーで買い、重箱に並べる。それでもみんなが顔をそろえて、雑煮を食べ、酒を飲むのは新年そのものだ。

あかねはかおりにだけではなく、毎年、宗一郎にも加代にもお年玉を渡す。宗一郎夫婦からも、かおりとあかねに渡される。

二千万円持っていようがいまいが、あげたりもらったりは嬉しい。あかねは加代の作ったローストビーフをほめちぎって、かおりと赤ワインを楽しんでいた。

年賀状を見たりしながら、家族は夕方になってもまったりと過ごしていた。宗一郎は酔ってうたた寝し、あかねも、

「加代さん、夜はいらないよ。こんなに食べてんだから」

などと気を使ったりする。加代は加代で、

「じゃあ、冷凍うどんをチンして、おせちの残りを各自のっけましょう。残り物がなくなって嬉しい」

と手を叩いたりする。

その時だった。

激しい揺れが来た。ドーンと叩きつけられるような衝撃に、かおりと加代が叫んだ。

「キャー！　地震ッ」

「恐いッ！　パパッ！」

うたた寝していた宗一郎は飛び起きた。ドアを開けようとしたが、大きな横揺れで歩けない。

あかねはテーブルにしがみつき、動けなかった。

カップボードの食器や書棚の本が、床に叩きつけられた。あかねには、一九六四年の新潟地震

が過《よぎ》った。

長く大きな横揺れがおさまるや、宗一郎はテレビをつけた。まだ詳しいことはわからないようだが、新潟局のアナウンサーが叫んでいる。

「海沿いにお住まいの皆さまッ、津波が来ます。逃げて下さい。大きな津波が来ますッ」

ここは海沿いではない。だが、余震などが来たら、どこに逃げればいいのか。立つことさえできないのだ。

やがて、震源地は能登《のと》半島沖42キロメートル、マグニチュード7・6の非常に強い地震だと、テレビが報じ始めた。民家や船を容赦なく飲み込んで行く津波が映し出される。

被害が一番大きいのは、能登半島のある石川県だった。だが、その後、近隣の新潟も、いく度となく余震に襲われた。

宗一郎と加代は棚から落ちた物を呆然としながらも片づけ始めた。あかねも手伝おうとすると、かおりが入って来た。

「今、おばあちゃんのお部屋見て来たけど、大丈夫。倒れるような家具ないし、電気スタンドとか椅子とか、今直しておいた」

「ありがとう……恐かった」

宗一郎と加代は、片づけながらテレビを見る。加代が、

「ええッ!!　朝市が大火事!!」

と言うや、かおりが声を上げた。

「ウソッ！　あの輪島《わじま》の朝市⁉　……ショック」

　画面は激しく燃えさかる朝市通りを映し出していた。オレンジ色の炎は、闇をも焼き尽くすように、天に向かっていた。

「おばあちゃん、今夜は私の部屋で一緒に寝ようよ。隣りがパパとママの部屋だから、恐いことないもん」

　加代も血の気のない顔で返した。

「そうね。こういう時はまとまっている方がいいよね」

　この家は新潟市中央区にあったが、震度五強だと発表された。大きな揺れとはいえ、このあたりは断水も電気の不通もなかった。

　深夜、あかねはかおりと一緒にテレビを見て、涙が止まらなかった。輪島や珠洲《すず》や穴水《あなみず》や、石川県で大きな被害を受けた人たちはどうしているのだろう。まして、穏やかな元日に、こんなことが起こると誰が思うものか。高齢者はどうしているだろう。自分に重ねると、そのつらさと体のきつさが迫ってくる。

　恐怖に加えて、肉親の安否もわかるまい。寒い北陸で、水も電気も暖房もない中、どんなに心細いだろう。今日の今日では、食べるものとてあるはずがない。

「おばあちゃん、もう寝よ。何かあってもみんないるから大丈夫だよ」

　かおりは灯を消し、じゅうたんの上に敷いたマットに横になった。大きいベッドはあかねに使わせてくれた。

いく度かの余震はあったが、あかねは手脚を伸ばして家族と眠れる。そうであるだけに、被災者を思うと申し訳なくてたまらない。

自分は家族に守られている。たとえ、何かあっても家族と一緒だ。この時、気持が「同居」に動いた。この安らぎと幸せは、月八万には代えられない。ホームや施設でも一人ではない。だが、今回の地震では職員も被災し、手が足りないという。

むろん、同居にためらいも残る。平穏な日が戻れば、嫁は必ずネッチョに戻る。また、みじめな孤島暮らしだ。それよりは、ホームの方が幸せなのではないか。同じ八万なら、平穏時の嫁よりホームに渡したい。

ふと日出子の顔が浮かんだ。たった一人でどうしているだろう。電話をしてみようかと思ったが、枕元の携帯に手を伸ばさなかった。今は家族三人と隣りあっている安らぎを、もう少し感じていたかった。

日曜日の午後、礼子は山下町のレストラン「英一番館《えいいちばんかん》」に佑子を呼び出した。窓から見える山下公園、ベイブリッジ、港に横たわる氷川丸《ひかわわる》がいかにも「ハマ」だ。

「ね、佑子、うちは住所は横浜市だけど、この景色見てると思うよねえ。うちは横浜じゃないって」

「しょうがないよ。山を切り拓いた新興住宅地だから。で、今日は何なの。急に呼び出したりして」

「やっぱり、横浜ってこういうイメージよねえ」

うっとりしたように外を眺めていた礼子は、唐突に言った。

「山下町か元町、山手《やまて》。そのどこかにマンションを借りたいのよ。こういう景色が見える横浜に」

「え？」

「佑子、保証人になって。あと、探すのも手伝って。スマホでずっと探してるんだけど、なかなか」

何を言い出したのか、佑子には見当もつかない。

「ママ一人だから、1Kでいい」

「ちょっと待ってよ。ママ、別居するの？」

礼子は、熱々のシーフードドリアを一口食べた。

「おいしい！　この景色だと、ホントに横浜で食べてる嬉しさがあるよねえ」

それからサラダを食べ、グラスワインを飲んだ。いちいち「横浜だわァ」と風景を見る。佑子は何も言わずに、礼子の言葉を待った。

「パパの女が訪ねて来たの」

佑子の持つスプーンが止まった。

「何それ……。パパの女？　パパに女がいたの？」

「それ自体はもう四十年も前の話。ママはずっと前からわかってたのよ。パパは今でもママは知らないと思ってるけどね。それにもう、とっくに切れてるからいいのよ」

礼子は、英太と日出子の過去を話した。あかねとの席に同行したのも日出子だったと言った。

「その彼女、パパのような終活を、やり残したことをやりたいって、突然来たのよ。パパには何も言ってないわよ。呑気にカム様見てるわよ」

「ママ、別居するってこと？　それとも離婚？」

「両方ともしない。ママね、不倫を知った時、別れようと思ったのよ。まだ二十八、九だったし。でも、考えて考えて、別れなかった」

佑子は衝撃のあまりか、スプーンもフォークも皿の上に置いたままだ。

礼子はアッケラカンと言った。

「不倫した夫と結婚生活続けるのなんて、そりゃイヤよ。でも、別れてもママには経済力ないし、子供二人に教育もつけられないもの。ま、不倫女とは新潟を離れると同時に切れたんだし、結婚を続ける方がトクだから」

「トク……」

「そ。トク。突然来た彼女にママは力一杯言ったの。『別れるには、あまりにいいヤツで』とか『面白くて飽きないんです』とか。その方がショックかと思ってね」

「確かに……」

礼子は四十年前、別れても自分が得をすることは何もないと計算した。少なくとも、今は別れるにいい時期ではない。三十代の英太の給料はもとより、貯金も各種保険も知っている。礼子が管理しているのだ。弁護士に頼めば、不貞行為は成立するだろう。だが、弁護士費用もかかる。普通のサラリーマンから、慰謝料や養育費などどれほど取れるというのか。分割で細々とだろう。

加えて、社会も世間もまだ偏見の多い時代だった。実家の親きょうだいは「出戻り娘」がいると陰口を叩かれ、やがて子供たちも「母子家庭の子」と言われるだろう。そして、母親に気を使って父親のことは一切聞くまい。礼子は働きに働いても、子供の欲しがるものを買い与えられないのではないか。

そんな人生で、トクすることがあるか？

英太は超エリートではないが、名の知れた大学を出て、大きな会社に在籍している。見てくれもまアまアで、係累も面倒くさくない。多くはないが、収入はすべて妻任せで何らうるさくない。

確かに、他の女といたのは気持が悪い。実際、夜は妻に手を出してくることもあるだろう。まだ三十代なのだ。

ならば、子供二人を連れて離婚するか？　夜の夫の手と、貧しい暮らしと、どっちがトクか。プライドがある女は、別れるだろう。だが礼子は「不倫と損得」はギブ&テイクだと割り切れると思った。それにどうせ、遠からず、セックスレスになる。別れては損だ。決まった。

だが当初から、礼子自身だけが密《ひそ》かに耐える気はなかった。いつ何時、自分の心境が変わってもいいように、金を貯めようと決めた。むろん、英太の給料とボーナス、ゆくゆくは英太の年金からの定期預金である。

こうして予定通り、セックスレスになり、年金年齢になり、子供は立派に巣立った。孫も優秀だ。礼子は不倫の過去を忘れもしないが、思い出しもしないというレベルになっていた。

だが、定期預金は機械的に積み立てられていく。退職金からももらい、七百二十万円はある。しかし、もはや、「いつ何時」は自分の人生にはないだろう。貯めた金は、加齢とともに自分のためにだけ使う気が失せ、子供たちに遺すとエンディングノートに書いてもいた。

しかし、日出子と会ったことで、過去が鮮烈に立ち上がった。日出子が「寝た子を起こした」のである。

一人暮らしをしよう。

自分のためにだけ生きることを、死ぬ前にする。夫のように、やり残したことをやる終活だ。そう決心した時のときめきは、礼子の今までの終活にはないものだった。

家族のためにだけ生きてきた日々も、それはそれで幸せだった。子供や孫の成長など、他には代えられない喜びももらった。

しかし、体力も精神も時間も金銭もごく自然に、まず家族に回す人生だった。損得勘定が原点とはいえ、夫の裏切りも誰にも他言せずに乗り越えた。今は平穏な七十代を迎えている。この人生がよかったということだろう。

だが、寝ていた子は起きた。夫のような終活をする。やり残したことをやる。自分の人生にケリをつける。七十一歳、自分のためにだけ生きるには、最後の年齢かもしれない。後期高齢者になっては、踏み出せまい。「七十五歳」は字面《じづら》だけで老齢だ。

何もかも聞かされた佑子は、ハッキリと言った。

「私ね、時々思うことあったよ。ママの親はさ、娘が幸せな結婚してくれて安心したよね。だけど、自分たちが育てた藤原《ふじわら》礼子はどこに消えちゃったんだろうって、感じてるんじゃないかって」

「藤原」は礼子の旧姓である。まだ女の子は「家事、結婚、出産」が王道の時代だ。であれば、佑子の言う憂慮を、実家の親は感じていなかったかもしれない。

だが、一人暮らしになると藤原礼子に戻れそうな思いも確かに湧いた。

「ママ、日本人ってね、死ぬ時に一番お金を持ってるんだって」

「確かにそうだよねえ……」

「死ぬ時にお金持っててどーすンのよ。いつも言うけど、子供に残そうなんて大間違いだからね。自分のお金を使って、生き生きしている親を見るのが、子供は何より嬉しいんだから」

礼子は思わず、佑子に頭を下げていた。

「ママはハマの中心部にマンション借りて、週のうち三日だけ一人で暮らす。月・水・金とか金・土・日とか。で、今までできなかったことをやって、好きなだけ寝坊して、三日間だけはぜーんぶ自分のため」

残りの四日は家に帰って、今までのように暮らすと言う。

「三日間は一人だもの、四日間だって、今までより楽しめるわよォ。パパには見守りサービス、つけるわ」

佑子は窓外のハマらしい風景を見た。

「ママ、四十年後にお返ししたね」

「ぜーんぶ、パパの給料と年金だもんね。ま、ママも耐えたから」

「しかし、女に損得は大事だよなァ」

礼子は声を落とした。

「パパにはまだ何にも言わないで。引っ越した後、時期を見てママから言う」

「わかった。努には私から言っとくよ」

「努にもまだ言わないで。女房と子供がグルになって……と考えると可哀想だからね。努にも後になってママから言う」

「ほう、この期に及んでも『可哀想』とくる」

礼子は、午後の光を浴びてきらめきを増した海を眺め、

「ヨコハマよねえ、カタカナよねえ」

とまた言い、

「こういうところで、週三日の一人暮らしできたら、これ以上の終活はないわ」

と大きく息をついた。


このところ、英太には一日置きのように昭次から電話があった。ホームは地震の被害を大きく

受けなかったというが、能登が心配でたまらないのがわかる。

学生時代から能登や近郊に、さんざん世話になっていただけに、居ても立ってもいられないと言う。

ボランティアはまだ入れないし、たとえ入れても昭次や珠子の年齢では、何もできない。力仕事をした後、バスで金沢に行き、そこから鉄路で日帰りだ。

若い人にしかできまい。

昭次は新潟工芸工業大学の学生時代から、輪島塗や珠洲焼、七尾《ななお》和ろうそくなどの現場を、フィールドワークで歩いた。その職人たちに「メシまで食わせてもらった」と電話のたびに言う。

「学生の俺がレポート書くのに協力したって一銭にもならないのに、何でも教えてくれて見せてくれて。俺が新潟の県立文化博物館に就職してからも、企画展やシンポジウムで無理を聞いてくれて。館長としてどれほど面目が立ったか。あそこの人たち、他ではまねのできない伝統工芸に関しては、損得抜きなんだ……」

昭次の声はつまっているようだった。

「今、何ができるかって考えたら、義捐金《ぎえんきん》送るのが一番迷惑がかからないんだよ。で、珠子と送ってたんだけど……テレビで見てさ」

声はますますつまっているようだった。

「断水が続いて、全国の水道局員たちも支援に行って……水が出た地域があるんだよ。……そしたらその家のお婆さん、泣いて局員に手を合わせるんだ……。ありがとうありがとう……って」

珠子が代わった。

「昭次さん、この話になると泣くんです。それと、避難所の冷たい床に寝ていた高齢者が、仮設住宅に入れて『まだ多くの人が避難所で耐えているのに、私だけ申し訳ない』ってうつむくんです。私たち、少ない義捐金の他にも役に立てることないかって、話して。でもないんです」

二人は毎回、同じような嘆きを繰り返しては、電話を切る。英太にしても、話を聞く以外の手はなかった。


礼子は素知らぬふりを続けながら、佑子とは綿密に連絡を取っていた。

佑子自身は横浜駅から徒歩圏内の、西区の紅葉坂《もみじざか》に四畳半と六畳のマンションを借りている。部屋から港は見えないが、坂を下れば「みなとみらい21」であり、横浜港は地元とも言える。

佑子は礼子の賃貸料を考えながら、カタカナの横浜が香るマンションを探し続けた。色々なアンケートで、横浜は常に「住みたい町」のトップランクにいる。そこにはカタカナのイメージがあり、佑子の実家のあたりではない。

それでも、父の不倫さえ耐えて貯めた金だ。母が「死ぬ前にどうしてもやりたい終活」だと考えると、希望を叶えたい。

だが、山下公園、元町、山手、山下町、中華街のどれかひとつでも自分のものにしようとすると、1Kでも月十万円は下らない。その上、手持ちは約七百二十万円だ。長くは続くまいが、たとえ一年だけでもと佑子は思っていた。

母娘で手を尽くし、英太には内緒で物件を何軒も見に行った。だが、八万円台だと築三十年をゆうに越えているものが少なくない。また、低層建築やオートロックがなかったりで、高齢者の一人暮らしには安全上の不安もあった。

ネットで見た時はよかったのに、現場を見るとガックリすることも多々あった。

しかし、そんな時に、佑子の同僚教師が「テラス元町ネオ」を紹介してくれた。みなとみらい線の元町・中華街駅から徒歩で三分、築四十年だが、九階建ての五階でオートロックもついている。

二十九・七平米のワンルームは、一人には十分だ。その上、北東にルーフバルコニー、西に窓がある。家賃が管理費込みで、月八万円。こんな物件は二度と出会えない。不動産は出会いだとよく言うが、その通りだ。

下見して、礼子はすっかり気に入ってしまった。窓から港は見えないが、中華街はすぐ近くに見えるし、五分も歩けば山下公園である。何と言っても、地下鉄の元町・中華街駅から三分である。それに「テラス元町ネオ」と、マンション名に「元町」とついている。住所は「横浜市中区山下町」だ。文句なしではないか。

礼子は即決した。

約三十平米は、ベッドを置くと空きは限られている。友達を呼んで飲食するには狭いかもしれない。だが、礼子は、

「港の近くでお茶したり、中華街でランチしたりして、ここに寄ればいいの。それに、友達に

『元町・中華街駅で降りてね』って言いたいわァ」

と全く意に介さない。

佑子はその満足気な顔に、嬉しくなっていた。父も母も「やり残したことをやる」という終活には、生きる気合いが入るのだ。

死後の万端を準備しておく終活は安堵するが、生きる気合いを焚《た》きつけるだろうか。もしも、誰かが、

「イヤァ、ついに棺桶のランク、決めたよ。これが蓮《はす》の花が描かれていて、思ったより安くてさァ。みんな、葬式では必ず見てくれよ。あの棺桶に入るかと思うと、生きる気合いが入るよ！」

と言ったら、相当珍しい人だ。

社会でも、死の万端の準備ばかりでなく、並行して気合いの入る終活をも勧めてもいい。佑子は頰を染めている母を見ながら、そう思っていた。

礼子は最低限の家具として、ソファベッドと、小さなテーブル、椅子、冷蔵庫、テレビが欲しかった。

すべて「テラス元町ネオ」に直接届くため、英太がカンづくはずはない。

「ママ、私がネットとか通販で、安く手に入れるよ」

佑子が頼もしい。

努に話すのは転居がすみ、英太を一度連れて行ってからにすると、礼子は考えていた。離婚でも別居でもないのだが、新居を見たなら英太がどれほど落ち込むかは予測がついた。

怒るのはいいが、落ち込むのは見たくない。

礼子と佑子が、密かにマンションの賃貸契約や、入居準備を進めている時、昭次から英太にまた電話があった。

昭次は英太が電話に出るなり、

「絶対に力になれるボランティアを見つけた」

と弾む声で言った。

「傾聴ボランティア」

「ケイチョー……？　何だよ、それ」

「傾聴、耳を傾けて、他人の話を聴くんだよ」

「そんなんでボランティアになるのか。誰の話をいつ聞くんだよ」

「たまたまニュースで見たんだよ。能登の被災者のケアに明け暮れている職員が、『話を聞いてくれるだけで、被災者が楽になることはあるんです。私たちもそうしてあげたいけど、人手が足りなくて目先のことで一杯です』って言ってたんだ」

さらに雑誌では、訪問医師団の一人がコメントしていたという。

「避難所に行くと、堰《せき》を切ったように、震災のことを話す人たちもいます。そうすることで、少し気持が楽になるんです」

昭次と珠子はこれだと思った。自分たちなら話を聞くのには向いている。年齢もむしろプラスになるのではないか。

調べると「傾聴ボランティア」というものがあることを知った。

電話を代わった珠子の声も明るい。

「被災時ばかりじゃないんですよ。子育てママや高齢者、介護者とか、あと児童養護施設の子供とか、孤立を感じたり大きなストレスを感じている人たちの話を傾聴するんです。これなら、必ず役に立てる！　そう思いました。実際、八十代までの人たちが活動しているそうです」

珠子の声が弾んでいる。

「これから昭次さんと、養成講座を受けるんです。新潟でもやってますし、オンラインでもできるんです」

これには驚いたが、傾聴養成講座を一般社団法人などで開いているという。

再び電話に出た昭次に、英太は言った。

「心理カウンセラーみたいなものでもあるってことか。ただ聴けばいいわけじゃなくて、相手が楽になるように、心の中に溜めてることを言わせるんだな」

英太は自分を思った。これまで何度も電話をかけて来た昭次の言葉を、ひたすら聴いてやった。暗いことは言わず、過剰に元気付けず、聴く一方だった。あれは傾聴ではなかったか。

昭次の声にも力があった。

「能登から要請があるかどうかもわからないけど、俺も珠子も能登に限らず、介護施設であれ病院であれ、話し相手になりたいんだよ。居住地の社会福祉協議会とか介護施設なんかのウェブサイトでも募集がわかるって言うし」

「そうか。まだ先は見えないけど、場ができるかもしれないな」

「この年齢になってもまだ動けると、やっぱり恩返ししたいとか、役に立ちたいとか思うんだよな。懸命に生きてる人間がいる中でさ」

「俗世間でな」

「そう。俗世間離れした最高の環境で、俺はつくづく思ったよ。何の役にも立たないジジババが、何でこんなに厚遇されるんだって」

「そりゃ、今まで頑張ったんだし、見合う金を払ってるんだから当然だろ。お前らだって晩年はゆっくり、至れり尽くせりで暮らしたいからって、金貯めたんだろ」

「そうだよ。だけど裕福なジジババ軍団の一人として隔離されると、日に日に焦るんだよ。もっと社会のために働けるのにって」

あの最高の環境に身を置いて、社会のために働きたいと言うのも、いい気な話だ。だが、これからの高齢化社会では、ホームで暮らしながら社会の役に立つ、そういう形がふえるのではないか。英太はそう思いながら、弟の幸せが嬉しかった。


よく晴れた木曜日だった。礼子は英太を久々にランチに誘い出した。佑子に何もかも打ちあけた「英一番館」だ。

窓際の席が取れ、外は「カタカナ」のヨコハマである。まだ二月だが、港のきらめきも氷川丸に注ぐ光も、春を感じさせる。

夫婦二人きりのランチに、英太は照れたように茶化した。

「お前に誘われて来たけど、老夫婦にはロマンチックすぎるな。この舞台装置は」

礼子は笑った。

「もう少し酒をひっかけないと、やってらンない？」

「だな」

「じゃ、この近くでひっかけよう」

英太は礼子と並んで歩く。山下公園沿いの並木が、もうすぐ新芽を吹くだろう。

しばらく歩き、礼子は「テラス元町ネオ」を指さした。英太は首をかしげた。

「ここ？　ここで酒？　マンションじゃないの？」

「ビール飲めるとこ、あるの」

礼子は慣れた手つきでオートロックを開け、エレベーターホールを進む。

「友達がここで、隠れ家バーでもやってるのか？」

礼子はあいまいにうなずき、五階で降りた。一室のドアを開けようと鍵を差しこむ。さすがの英太もおかしいと思ったようだ。

「さ、入って入って。今、ビール出すね。崎陽軒《きようけん》のシウマイも買っておいたから」

玄関から短い廊下でリビングに続く。

「狭いけど、座わって」

礼子がカーテンを開けると、ルーフバルコニーに、新しい植木鉢やプランター、土袋などが置かれている。

「この時間だと、西からの日が明るいでしょ。港は見えないけど、ちょっと歩けばいいし、中華街は見えるし、横浜スタジアムも、伊勢佐木町《いせざきちょう》も生活圏なのよ。今年はベイスターズの試合、行こうね。そうだ、ビールね」

英太はうまくつながらない頭で、

「ここ、礼子と……どういう関係……？」

と、やっと言った。礼子はビールとシウマイを出し、笑顔で答えた。

「私の終活よ」

「……終活……？」

「やり残したことやる終活。あなたが教えてくれた終活」

それでもよくわかっていない英太に、礼子は缶ビールを開けた。

「借りたの、一人暮らし用に」

「一人暮らし？」

「そうよ。ハーイ、冷たいとこどうぞー！　横浜の地ビール、『横浜ラガー』よ！」

動けずにいる英太をよそに、礼子は一人で高々とグラスを上げた。一気に半分ほど飲み、実にうまそうに「プハーッ」と息を吐いた。

第八章

呆然と座わったままの英太は、ビールグラスに手を伸ばした。無意識の動きだった。

礼子は「横浜ラガー」の二杯目を口に、窓の外を示した。

「中華街がお隣りって感じで見えるでしょう。バルコニーからはチラッと元町公園も見えるし、港も山下公園もすぐ近くよ。ね、ここだとハマッ子って言ってもいいと思わない？」

考えてみれば、必死になって山の造成地に家を建てた英太に、ずい分と失礼な言葉だ。だが、礼子にそんな気はないようだった。英太はビールをチビッと飲んだ。

「離婚とか別居とか、考えてたのか」

「えーッ!?　まさかァ。前も今も、全然考えてない。一週間のうち金土日の三泊はこっち、月火水木の四泊は今まで通りに家よ」

いつの間にかマンションを借りて、いつの間にか「三泊」だの曜日まで決めている。英太は腹が立った。どうしていいかわからないほど、不愉快だった。

「俺には何の相談もなしで、決行ですか」

「ごめん。だって言ったら反対するでしょ」

黙るしかない。普通、妻が突然こう言ったら、夫は反対する。夫が突然こう言っても、妻は反対するだろう。

「でもね、寝泊まりするのはあなたに見せてからと思って、明日の金曜日からよ」

「明日から……」

「努一家にもあなたの後でと思って、まだ何も話してないの。佑子はここを探してくれたり、保証人になってくれたりしたから別だけど」

礼子はシウマイを口に放り込んだ。

「横浜って、独特のこだわりがあるよねえ。崎陽軒はシュウマイじゃなくて、シウマイ。絶対にシウマイ」

返事をしない英太に、礼子は自分の失礼にやっと気づいた。今住んでいる戸建ては英太一人の甲斐性で建てている。ハマの中心部のことを言われては、不愉快で当然だ。

しかし、前もって相談などしては、絶対に一人暮らしなどできない。この年代は常に男性主導、夫主導になる。

「私ね、あなたの終活を見て、初めていい終活だなァと教えられたの。人生でやり残したことをやるって、当たり前なのに、あなたを見るまで気がつかなかった。あなたのおかげよ」

と、持ち上げた。本当は日出子と会ったことで、寝た子が起きたのだ。英太の終活のおかげではない。腹の中で「アンタの不倫のおかげです」と舌を出したが、そんなことは露ほども匂わせない。

「それともうひとつ、一人暮らしをするには今しかないと思ったのよ。これ以上年齢《とし》取ると、気持も体も億劫になるもの」

これは昭次にも感じたことだ。とはいえ、英太はこの仕打ちには納得できない。

「そうかねえ。後期高齢者になっても、新潟まで純愛の子に会いに行けたけどね」

つまらない反論だが、礼子の終活は衝撃が強すぎた。

「私、あなたには何の不満もないのよ。カケラもない。二階建ての一戸建て、庭つきに住まわせてくれて、しっかり仕事してくれた。給料は丸ごと私に渡して、家族を守り抜いてくれて」

英太はこの時、チラと日出子が浮かんだ。絶対に礼子にバレてはいない。バレてはいないが、あの時代の男は家を一歩出ると、女より遥かに自由で好きに生きていたと思う。

「家事、育児、看護に介護」は女の仕事と決められていたような時代だ。安月給をやりくりするのも女の仕事、子供に不自由な思いをさせないのも女の仕事。礼子が姑のキヨと同居したのは、その晩年の短い期間だ。だが、多くの嫁は姑、小姑に苦しめられる時代でもあった。

そう思うと、妻が週三泊の一人暮らしを「終活」とした気持を、英太と同年代の夫たちは本心ではわかるだろう。

「礼子、金は？　安くはないだろう。何せ、横浜市中区山下町だものな」

礼子は英太の皮肉など、ものともしない。用意していた金銭一覧表を渡した。

「破格に安いでしょ。家賃八万よ、一ヵ月目は敷金、礼金もあるし、冷蔵庫とかも買ったけど」

「ここ、たぶん事故物件だな。自殺とか孤独死とか」

「不動産会社は『違います』って笑ってたけど、もしもそうでも私は全然オッケー！　そうなら内装全部新しくして、お祓《はら》いもすませてるでしょ。七十代になれば何だってオッケーなのよ。ああ、年齢《とし》取るって、自由になれることよね」

黙るしかない英太に、礼子は軽やかに言った。

「お金のことだけど、私は主婦をやってみて、これは月給をもらうべき職業だと思ったの。あの頃、私年代の女子社員って、初任給が五万円くらいかなァ。主婦はもっと重労働よ。でも私、女子社員の十分の一でいいからって、あなたの給料から毎月五千円ずつもらってたの。ボーナスの時は一万円、それを貯めてた」

英太は声を失った。ビールを一口飲み、どうにか言った。

「……いつから」

「佑子が生まれた時から」

むろん、腹の中では「アンタの不倫を知った時からよ。バーカ」と舌を出した。だが、バラす気はまったくなく、年代も新潟に赴任するより三年前に、ずらしておいた。

英太は言われるまで、五千円の「給与」にまるで気づかなかった。金の管理は、すべて礼子に任せ切っていたからだ。

「あと、退職金からも三百頂いた」

――そんなこともかよ……――

「いつか一人暮らししようと思って貯めてたわけじゃないの。何かの時に自分の自由になるお金は大事だから」

英太は一瞬、ヒヤリとした。

「何かの時って」

「佑子の結婚とか、努が留学したがるとか、あなたが入院するとか、何があるかわからないから。ずっと貯めてたら、退職金入れて七百万越えたの。そこにあなたが『終活はやり残したことをやるもの』って、実行したじゃない。そうか、私もやろうって思ったわけよ」

礼子の言い分にほころびはなく、ごく自然だった。英太はまたも、不倫はバレていないと確信したが、バレていたらサッと認めて謝るのがいいと考えていた。四十年も昔のことで、それっきりだ。もう笑い話だろう。だが、礼子が何も知らないことは間違いない。

「俺、突然こういう形で、家族に何かを突きつけるって、許し難いね」

礼子は声をあげて笑った。

「何言ってるのよ。女房がわずか五千円ずつ、四十六年間コツコツと貯めて、終活に使うのよ。あなたと同じことやるのよ。夫唱婦随でしょうが。あなただって、週四日は一人を楽しめるじゃないの」

「それでも、この突然は非常識だよ。ルール違反だよ」

そう言いながら、日出子との若い日々が浮かんだ。独身に返って、子育てからすべてを礼子に押しつけた。ルール違反をさんざんやって来たのは、自分なのだ。

礼子は窓から見える中華街に目をやり、黙った。その目から、礼子も一人暮らしに、ほんの少しの逡巡があるように見えた。

それはそうだろう。ずっと家族や夫婦で生きてきたのだ。たとえ三泊でも、敢然と自分の意志を通したなら、途中で戻るに戻れまい。小さなためらいを感じた今なら、連れ戻せるかもしれない。一人暮らしにかかった総額は、老夫婦の今後に、いい授業料と思うしかない。

礼子は真っすぐに英太を見た。

「いつだったか、十年以上前だと思う。『自分軸』って言葉を読んだの。他人の思惑とか考えじゃなくて、自分がどうありたいのか、どう生きたいのかを中心軸に据える生き方だって」

礼子がそれを読んだ時期は、三十代半ばの佑子の結婚に気をもみ、努の過剰な仕事量や夫の定年後を案じ、自分軸など考えもしない言葉だった。

だが、今になって日出子と会い、過去の自分を思い返した。そして、常に「他人軸」で生きてきたと気づいた。それはそれで、その時は幸せもあったし、嬉しいこともあった。

礼子は英太に言った。

「ね、あなたの終活は自分軸だった。世の終活を一切拒むのも自分軸」

礼子の声に力があった。

「私もここらで、自分軸で生きてみようって思ったのよ。死ぬまで他人軸で『可愛いお婆ちゃんって言われたい』とかって、天寿を全うする人もいるけどね。私、もう自分軸で生きたい」

礼子には佑子の言葉が浮かんだ。

「ママの親はさ、娘が幸せな結婚してくれて安心したよね。だけど、自分たちが育てた藤原礼子はどこに消えちゃったんだろうって」

礼子は英太に首をすくめて、

「週三日の自分軸だけどさ」

と笑い、大きく伸びをした。

「今になるとわかるよ。世の中で言われる終活って、他人軸の部分が基本かもしれない。やりたがらない人は自分軸なんだよね」

英太はもう好きなようにさせるしかないと思った。自分軸で一人で生きる自信がないのは、英太自身の方なのだ。週三日でもだ。毎日、妻がいるという暮らしを軽く見ていた。

「私ね、ここで好きなように三日間生きると、家で今まで通りの四日間も、何て言うか新鮮に思えたり、楽しかったりする。絶対に」

英太はシウマイを食べながら、腹を決めていた。礼子の決心はもうひっくり返るまい。それなら認める方が潔《いさぎよ》い。

「じゃ、俺も料理とか掃除とか家事覚えるか」

「オーッ! いいね、いいね。でも、私もたまに帰るとやりたいかもね。そうだ。言うの忘れてた。あなたに見守りサービスつけるから」

「ええッ!?」

あかねを思い出した。一家でハワイに行く時、一人で留守番を命じられたあかねは「見守りサービスをつけるから大丈夫」と言われたのだ。アレか。

クラスメイトはみんな「要・見守り」の老人になっている……。

「私もね、やっぱり、もうじき七十六歳の夫を一人にするのは心配よ。あなたは若く見えるから、妻でもつい年齢を忘れちゃうけどね」

礼子はまたももち上げた。

「で、お前、自分軸でここで何をする気だ」

「バルコニーを花でいっぱいにして、友達呼んで、あと……昼近くまで寝たりね！ 鎌倉《かまくら》に紫陽花《あじさい》見に行ったり、葉山《はやま》で晩秋の海も見たい。そうだ、大晦日はあなた、ここに来てよ。山下公園でカウントダウンやるのよ。新年と同時に港の船がいっせいに、ボーッて汽笛を鳴らすんだって。元日は中華街で爆竹が賑やかで、獅子舞が練り歩くのよ。いい大晦日とお正月でしょう！」

英太は「たいしたハマッ子気取りだ」と思いながら、聞いた。

「もしもだよ。もしもこの先、俺が三泊だの四泊だの言わず、離婚しようって言ったら、礼子、応じるか？」

英太にとって、せめてもの悪あがき、追い込まれた「イタチの最後っ屁」だった。

礼子は驚いて、声をあげた。

「ちょっと、やだァ。何それ。そんなこと言わないでよォ」

イタチの英太はいい気分になり、正面切って聞いた。

「礼子、夫に愛情ってあるの？」

「何よ、クサーい。今、愛情があるかってこと？」

「今」

「今も昔も同じよ」

「愛情があるわけだ」

「というより、大切」

「何だ、それ。俺が死んだらどうする」

「突然言われても」

「後、追う？」

「泣く」

英太はバカなことを確認したと恥じた。これが妻の本音なのだ。だが、自分も同じことを礼子から聞かれたら、同じことを言うだろう。これが老夫婦の幸せなのだと、自分に言い聞かせた。

翌朝、礼子は自宅の庭に出て、カム様にさわった。

「三日間留守にするけど、パパをよろしくね。あなたも洗濯物干されないから、ゆっくりしなさい」

昼前の四月は、まばゆいほど晴れあがっていた。

礼子は大きめのバッグを持ち上げ、庭からリビングに向かって、英太に弾んだ声をあげた。

「じゃ、三日間頼むね。いつでもすぐケータイ鳴らして」

英太はリビングで新聞に目を落としながら、ずっと庭の礼子ばかりを気にしていた。だが、今気づいたかのように、片手をあげた。

「オオ、お前もいつでも電話しろよ」

「ありがとッ」

庭から門の外へと出て行く礼子は、足取りが軽く見えた。

英太は気抜けしたように、新聞を畳んだ。これから三日間、何をやればいいのか。

これまでも、夫婦の会話が多かったわけではない。たぶん、平均的だろう。共通の趣味があったわけでもないし、旅行や温泉に出かけたことも数えるほどだ。

なのに、いる人がいないと、こうも手持ち無沙汰《ぶさた》なのか。わずか三泊とはいえ、これが毎週ずっと続くのだ。別居でも離婚でもなく、不仲でもないが、五十年近くも一緒にいたのだ。

何だか部屋が広く、空気が冷たいような気がする。

致し方なく、週刊誌を手にしたが、いつもの終活特集で放り投げた。テレビのリモコンをつかむ。急にジイサンになった気がした。テレビはいつも見ているのだが、一人でいるとそれしかやることのない老人に思える。部屋にこもって恐竜に没頭するのも、一人ではなかったからとさえ思う。

その時、電話が鳴った。たとえ間違い電話でも嬉しい。張り切って取ると、

「パパ？」

と努の声だった。元気に返した。

「オオ、どうした」

「びっくりしたよ、ママの決断。今、電話で報告されたばっかだけど、思い切れちゃうから恐いよ、女は」

「ま、そろそろママにも自由に生きて欲しいしさ。パパも好きに一人が楽しめて、これはまだ元気な老夫婦にはアリの生き方だよ」

「だよな。大晦日はさ、みんなで山下公園で汽笛聞いて、ママのとこで酒盛りだってよ。元日は中華街でメシ食って、獅子舞見る。悪くないよなァ」

――努はまだ若いから、呑気にこういうことを言えるんだ。後期高齢者になって、こんなめに遭ってみろって――

それでも英太は明るく答えた。

「ママのとこは狭いから、お前らホテル取らないとな。金かかるよ」

「いいよ、そういう大晦日。年末はすぐ一杯になるから、この電話切ったら予約する。パパ、何か困ったことあったら言って。お姉ちゃんもそう言ってたよ」

電話を切り、英太は思わないわけではなかった。こうして、娘と息子が気にかけてくれる。悪い老後ではないのだ……。


夕方五時半、英太は「待ってました」とばかりに「万代橋」に飛び込んだ。

恵三が「早いなァ！　今、暖簾《のれん》出したばっかっすよ」と声をあげた。

「ビールと海鮮焼きソバ」

「ええッ？　〆《し》めじゃなくて、初端《しょっぱな》から海鮮焼きソバ？　暖簾出すと同時に、海鮮焼きソバ？」

「そうだよ。色々、事情があってな。朝メシ食っただけなんだ。早いとこ頼むな」

英太がビールを飲んで待つと、すぐに海鮮焼きソバが出て来た。かっこむ。単身赴任すると料理を覚えるというが、日出子がやってくれたしな……かっこみながら思う。

半分も食べないうちに、三三五五、いつもの三人が入ってきた。

「何なんだ、早くも焼きソバ？」

と同じことを言う。

「そ。女房がマンション借りてさ」

「えー？　何よ、それ」

英太が詳しく話すと、恵三までがため息をついた。

「どこの女房も、事情が許せばやってみたいはずっすよ。うちはまだ四十代に入ったとこだけど、これからの女はもっとそうするのだろうなァ。年金に頼る七十代よりは、金持ってる女が多いと思いますし」

奥に入って行く恵三を見ながら、船井が言った。

「確かに、原さんとこみたいにコツコツと貯めた金があればやるよ。恵三の奥さんの年代なら、ホント、やりたいようにやるね」

「原さん、老後、奥さんに面倒見てもらおうとか思ってなかった？」

船井の突然の質問に、英太は、

「もう今も老後だけどな」

とつまらない答えを返した。誰も何も言わない。その先を待っている感じだった。英太は言葉を選んで言った。

「面倒見てもらおうとまでは思ってないけど……入院するにしても普通に暮らすにしても、あとホームに入るにしても、女房がいると心強いことはあるよな」

三人は無言だ。英太もそれ以上は言わなかった。だが、自分を含めて四人とも、何らかの形で面倒を見てもらいたいと願っているような気がした。

北村がため息まじりに口を開いた。

「昔はさ、何もかも長男の嫁の仕事だったんだよな。舅《しゅうと》と姑の二人が死ぬまで、三度のメシから下の世話まで」

船井が続けた。

「掃除、洗濯、子育て、看護に介護、よそから嫁いで来た娘が全部一人でな。今みたいに紙おむつも湯が出る蛇口もないし、そりゃ大変だったと思うよ。亭主は無責任に何人も孕《はら》ませるしな」

北村がさらに言った。

「それだけじゃなくて、家業もさせられたよな。うちのお袋、子供の授業参観に行くのが何よりも楽しみでさ。一週間も前に正座して姑の許可もらって、誰にも迷惑かけないように、前日に夜なべして家業の大工仕事の下準備して。当日になると姑が行ったらダメとか平気で言う」

北村は切なそうだった。

「俺と兄貴はバアちゃんに、行かせてやってくれって言いたいよ。だけど、必ず子供を使って汚ないって、お袋がいじめられる。わかってるから言えねんだよ」

岡本が手酌した。

「あの頃の女、何のために生まれて来たんだかねえ。うちのお袋は大正生まれだった」

「うちは明治、兄貴が三人いるから」

「あの頃、普通に明治生まれいたもんな。校長とか教師も、近所の酒屋や八百屋のオヤジもな」

英太も近所のオバサンを思った。大正生まれだったと思う。いつもリヤカーに鉄くずやらボロやらを積んで、ほっかむりして引いていた。

「ひどい時代だったよな。女に人権なんてなかったもんな」

岡本が英太の背を叩いた。

「そういうこと。原さんの奥さんが一人暮らし始めたのは、本人が決めた。夫が認めるも認めないもないの。一仕事終えた奥さんが、あとは自由に生きるわって、今の時代、アリだよ」

英太もわかってはいるのだ。

刺身を運んで来た恵三に、船井が聞いた。

「お前、明治生まれって見たことあるか？」

「え？　ナマ明治？」

「何だ、それ」

「いや……お札とかじゃなくて、生きて動いてる明治っすか。ないっすよォ！」

「ナマ大正は」

「ジイちゃんバアちゃんも昭和だし……」

「もういい、あっちで働け」

北村は恵三を手で払うと、苦笑した。

「今すぐ、俺らはナマ昭和って言われるな」

英太はさらに、覚悟を決めるしかないと思い始めていた。離婚するわけじゃない。お互いに週の半分は一人というライフスタイルを、楽しめばいいのだ。

そう思いながら、苦笑した。「ライフスタイル」なる言葉も、ナマ明治やナマ大正には無縁だった。


一人暮らしの初日、礼子はバルコニーで園芸にかかりっきりだった。

手すりにツルバラをからめたい。この時期の店頭には、すでに花のついている苗が多かったが、来年はもっと咲くように世話をするつもりだ。

一色のバラばかりがいいか、赤白黄ピンクなど色とりどりがいいか、園芸店でさんざん迷った。それも何と楽しかったか。

プランターはハーブや大葉、ミニトマトなど食卓で使えるものを寄せ植えする。ハーブを植える時に、日出子の顔が浮かんだがすぐに消えた。

礼子には自分の方が幸せだという、確固とした思いがある。バジルを植えながら「男が妻のとこに帰った不倫女って悲しいよねえ」と、腕で額の汗を拭いた。

西陽が傾き始めた頃、

「ワッ！　もうこんな時間」

と口に出し、慌てて園芸を終えた。冷たい「横浜ラガー」を手にソファベッドに脚を投げ出した。ちょうど英太が海鮮焼きソバをかっこんでいる頃だ。

プランターは水をたっぷりと吸った土が、黒々としている。バラもハーブも元気だ。グングン大きくなるだろう。

思えば加齢とともに「時のたつのを忘れる」ということがなくなった。

若い頃はブティックをのぞいても、友達と喫茶店に入っても、習いごとの練習をしていても、「ワッ！　もうこんな時間」ということがしょっちゅうだった。

あの頃と比べて、今の方がヒマだ。何にでも没頭できる。だが、時のたつのを忘れるということは……まず、ない。あの頃の自分と何が変わったのだろう。

缶ビールを飲み干し、何だかこれからは「時のたつのを忘れる」という思いが増えそうな気がした。

小さな台所には、焼き肉の用意がしてあった。一人暮らし初日は、いい牛肉を奮発している。これからゆっくりと、テレビを見ながら「一人焼き肉」をするのだ。もう少したてば、バルコニーのミニトマトや大葉も食卓にのぼるだろう。

ああ、楽しい。気持は押さえようがなかった。

英太は「万代橋」から帰ると、着ている物を放り投げ、ドーンとソファに座わった。両足をテーブルにのせ、大きく伸びをした。何をしても、妻の目がないというのは、確かに自由ではある。放り投げた服は、二、三日分放り投げっ放しでも命に関わる問題ではない。二、三日分ためて、礼子が帰ってくるまでに片づければいい。

恐竜のＤＶＤを、ゆっくりと見る。「また恐竜？」などと言う人はいないし、いいところで「あなた、そろそろお風呂入ってよ」とせっつく人もいない。明日、会社に行くわけでもなし、ラッシュにもまれるわけでもない。

見守りサービスはつけたし、トーストに目玉焼きは十分に作れる。夜は海鮮焼きソバと酒仲間と、楽しい一時だ。これは幸せな後期高齢者かもしれない。礼子もそうだろう。としたら、「週三別居」は、許されるなら高齢者の新しい「ライフスタイル」ではないか。

しかし、礼子は何でこんなに思い切ったことができたのか。そう思いつつも、日出子が訪ねて来たとは考えもしなかった。

ＤＶＤのティラノサウルスが、巨大な姿を揺らし、咆哮《ほうこう》をあげる中、英太はソファで、いびきをかいていた。

礼子は湯舟に漬かって、三十分以上も週刊誌を読んだ。あがってからは丁寧に髪を乾かす。洗面所の小さなすりガラス窓を細く開けると、中華街の灯が見えた。

「ハマ」で一人暮らしを始めたんだわ……と改めて思う。鏡にうつる顔は、風呂上がりにせよ、いつもより艶々と潤《うるお》って見える。

その時、明確に思った。この幸せな一人暮らしは、帰る家があればこそなのだ。今日の今日まで、夫は妻子のために精一杯頑張ってくれた。英太にとって、結婚してからは自分の人生というより、家族の人生であっただろう。礼子自身もそうだったとはいえ、英太はつつがない幸せを与えてくれた。

ここまで来る間に、不倫の他にも自分の知らないことは色々とあっただろう。だが、そんな遠い昔は、どうでもいい。四日ぶりに家に帰ったなら、英太の好きな新潟のタレカツ丼を作ろう。熱々の南魚沼産コシヒカリに、タレをくぐらせたトンカツをのせる。一緒に大海老フライものせて、二種丼にしよう。

その夜、礼子はぐっすりと眠り、気がついたら朝九時二十分だった。

翌日、トーストとハムエッグを作った英太は、朝刊を読みながらゆっくりと食べた。コーヒーも礼子がやっていたように豆から挽く。いい匂いがたちこめる。「俺って、結構やるねえ」とまんざらでもない。

礼子がいないと、いつものように新聞に載っている有名人の名前を隠し、

「これ、誰だかわかるか？」

と聞けない。それは張り合いがないが、帰って来たら聞けばいい。

食後、コーヒーを持って自分の部屋に行く。カーテンを開けると、カム様を囲む庭木に朝の光が注ぎ、すこぶるきれいだ。

その時、英太は突然思い立った。カム様の隣りに、二体のシチペスを置こう。先頃、肉食恐竜ゴルゴサウルスの胃袋から発見された骨は、シチペスだと言われる。幼体のシチペスにゴルゴはかぶりついた。肉付きのいい脚を食いちぎられた二体は、ゴルゴの胃袋で隣り合っていた。英太はこの写真を忘れることができなかった。

――お前ら、もっと生きたかったろ。俺に任せろ。カム様に守られて、ここで自由に生きろ。な――

週の半分は、礼子も自分軸で生きている。自分がここに、二体のシチペスを置くのも自分軸だろう。努と康介に、またバイト料を払って作らせよう。シチペスを供養するのも終活だ。

すぐに努の携帯を鳴らす。努は、

「今日、土曜日だから康介つれて行こうと思ってたんだよ。ママより、パパの方が心配だよ」

と一気に言う。心配されて、ちょっと嬉しさも感じながら、英太はすぐに頼んだ。

「康介連れて、今日来てよ。やって欲しいことがあってさ。メシはデリバリーだけどな」

「元気な声で安心したよ」

「じゃ、待ってる」

「行くよ。行くけど何の用？」

「模型だ、化石の」

「また作るのか？」

答えずに電話を切った父親に、努は何だかイヤな予感がした。だが、出かけるしかない。義父を心配した妻の美江《みえ》が、サラダやコロッケ、炊き込みごはんなどを持たせてくれた。

努は佑子に聞いて、日出子のことはわかっていた。むろん、父には言っていないし、美江にも話さなかった。四十年も昔のことであり、何より父が女を作っていたことは、母に恥をかかせる気がした。康介には「おばあちゃんが一人暮らしを始めたのは、お互いの息抜きだよ」と伝えていた。

英太は食堂テーブルに、各種とりどりのデリバリーを並べ、久々の息子と孫を大歓迎した。

食後、シチペスのことを話し、図鑑の絵を見せた。

「え？　二体作れっての？」

「二体食われたんだから、一体だけじゃ可哀想だろ」

「そうだけど、シチペスの骨格化石の写真はあるの？」

「ゴビ砂漠で、卵を抱いている化石が発見されたんだよ。だけど、パパが調べた限りでは卵の中しか出てないんだよ」

努と康介は、鋭い嘴《くちばし》と四肢に爪を持つ絵を見た。鳥型の恐竜であり、前作のカムイサウルスは参考にならない。もともと恐竜に何の関心もない努は、首を横に振った。

「とても作れないよ。カムイはほぼ全身骨格の写真があったから、何とか模倣したけど。今回は無理」

「そう言うなって。ゴビ砂漠の卵の化石もな、抱いてたのはオスで、大型肉食恐竜に襲われた時、卵の上に覆いかぶさってたんだってよ。そうやって守る男親には泣けるよ。だけど、守られたところで、こうして幼いうちに食いちぎられたりな。生きるってことは切ないよな……」

「そう言われても、作れないよ、これは」

「簡単に決めるなって」

英太は康介のジュースを出しに、台所に立った。すぐに康介が言った。

「パパ、作ってやろうよ」

「この絵から骨格、想像できるかよ」

「誰も見たことないんだから、テキトーでいいじゃん」

康介はケロッと言うと、真剣な顔になった。

「俺、やっぱりバアちゃん、勝手だと思うんだよ。年寄りのジイちゃん一人残して、一人暮らしは勝手だろうって」

「バアちゃん、秘密基地みたいなものが欲しくなったんだろ」

「何で秘密基地がいるんだよ」

「わかんないけど、ジイちゃんが認めてるんだから、いいんだよ。週四日は帰ってくるしさ」

「ジイちゃん、本当は喜んでないと思うよ。なら、ここにもう二体恐竜置きたくもなるよ。バアちゃんも勝手やってんだから」

努は大きく息をついた。詳しいことは言えないが、中学生らしい正義感に心打たれたことも確かだ。

お盆に美江の作った料理と飲み物をのせて、英太が戻ってきた。すぐに康介が言った。

「作るよ、シチペス」

「えッ！　オーッ！」

努が何か言う間もなかった。

「康介、二体だぞ」

「うん。パパ、頑張るって」

「努、ありがとうな。何か用意しておくもの、一覧表にしてくれよ。何だか、やり残したことがどんどん減っていくな」

努は苦笑するしかない。

「親父のことだ、シチペスのできが悪けりゃ、やり直しだろ」

「心配するな、誰も見たことないんだ。何せ白亜紀、一億年前だ。イヤァ、礼子がいたら、絶対にできなかったな」

康介はコロッケを頬張りながら言い放った。

「バアちゃんに文句言われたら、言ってやンな。ここは俺の秘密基地だからって」

英太は手を打って喜び、努はウーロン茶をあおった。

日出子は編集部で、弘田を待ちながら、積み上げた他県のタウン誌を読んでいた。

弘田とは、十年前の同期会以来、会っていない。新潟にいることは知っていたが、さっき突然、電話があったのだ。何だか切羽詰まった声だった。

「これからそっち行っていいろっか？　たった今、言われて俺、焦ってんだて。じゃ、あと十分で行くっけ」

顔もよく覚えていないが、確かエータが言っていた。沼高の落研《おちけん》だった弘田に、やり残した終活として東京の寄席巡りを勧めたと。それですっかり人間が変わったと自慢気だった。

飛び込んで来た弘田は、確かに何十年か前の面影を残した七十五歳だった。

「悪《わ》ありな、突然。さっき『にいがた伝統文化テラス』から電話があったんて」

これは民間団体のカルチャースクールのようなものだが、伝統文化の継承に特化したスクールだ。歌舞伎や能の勉強、鑑賞から郷土料理教室、着つけ、民謡や万代太鼓などを伝えており、シニアにはかなりの人気である。

毎年七月には「伝統祭」が開かれ、古町芸妓が浴衣《ゆかた》ざらいを披露することも話題になる。

「テラスから俺に何の電話らと思うろ。そしたら今年の伝統祭は『日本の伝統演芸』を中心に開催するんと。今回はさ、講談や小唄《こうた》、端唄《はうた》、新内《しんない》、曲独楽《きょくごま》、紙切りとか、もう色々すごいんだわ。南京玉《なんきん》すだれもマジックもあってや。当然、落語もあるわけら。さろも、テラスの落語講座には三人しかいねで、三人とも初心者でビビってんだて」

「で、私に何を……」

弘田は聞いていない。

「それもその三人、小噺《こばなし》がやっとなんだと。な、ジジイのくせしてなァ。そりゃ、人前に出らンねわ。で、主催者としては落語ナシで日本の演芸ってわけに行かねろ。突然、沼高と柳都高《りゅうと》にには落研があったって思い出したんだとさ。それで誰《だ》っかOBこと紹介してくれって、OB会に連絡が行ったんと。何とか力量のあるOBをって。イヤァ、参ったね」

息もつかない弘田に、日出子は叫んだ。

「弘田君ッ!」

「何だよ。で、沼高OB会でも俺は今、寄席巡りしてっことすげぇ評価されてるんだと。それに、昔っから力量は折り紙付きらろ。で、弘田にせえばいいゆうて勝手に文化テラスに連絡したてんだ」

「弘田君、弘田君ッ!」

「大声出すなて。何だってか」

「で、何十年ぶりかの私に、何をしろって言うのよ」

「ああ、それそれ。それ。イヤァ、俺は人生で初めて本物の高座に上がることになってしもて。高校の文化祭の高座じゃねっけね。聞いてたまげんなね。今年は古町演芸場で開くんと。あの老舗《しにせ》の、昔っから有名真打が東京や大阪からワシャワシャ来る、あの高座らよ。俺たちは小ホールらろもさ、あの演芸場らよ」

「わかった。わかったから何なの?」

「昔、柳都高の落研に吉元《よしもと》っていう、まァうまいヤツがいたんさ、さっき電話でテラスの係員が

『吉元さんは出ます。ぜひ弘田さんも』とか言ってさ。元々、沼高と柳都高の落研は、バリバリのライバルらよ。あっちが出るってば、出ますよ、出るこてさ、俺だたって。吉元に負けられっかてぇ」

日出子は勝手にしゃべらせて、お茶をいれ始めた。

「沼高OBとしちゃ、集客力でも絶対負けらんねね。だぁすけ、顔の広い田村に何とか宣伝して欲しいんだて。入場料百円で一日中楽しめるっけ。頼むいね。俺も沼高関係には声かけるろもさ、田村の顔で一般人にも来てもらいたいんさ。柳都高に負けらんねよ」

日出子は「そういうことか」と、やっと思いながら、茶を飲んだ。弘田はしみじみと言った。

「な、俺が古町演芸場の高座に上がる日が来るなんて、誰が考える？　な……積極的に生きてれば、ジジイになってもいいことが転がり込んで来るんだよな。原英太に足向けて寝らんねえわな。原がな、俺に渇《かっ》入れてくれたんさ。終活ってのは死ぬ前に、やり残したことをやることなんだと。死に仕度ばっかりじゃねえと。俺が本物の高座に上がるなんて、考えらんねぇわ。だぁすけ、それは終活どころか、思いもよらねぇ夢らった」

しみじみ言っても口数の多い男だった。だが、日出子のセンサーが働いた。

「さっき、ジジイって言ったよね。テラスはジジイが多いの？」

「いや、ババ……女性もいるげらな。さろも、演芸はほとんど五十代後半からの男らと、係員がゆうてたな」

日出子の目が光った。これはタウン誌の面白い企画になる。メディアはとかく高齢女性達の生き方だの挑戦だのを伝えるが、高齢男性を扱った企画はほとんど見ない。行ける！　料理や他のクラスの高齢男性も取材し、話を聞こう。

「弘田君、『にいがたの風』がカメラマンと取材に行くわ」

「えーッ！　カメラマン？　取材!?　ほんの気らか」

「うん。テラスに許可取ったり、うちの企画会議も通さないとダメだけどね。それで通れば、取材記事が出るのは次の次の号よ。でも、演芸会のＰＲは囲みでギリギリ、次号でできる」

「参ったな、俺がタウン誌で県内出回るんか。有名人になってしもて道歩かんないわ」

日出子はさり気なく、当日は英太にも声をかけるのかと聞いた。できればもう会いたくない。

「俺の恩人らっけな。さろも、東京からと金かかるしなァ。じゃ、よろしく頼むわ」

弘田は嵐のようにしゃべり、帰って行った。

英太は今日という今日は、何か夕食を作るしかないと思っていた。「万代橋」は定休日だし、シチペスに取りかかるのは、来週の土、日からだ。一人で食べるしかない。どうせ、明日は礼子が帰ってくる。インスタントみそ汁に卵でも落とすかと思っていると、携帯が鳴った。

弘田からだった。寄席巡りで上京したがゆっくり話したいと言う。今日は上野《うえの》のビジネスホテルを取り、ゆっくりできると言う。英太も弘田にならば「カミさん、一人暮らしだよ」と冗談めかして話せると、渡りに舟の誘いだった。

東京駅近くの居酒屋で顔を合わせるなり、弘田はテーブルに両手をついて、

「お前のおかげら。ほんの気にこの通り感謝してる」

と深く頭を下げた。

そこからは嵐である。高座に上がること、日出子が記事にしてくれること、プロのカメラマンが来ること、一気である。

英太はやっと、

「そうか。いい終活だよ」

「だろだろ。で、柳都高には負けらんねぇからよ、演目すぐ決めて、テラスに連絡したさ。素人受け抜群の噺だっけね、先にアッチに取られちゃ大変《てえへん》だと思ってさ。この噺らば、英太でも知ってるろ、寿限無《じゅげむ》」

「ああ。息子の名前に長ったらしいのをつけた古典落語だろ」

「そうらて。名付け親の坊さんと、縁起のいい言葉をまるっと、名前にぶちこんだ話ら。寿限無寿限無　五劫《ごこう》のすりきれ　海砂利《かいじゃり》水魚《すいぎょ》の水行末《すいぎょうまつ》　雲来末《うんらいまつ》　風来末《ふうらいまつ》　食う寝るところに住むところ　やぶらこうじのぶらこうじ　パイポパイポ」

「弘田ッ！」

「何だよ、名前はまだ終わってねぇて。パイポパイポ　パイポのシューリンガン　シューリンガンのグーリンダイ」

「弘田ーッ！」

「みんな、何でか途中で俺のこと呼ぶんだいな。グーリンダイのポンポコピーのポンポコナーの長久命《ちょうきゅうめい》の長助《ちょうすけ》。これが名前ら。今はやれコンビニだ、懐メロだ、スマホだのって何でも省略しまくりらろ。昔の文化は違うんて。だっけ、この長あげ名《な》前、まるっと言うんだて。たとえばさ、寿限無に叩かれてタンコブ作った近所のガキが、寿限無の母親に言いつけに来るんだて。このタンコブはおばさんとこの寿限無にやられたって。さろも、長あげ名前こと最後まで言って、タンコブ示したんだわ。そうしよんだら名前を全部言ってるこまに、タンコブ引っこんでしもたと、とかな」

つい笑った英太に、弘田はしてやったりという顔をした。

「よし、やっぱ素人受け抜群らな」

「うちの女房、一人暮らし始めたんだよ。週三日だけ」

一瞬の隙に言葉をすべり込ませると、弘田は大きな声をあげた。

「いいね、いいねかね。週三日、理想らわ」

「そう言うけど、やっぱりムカッと来たよ」

弘田はポテトサラダをうまそうに食べた。

「それって奥さんの終活らと思うわ」

英太は黙った。礼子本人から言われて、わかっていた。

「英太型の終活まんまだねっかて。奥さんはエンディングノートとかちゃんと準備して、それに加えてこの終活ら。いいねえ、二刀流」

「何が二刀流」

「しかし、よーく一人暮らしする金あったな、普通ねぇわ」

「俺の給料から、主婦手当てとして、抜いて貯めてた。正当な主婦手当てだって言うけど、四十年以上もだ。ボーナスからも年金からも退職金からも」

言葉に腹立ちが広がり、心から許してはいないと英太自身もわかる。

「俺、寿限無を久しぶりに稽古《けいこ》してるろ、毎日。昔、落研でもやったけど、高校生では気がつかねんだな」

弘田はポテトサラダを最後まで食べ、厨房《ちゅうぼう》に向かってカラになったお銚子《ちょうし》を振った。

「親ってのはさ、子供に長生きして欲しいんだいね。長生きイコール幸せではねえろも。ねえけどさ、親は長生き願うんだわ。寿限無の名前も、長寿の願いを全部こめたっけ長《な》あごなったんだて。たとえば五劫のすりきれの意味だってな」

英太はあわてて遮った。

「それ、後でまとめて聞くから」

「あ、そう。タンコブが引っ込むぐれ長あげ名前も、親がどんなに子を思っているかってことら。そう思うと、やり残したことがねえようにキレイにやり遂げて死ぬ。それまでの人生が楽しいば、病気になろうが最低のホームに入ろうが、全然後悔ねえと思うわ」

「その通りかもな。楽しみまくることが、長生きを願った親への孝行かもな。もういないけどな」

二人は黙った。もういない父と母の笑顔が浮かんでいた。

別れ際、弘田に念を押された。

「親戚とか誰でもいっけ声かけて、客を集めてくれね。旅費とかかかるろも、お前も来いて」

「沼高のヤツらは、誰来るの？」

あかねは来るのだろうか。これを理由に、電話をかけて誘ってみようか。日出子は取材で来るのでみんなと一緒になることはないだろう。挨拶くらいなら問題ない。昔の話も出ないし、誰にも気づかれない。

英太は行ってみようかという気になっていた。


翌月曜日の午後、英太がクリニックで定期検診を受けて戻ると、礼子が帰っていた。

「オッ、早いなァ。夜かと思ったよ」

声が弾む自分が腹立たしい。

「今夜はね、あなたが好きなタレカツにするからね。せっかくの夫婦水入らずの夕食だけど、やっぱり、お肉とか野菜は中心部は高いの。こっちで買った」

「いいねえ、新潟のタレカツ」

明るい自分にいちいち腹が立つ。

「あなた、きれいに暮らしてる。まだ三日だけど、とりあえず安心した」

英太はそんなことはどうでもよかった。さっき、礼子が言った「夫婦水入らずの」という言葉が、妙に嬉しい。何十年も聞いていないし、こんな言葉があったことさえ忘れていた。夫婦歴が長くなるほど、「水入らずの」という行為は減ってくる。減ってくることにも気づかない。

「あなた、一人でやることあった？」

「ああ、色々な。努と康介も来たし」

「あらァ！」

「小さい恐竜を作れないかって話」

「いいんじゃない？」

「……え、いいの？」

「私もあっちでね、何かを決める際、その時にやりたいかやりたくないか。この一点だけよ。もう七十代になれば、いいのよ、それで」

「そ、そうだね……」

礼子は立ち上がった。

「洗濯物、あるなら出しといて」

「洗濯機くらい自分で回せる。いいよ、そんな気使わなくて」

「あらァ！　わずか三日で立派になっちゃって。あっちに洗濯機ないから、こっちでまとめて洗うんだからいいのよ」

明るく言った礼子の背に、英太は「お前こそ立派になっちゃって……」とつぶやいた。そしてふと、もしかしたら今までずっと、妻をどこかで「家事を担《にな》う人間」として見ていたかもしれないと思った。

その上、「面倒を見て欲しい」と思っているなら、それこそナマ明治だ。

「にいがた伝統文化テラス主催　演芸大会」は十三時開演だった。英太は早めに行って弘田の楽屋を訪ねようと思っていた。

ところが何とも迷惑なことに、昨夜は弘田が夜中の二時まで何度も電話をかけてきた。古町演芸場と思うだけで、眠れないのだという。そして何度も噺の枕を繰り返す。

「えー、最近は省略語ばかりですが、これが何とも美しくない日本語でしてな、イケオジ。何ですか、これ。……あ……あと何だったたっけか」

「セクハラ、パソコン、トリセツ」

英太の方が覚えてしまった。楽屋を訪ねるどころか、起きられるか心配だ。

「本番で忘れよんだらどうしょば。柳都高には負けらンねんだいな。大丈夫だいな、俺」

「大丈夫、大丈夫、早よ寝ろ」

翌朝、寝不足でリビングに行くと、礼子が早くも朝食を終えようとしていた。

「何だよ、早いな」

「あなた、今日明日、新潟でしょ。私は今日明日はこっちの日だけど、あなたいないし、あっちに行くわ。朝ごはん、パン焼いてコーヒーいれてね。クリームチャウダー作ってあるから」

礼子は手を上げると、晴れ上がった空の下を、笑顔で出て行った。

確かに、誰もいない家に一人でいる意味はないにしろ、あっちに行ったたって一人だろう。言えばもめるから、言わないだけだ。英太は渋々とコーヒーをわかし始めた。

古町演芸場は大変な賑いだった。小唄にしても、謡曲にしても何にしても、客のほとんどは身内だろう。だが、百席がほぼ埋まっているのは大したものだ。

舞台の下では、日出子が台本を見ながらカメラマンと打合せをしている。あまりお会いしたくはない。

「原さーん」

声の方を見ると、あかねだった。

「席取ってあるよーッ」

あかねはローズピンクのセーターがよく似合い、きれいだった。口さえ開かなければ、十分に男をたぶらかせる。

あかね近くの席には、沼高落研ＯＢや薄《う》っすらと面影を残した同級生たちが、十五人ほども来ている。面影を残した元女生徒が言った。

「デコがね、『にいがたの風』に今日のＰＲしてくれて、それが効いて今日は満員よ」

思い出した。彼女は確か、梶本《かじもと》という同級生と結婚した子だ。弘田と仲のよかった宮内《みやうち》もいる。安藤《あんどう》もいる。弘田の必死さが伝わってくる集客だ。

前の方で、昭次が手を振っていた。英太が頼み込んだのだ。すぐにそばに行く。

「お前、ホントに来てくれたのか」

「珠子も来たがったんだけどさ、今日は高齢者施設の傾聴なんだよ」

「え、もう頼まれてんのか」

「知りあいの施設だけどさ、珠子が評判よくて。来週は俺もだ。能登の役にはまだ立てないけどな」

昭次はどことなく若返ったように見えた。

舞踊、紙切り、マジックとプログラムが進み、お囃子《はやし》が鳴り響いた。着物を着た若い男が、めくり台に近寄ると一枚めくった。

「寿限無　沼沢亭笑蔵《しょうぞう》」

弘田の高校時代からの芸名だ。

英太ら身内は生きたここちがしない。まして、深夜まで電話でつきあってきた英太である。やり残したことをやる終活を勧めた英太である。ところが、弘田は粋《いき》な語り口で枕をこなし、八五郎《はちごろう》が和尚《おしょう》に我が子の名前をつけてほしいと依頼するところも、みごとなものだ。

「おめでたくって、長生きができそうで、食べるのに困らない名前がいいんですよ」

和尚が亀は万年生きるから、「亀之助」などどうかと言うと、八五郎は涙ぐむ。

「万年で死んじまうんですかい……親不孝な子だ。和尚さん、そういう期限付きの名前なんざ景気が悪い。無期限の、無期限に生きられる名前はないですかい」

和尚と八五郎のとぼけたやり取りに、会場はドカンドカンと笑いが巻き起こる。

小学校にあがった長い名前の息子を叩き起こす時、母親は一苦労だ。弘田の噺が冴《さ》え渡る。

「これ、起きな。寿限無、寿限無、五劫のすり切れ、海砂利水魚の水行末……」

全部言っても起きないので、夫の八五郎に言う。

「起こして下さいよ。友達が迎えに来てるのに、まだ寝てるんですよ、うちの寿限無、寿限無、五劫のすり切れ……」

　毎回毎回、フルネームで言うのだから、学校も始まってしまうだろう。弘田は八五郎、和尚、妻らの声も言葉も使い分け、会場はこの日一番の大受けである。終了後、大喝采《かっさい》の中、客席では沼高の身内同士で握手をしている。

　あかねは英太に囁《ささや》いた。

「柳都高に勝ったね」

　不覚にも、英太にはこみ上げるものがあった。弘田は一日中、しゃべる機会さえなかったジイサンだ。妻と不仲だったわけではない。だが、自分はもう社会では用のない人間なんだと、思っていただろう。何かを頼まれることもなく、誰かの役に立てるわけでもない。昭次にしても、若くなったのはそれを自分で乗り越えたからだ。

　弘田は今、寄席巡りで生き返り、これほどの高座をこなした。きっとこれからも何かを頼まれたり、自分で生き方を広げて行くだろう。七十五歳のこれから。

　終演後、受付で何かを尋《たず》ねていた婦人が、英太に声をかけた。まったく見知らぬ人だった。

「弘田の家内です。本当にありがとうございました」

「えッ？　弘田君の」

「はい。原様のおかげで、弘田の七十代は黄金期になっています」

　英太はその言葉を遮った。

「いや、弘田は自分の力で黄金期にしたんです。すごいヤツです、あいつ。死ぬまで黄金期、貫きますよ」

妻はやはりこみ上げるものがあるのか、無言でいく度も頭を下げた。


少しずつ陽が西に傾き始めた頃、英太とあかねがロビーで待っていると、着がえた弘田と取材を終えた日出子が来た。

「久しぶり、エータ」

日出子はケロッと言い、微笑んだ。

「久しぶり。仕事してるとこカッコよかったよ」

「ありがと。でも、何と言っても今日は弘田君がすごかった。こっちはいい企画、もらったし」

日出子は英太を見て嬉し気に言った。過去の不倫は、誰にも話していないなと、英太は確信した。家を訪ねて来て礼子に知れたなど、考えもしない。

弘田はどこまでも嬉しそうだった。

「みんなしていっぺこと客つれて来てもろて、だっけこっちも気合い入ったさ。柳都高の吉元に『来年はうちが勝つ。今から気合い入れます』って握手求めらって、何だか嬉〜してさ」

英太はふと思いついた。

「なァ、メシには早いし、沼沢に行ってみないか」

「いいねっか。高校も町も変わったろもなぁ」

日出子が笑った。

「変わって当然。だってさ、新聞とか雑誌に『一九六四年の銀座』とか『一九六六年の新潟駅』とか出ると、呆きれない？　えーッ、私ら高校生の頃って、こんなに田舎《いなか》だったんだって」

「あるよな。ホント、俺ら昔の人間だって思うよなァ」

四人は連れだって、沼沢へと向かった。

確かに別の町かと思うほど変わっていた。銀座が六十年前とは一変したように、日本中が一変したのだ。

あかねが歩きながら、誰にともなく言った。

「私の名前、いつまでも茜《あかね》色の陽《ひ》に照り映えている人生であるようにって、親が願ったの。でも弘田君の寿限無聴いて、『いつまでも』じゃなくて、期限付きだから人生はいいんだなって思った」

日出子も同意した。

「私はずっと日の出のような人生であるようにって、親が。寿限無のおかげで、親の気持がしみたけど、期限付きだから面白いんだよね。六十には六十の、七十には七十の、八十には八十の面白さを楽しむのが、何よりの親孝行」

英太は弘田の肩を叩いた。

「たいしたもんだよ、お前。自分で七十代を楽しくした」

「いや、本気で生き方考えっとさ、七十でも八十でもできるんさ。自分でもたまげたて」

あかねは英太の肩を叩いた。

「原さんと私はわかってたんだよね！　死ぬ準備の終活、大切だからやっていいけど、それだけってのは違うだろって。カタつけて死ぬのが本来の終活だって。ね、原さん」

「な」

四人は沼沢をゆっくりと、無言で歩いた。どこにも懐しさはない。こうも変わるかという変わり方だ。

それでも英太は、昭和とともに生きてきた日々が、確かにここにあると思った。あの夕空にコウモリが飛びかい、あの地べたに母や近所のオバサンたちが座わり、段ボール箱を組み立てていた。この道を父は自転車で工場に向かい、祖父も祖母もみんな生きていた。

幼い昭次の手を引き、ちびた下駄をはいて石炭山の下を帰った。今や舗装された真っすぐな道路で、大きなタンクや海運関係の会社が並んでいる。幼い自分の姿も、若い両親の姿も、そこには重なりようもない。だが、このどこかにいるような気がした。故郷はどう変わっても、どこかに自分もいる。

弘田がつぶやいた。

「石炭山、あったねっか」

「あった」

あかねと日出子が同時に言った。誰もが思っていたのだ。そしてたぶん、誰もが昭和の自分がどこかに見えていたのかもしれない。

「あッ、あっちにいるがん梶本と宮内たちらねっか？　そうらいな、安藤もいるねっか」

佐渡汽船の発着場を、弘田が指さした。かなりの距離はあったが、間違いなかった。

「みんな、落語聴いた後、懐しくて来たんだな」

「な。メシ、一緒に食おれ」

町にもクラスメイトにも昔の面影がカケラもなくても、誰しも全然構わないのだ。自分たちは、ナマ昭和の空気を感じ取れる。

英太は自分型の終活が、みんなを再会させて、残された歳月をとことん生きようとさせたと思った。死ぬ準備だけの終活には、できないことだだと思った。

梶本たちも、こっちの姿に気づいたらしい。遠くから大きく手を振った。こっちも大きく振り返した。

英太は言った。

「みんなと会えて嬉しいけどさ、この年齢《とし》になると、つい思うんだよな。期限付きの人生で、会うのはこれが最後かもしれないって。思わない？」

あかねが力一杯に小突いた。

「原さん、まだまだだね。私なんか、どうせ期限付きだから、ネッチョに八万払おうってハッキリと決めたよ。寿限無聴いてハッキリと決めた」

英太と日出子が同時に声をあげた。

「え、払うの？」

「そ。自分の金は自分が幸せになるために使う。それが親への孝行なんだよ。親はさ、あの世からでも、私が笑ってる顔見たいに決まってるもの。そのためにネッチョを利用する。利用。決めた」

「そうか。それ、いいよ」

英太はそう言って七十五歳のあかねを見た。日出子を見た。弘田を見た。

誰にも同じだけの時間が流れ、沼沢が一変したように、一変した。だが、これからもこいつらは、年齢と戦って行くだろう。俺もだ。

そして、初めて気づいた。人は年齢を重ねるほどに、戦いに強くなる。二十代や三十代で戦った悩みなんぞ、今にして思えばたいしたことはなかった。

「オーイ!」

梶本らの声が、こっちに届いた。

英太は力一杯に叫び返した。

「メシ、食おうぜーッ」

また戦う。礼子のように、自分軸で思いっきり戦う。

英太は「後期高齢者」とくくられる者の真の若さを、ズシリと感じていた。

あとがき

七十代は「老人のアマチュア」である。

私は自分が七十代になり、友人たちや同級生たちもそうなった時、気がついた。

確かに体力、知力、持久力、気力等々六十代より目に見えて衰えている。友人たちと話していても「トシを感じるよねえ」とぼやきが出るし、あの人が亡くなった、この人も亡くなったという話題もグンとふえた。

そんな中、自分たちもシャレコウベになる日が近いのだと、これも六十代とは比較できないほど自覚している。自覚はしているのだが、シャレコウベになる日が明日やあさってとは思っていない、「必ずいつか」なのである。「必ずいつか」ほど力のない自覚もないのだが、「老人のアマ」はそうなのだ。であればこそ、同年代で亡くなった人の話をしていると、まず必ず、

「次は俺だよなァ」

という言葉が、なぜか明るく出てくる。もしも七十代より上の「老人のプロフェッショナル」なら口には出すまい。シャレコウベの自覚が切実だからではないか。

七十代は若くはないが大年寄りでもない。人生に残された時間は短いと自覚していても、どう

もリアリティがないのだ。であればこそ、自分はまだ社会の役に立てると思うし、何か新しい趣味に食指が動いたりもする。あなどられると怒るし、おいしいものも食べたいし、行きたいところにも行きたい。むろん、個々の状態にもよるが、七十代はこんなではないか。

なのに、社会は当然のごとく「高齢者」というカテゴリーでくる。「高齢者」と言うと聞こえはいいが、要は「老人」だ。しょせん、七十代であろうが百であろうが、アマであろうがプロであろうが、若い人には見分けがつかない。私も若い頃は同じに見えた。

この高齢化社会であるから、ここ十数年で「終活」「エンディングノート」「断捨離」という行為が、一気に広がった。メディアはその特集であふれた。共通しているのは、「終活」は決して後ろ向きなことではないという考え方だ。

たとえば自分のラストシーンを思い、延命治療の肯否から死後の事務処理等々を、前もって家族などに伝えておく。自分のよりよき死後をデザインし、伝えておくことでこそ、今後の人生を安堵して解放的に生きられる。とても前向きないいことなのだ。識者は「若いうちから始めておくのもいい」と言う。シャレコウべが目の前にぶら下がっていては、確かに終活もリアルすぎる。

私は「終活」の嵐を同調圧力と思うことがあった。「みんな少しは、やってるよ」「やらないと遺族が苦労するよ」「自分自身のためなんだよ」と、サァサァサァとけしかけられる。

そんな中で思った。本来、「終活」というものは、自分の人生に自分でケリをつけることではないかと。

延命治療や葬儀への希望など、自分軸で考える数々もある。だが、世に言う「終活」は、遺された者に迷惑をかけないように、もめないようにと、他人軸が大きいという気がした。むろん、その愛情を私はとても大切に思う。

この小説の主人公は七十五歳。とうに定年になり、妻と年金暮らしである。だが、若い時に買った家があり、退職金や預貯金などで最低限の暮らしは維持できている。

彼は世に言う終活は一切しない。妻は熱心に勧めるが、断固としてやらない。生きているうちから、死後を考えておくことは、生きる意欲を失う。いくら自分が安心して生きるためだと言われても、生活に「死」は入れない。

そして、主人公は確信した。「終活」とは、自分が人生でやり残したことをやることだ。どうしてもこれだけは実行して墓場へ行きたいことに、憂いなくケリをつけることだ。これこそが今後の人生を解放するだろう。

「ケリ」をつけると言うと暴力的だが、そうではない。今まで生きてきた中で後悔していること、やり残したこと、感謝を伝えたいこと、誤解を解きたいこと等々のために動くのだ。思い残すことのない終末のために、活動するのだ。

それには、老人のアマである年代が限度だと主人公は思う。年々歳々、老いる。今なのだ。自分の終末のために、自分が動けるのは今なのだ。

こうして彼は周囲があきれ返るような、ファンタジーというか奇想天外というかの終活を決行する。それによって、後期高齢者の彼は生きることにワクワクする。何といい終活なんだ！ こういうことこそが、終活なんだ！

小説の主たる舞台は新潟市と横浜市である。私は三歳から小学二年生まで、新潟市の沼垂《ぬったり》という町で育った。昭和二十六、七年。終戦から六、七年程度しかたっておらず、国中が貧しかった。平等も人権もコンプライアンスもない中で、大人は子どもを守り、必死に生き抜いた。

あの頃に戻りたくはない。だが、新潟での日々を思うと、人々に揚々《ようよう》とした人間らしさを与えていたと思う。主人公の終活も、彼に故郷新潟の揚々とした昭和を甦えらせた。

本稿を書く上で、新潟日報の上杉建夫さんに細やかに教えていただいた。また、元新潟放送の南加乃子さんの方言指導には、懐かしくて泣けた。そして、沼垂小学校時代から七十年も親しい桑原千江子さん、タウン誌『街もりおか』の斎藤純編集長、狭山市の骨董店主・大野洋さんに、多くを教わった。

今回、強烈なインパクトのシャレコウベ人形を作って下さったタムラフキコさん、一作目の『終わった人』、そして前作『老害の人』に続いてセンスのいい装幀の宮川和夫さんにも御礼申し上げたい。また、『終わった人』から今回の五作目まで、担当編集者の小林龍之さんの力強い伴走もありがたいことだった。

そして誰よりも、この本を手に取って下さったお一人お一人に、心から御礼を申し上げます。

令和六年九月

東京・赤坂の仕事場にて

内館　牧子

立体制作／タムラフキコ
装幀／宮川和夫

本書は書き下ろしです。

内館牧子（うちだて・まきこ）

1948年秋田市生まれの東京育ち。武蔵野美術大学卒業後、13年半のOL生活を経て、1988年脚本家としてデビュー。テレビドラマの脚本に「ひらり」（1993年第1回橋田壽賀子賞）、「てやんでえッ!!」（1995年文化庁芸術作品賞）、「毛利元就」（1997年NHK大河ドラマ）、「私の青空」（2001年放送文化基金賞）、「塀の中の中学校」（2011年第51回モンテカルロテレビ祭テレビフィルム部門最優秀作品賞およびモナコ赤十字賞）、「小さな神たちの祭り」（2021年第25回アジアテレビジョンアワード単発ドラマ／テレビムービー部門最優秀作品賞）など多数。1995年には日本作詩大賞（唄：小林旭／腕に虹だけ）に入賞するなど幅広く活躍し、著書にすべて映像化された小説『終わった人』『すぐ死ぬんだから』『今度生まれたら』『老害の人』、エッセイ『別れてよかった〈新装版〉』など多数がある。武蔵野美術大学客員教授、ノースアジア大学客員教授、東北大学相撲部総監督。2000年より10年間横綱審議委員を務め、2003年4月、大相撲研究のため東北大学大学院に入学、2006年3月修了。その後も研究を続けている。

迷惑《めいわく》な終活《しゅうかつ》

第一刷発行　二〇二四年九月九日

著者　内館《うちだて》牧子《まきこ》

発行者　森田浩章

発行所　株式会社　講談社

〒112-8001　東京都文京区音羽二―一二―二一

電話　出版　〇三―五三九五―三五〇五

販売　〇三―五三九五―五八一七

業務　〇三―五三九五―三六一五

本文データ制作　講談社デジタル製作

印刷所　株式会社KPSプロダクツ

製本所　株式会社国宝社

定価はカバーに表示してあります。

Printed in Japan　ISBN978-4-06-536568-7

N.D.C. 913　306p　19cm

ベストセラー「定年」小説！

内館牧子

終わった人

定年って生前葬だな。
これからどうする？

大手銀行の出世コースから子会社に出向、転籍させられ、そのまま定年を迎えた田代壮介。仕事一筋だった彼は途方に暮れた。生き甲斐を求め、居場所を探して、惑い、あがき続ける男に再生の時は訪れるのか？　ある人物との出会いが、彼の運命の歯車を回す——。

人生をやり直す「老後」小説

内館牧子

今度生まれたら

あっちの道を選んでいれば——。

今度生まれたら、この人とは結婚しない。70歳になった佐川夏江は、夫の寝顔を見ながらつぶやいた。自分の人生を振り返ると、節目々々で下してきた選択は本当にこれでよかったのか。進学は、仕事は、結婚は。やり直しのきかない年齢になって、夏江はそれでもやりたいことを始めようとする——。

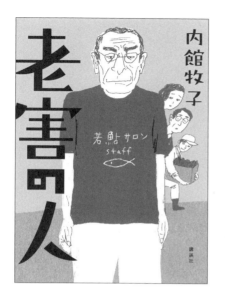